朱色の研究

有栖川有栖

角川文庫
11594

目次

プロローグ——夕景

1

あの情景から語り始めてみよう。

十一月二十日。ショッピングモールにはクリスマスツリーが立ち、せわしない歳末の空気がそろそろ近づいてくる足音が聞こえだした頃。

冷たい水に飛び込むように覚悟を決め、正午過ぎから机に向かっていた。夜中にならないと調子が乗らない私にしては珍しく、快調なテンポでキーを叩《たた》くことができた。途中で二度ほど小休止を挟み、薄いコーヒーを二杯飲んだだけで、密度の濃い描写が必要な箇所の十五枚分を、駈け抜けるように書き上げられたのだ。もう一日のノルマは果たしたのだが、こういう日には貯金を作っておくに限る。今日とは反対に、創作上の便秘に陥ることもあるのだから。

——晩飯までにあと十枚。それはちょっと無理か？

寝るまでにあと十枚でも上出来だな、と考えて新たな文章を書きかけたところで電話が鳴った。あまりに切りが悪いので、その一文だけ完成させてから腰を上げる。

片隅で電話が鳴り続けるリビングに入ると、部屋中がオレンジ色に染まっていた。壁の時計をちらりと見ると、五時が近い。この季節のこと、すでに日が落ちかけているのだ。

お待たせしました、と電話に出ると、お馴染《なじ》みの快活な声がした。

「どうも。片桐《かたぎり》です」

数年来のわがパートナー。担当編集者の片桐光雄《みつお》だ。

今、よろしいですか、と訊《き》くので、もちろん問題はないと答える。仕事中に電話で手を止められても腹が立つことはない。舌打ちしたくなるのは、面白い本を読んでいる最中や、借りてきたビデオをデッキに差し込んだ瞬間、あるいはタイガースの攻撃で二死満塁の時にかかってくる電話である。

「お仕事中じゃなかったんですか？」

何かぼけてみせようとしたが、気の利いた台詞《せりふ》を思いつかなかった。

「うん。することがないんで、仕事してた」

「ぼけますねぇ」

……そうか？

「お電話したのは今度の東北旅行の件です。そろそろ宿の手配をしたいので、コースを決めたいんです。十二月三日から三泊四日というのは決定でよかったんですよね？」

東北旅行というと物見遊山《ものみゆさん》やリフレッシュの旅に聞こえる。次の長編のための取材旅行なのだが。

「ああ、その件ね。そうですねぇ……」

実のところ、次作の構想はまだほとんどできていないので、どこへ行って何を見たいか、と問われても確固たる答えはなかった。そうですねぇ……と語尾を長くひっぱりながら、どうしたものかと考える。

「小説に使えるかどうか判りませんけれど、二、三ヵ所行ってみたいところがあるんです。それぞれあんまり関連はないんですけれど」

「どこでもいいですよ。言ってみてください」

片桐は弾むような声で言う。以前から「取材に行きましょうよ、取材」と掛け声ばかりでなかなか実現しなかったので、有栖川有栖《ありすがわありす》がどんな変なことを言いだすか期待をふくらませているのかもしれない。

「えーと。まず……下北《しもきた》半島に足を踏み入れたことがないので、そっちの方面に行ってみたいんです。けれど、この季節やと恐山《おそれざん》は閉まってるでしょうけどね。半島をぐるっと回れたらええかなぁ、と。仏ヶ浦《ほとけがうら》には行けるのかなぁ」

「はいはい。下北半島一周ね」

メモしているらしい。

「それから……金田一《きんたいち》温泉に泊まってみたいかな、と。どんなところか知りませんけど、ただ名前がほら、金田一耕助《こうすけ》の金田一だから話のタネになるし。あそこって、青森県でした？」

「いいえ、確か岩手県です。金田一温泉ね。座敷わらしが出る宿があったはずだから、できればそんなところに泊まってみましょう。——他には？」

その近辺にどんなものがあったかを忙しく考えて、

「それからですね……南部縦貫鉄道《なんぶじゅうかんてつどう》っていうのが走ってるんです。野辺地《のへじ》が起点やったと思います。それに乗ってみたいな。可愛いレールバスがごとごとと走ってるらしいんです」

「それでどこまで行くんですか？」

「終点の七戸《しちのへ》まで乗るだけ。行って帰る」

「はぁ、乗るだけですか。えーと、南部縦貫鉄道っていうんですね？——はい、それから？」

「それから……」

急《せ》き立てるように訊くなぁと思いつつ、私は壁にもたれて、ふと窓の方を見た。

はっとする。

私の部屋はマンションのたかだか七階にすぎないが、扁平《へんぺい》な大阪の街を南北に貫く上町《うえまち》台地《だいち》に建っているため、見晴らしは悪くない。ことに、夕陽丘《ゆうひがおか》という地名に恥じず、日没の時刻にはうっとりするような景色を見せてくれることがよくあった。そんな時、私は流しっぱなしにしていた音楽を止め、瞑想《めいそう》するようにゆったりとした気分で、ごちゃごちゃとした町並みのシルエットの彼方《かなた》に太陽が没するのを見送ったりする。贅沢《ぜいたく》な窓だ、と自賛しながら、時にはめったに吸わない煙草をふかしてみたり。

自慢の窓。それでも、これほど見事な夕焼けはめったに見られるものではなかった。太陽にはまるで厚みが感じられず、ただコンパスで描いたようなその輪郭が鮮やかだ。そして、その色はこれまで数度しか見たことがないぐらい強烈なオレンジ色をしていた。毒々しいまでの朱の色。それは眼下の街に罰を下すかのように照りつけ、すべてをおのれの色に染め上げている。圧倒的な力は私の部屋の中にも及び、壁も、床も、天井も炎に似た色と化していた。カーテンも、テーブルも、私の体も、夕陽に鷲掴《わしづか》みにされている。

何もかもが燃えているようだ。その中に身を投げたくなるような妖《あや》しい色の渦。

初めて見た。私は、自分の部屋からこんな眺めを目撃できたことに驚いていた。はたして、この空の下を歩いている人々は大丈夫なのだろうか？　今日の夕陽は、それを浴びた者が正気でいることを許さないかのようではないか。

「有栖川さん。ねぇ、有栖川さん、どうしたんですか？」

片桐の呼びかけが耳に届いた。

「あ、ごめん」

視線を朱《あか》い窓に釘づけにしたまま、私は詫《わ》びる。

「電話を置いてどこかに行っちゃったのかと思いましたよ。どうかしました？」

「いや、何でもないんです」

東京では、この夕陽はもう沈んでしまったんだろう。あるいは、曇天で見られなかったかもしれないが。

「ねぇ、片桐さん。ちょっとすごいんですよ」

「何がです?」

テレビ電話が発明されていたらな、と残念に思う。

「大阪の今日の夕陽。まるで、世界の終わりみたいですよ」

2

同じ日の同じ時刻。

京都の街も同じ夕陽の下にあり、赤い煉瓦《れんが》造りの英都《えいと》大学の建物は、炎の色に染まっていた。

火村英生《ひむらひでお》は図書館から借り出した数冊の本を手に、研究棟のエントランスに戻ってきたところだった。不在を示す赤色になっている名札を裏返してから、階段を上る。踊り場に開いた窓から射す夕陽が階段をオレンジ色に染め、床や壁に彼の影をべったりと映していた。

彼の堅い靴音は、階段を上がりきったところで瞬時とぎれる。廊下の奥の自室の前に、人影があったからだ。脱いだコートを両腕に掛けて、ブーツを履いた足許《あしもと》に鞄を置いている。

「火村先生」

相手は自信なさそうな声で呼びかけてきた。火村先生ですか、という問いかけだったのかもしれない。彼の姿は逆光になっていただろうから。しかし、火村の方からは相手の顔がよく見えた。色素が薄いのか、灰色がかった瞳《ひとみ》。ちょっと生意気そうにつんと上を向いた鼻の形と、さらさらとした前髪を掻《か》き上げて露出した広い額がまぶしい光が作る陰影で強調されている。

「貴島《きじま》さん、だね？」

さして人数のいないゼミだ。貴島朱美《あけみ》とフルネームで覚えている。

「はい」

安堵《あんど》のにじんだ返事だった。

火村は彼女に向かってゆっくりと歩きだす。

「用事か？　部屋の前で待たせて悪かったな。図書館で司書の人と話し込んだりしてたもんで」

「いいえ。そんなに長い時間待ってたわけじゃありませんから」

そうは言っても、さして重たくもなさそうな鞄を床に置きたくなる程度の時間はドアの前で費やしたのだろう。ともあれ、火村は「どうぞ」と教え子を部屋に招き入れる。何週間か先のゼミでの発表に関して、ありきたりの相談があっていきなりやってきたのだろう、と思って用件を尋ねてみると、案の定、そうだった。

「コーヒー、飲むかい？　いらないのなら、俺ひとりで飲む」

　机の上にできた資料の山の頂の一つに借りてきた本を置いてから火村が言うと、貴島朱美は「いただきます」とすぐ答えた。

「私がお淹《い》れします」

　そう言ってからきょろきょろと周りを見回すので、彼は「いいよ」と止める。

「茶色い粉をカップに入れて、ポットの湯を注ぐだけだから。しかも――」

「ぬるいんでしょ？　先生、猫舌だから」

「へぇ、すごいな。心を読まれたみたいに当てられた。そう。ぬるいけれど、不快なほどではないはずだ」

「喜んでいただきます」

　朱美はにっこりと笑みを浮かべた。教室でいつも見せる若々しい笑顔ではあったが、どことなく元気がないようなのにひっかかりながら、助教授は二杯分のインスタントコーヒーを手際よく淹れる。

「君の発表はまだ二週間先だったね。『違法類型説による構成要件論』のまとめをやってくれるんだったっけ。時間的余裕はあるけど、どんな資料を使うかぐらいは決まってるか？」

　乱雑にちらかった机を挟んで向き合った朱美に問いかける。

「はい、何冊かは。ただ、個人で発表するのは初めてなもので、うまくまとまるか心配なんです。およその流れは考えたんですけど」

「法学部っぽいテーマが当たって困ってる？」

「いえ、やりにくいということはありません。けれど、あんまりみっともない発表をするのも嫌なので、おかしなことをやっていたら今のうちに軌道修正をしたいんです。ちょっと見ていただけますか？」

彼女はそう言いながら鞄からレジュメの下書きを出す。火村はカップを脇に寄せてそれを受け取り、丁寧に一読した。やがて軽く頷《うなず》いてコーヒーに口をつけ、率直な感想を述べる。

「要領よくまとまってるみたいだ。ベーリングの指導形像説のあたりが、ややあやふやな印象を受けるけれどどな。彼は、構成要件を犯罪類型に先行するものと捉《とら》えていたから、指導形像なんて観念をこしらえたんだ。まぁ、そのあたりで足踏みをする必要もないから、さらりと口頭で確認するだけでもいいかもしれない。パースペクティヴは描けているから、これなら充分、他の学生にとって有意だよ」

安心しました、という返事がすぐに返ってこなかったので、助教授はひょいと顔を上げて相手を見た。

「どうかしたか？」

貴島朱美は広い額に右手を押し当て、うつむいていた。急な頭痛に襲われでもしたかのように。

「すみません。何でもないんです。ちょっと……」

「ちょっと、どうした？」

彼女は不意に立ち上がり、火村を驚かせる。

「失礼します」

そう言って彼の後ろに回り、勢いよく紐をひっぱってブラインドを降ろした。夕映えに照らされていた室内がにわかに薄暗くなり、壁面の書架に並んだ背表紙が判読できなくなる。すると彼女は少し落ち着きを取り戻し、再び「すみませんでした」と詫びながら、椅子に戻るのだった。

「夕焼けが眩《まぶ》しくて、くらっときたのか？」

細い顎《あご》が、こっくりと動いた。

「苦手なんです。というか、こわいんです」

「夕焼けがこわいだって？」

貴島朱美は照れ笑いを浮かべるでもなく、真顔のまま「はい」と答えた。火村は好奇心に駆られて尋ねる。

「こわいとはどういうことなんだろう。何か、非常な不安感に襲われるということなのかな？」

「はい、そうです、そうなんです。胸騒ぎみたいなものが込み上げてきて、ひどい時には悲鳴をあげたくなってしまうんです。恐れることなんてない、と思っても、得体の知れない不安が襲ってきて……」

　口許に微《かす》かな笑みが戻ったが、それでも彼女はブラインドの降りた窓にまともに視線を向けようとしていなかった。込み上げてくるのは、よほど強い不安なのだろう。なるほど、廊下で見た時から顔色がすぐれなかったのは、夕陽を浴びていたせいだったのか、と火村はようやく思い当たった。

「『まんじゅうこわい』って落語があったけれど、君の場合は『夕焼けこわい』か。――夕焼けに関する精神的外傷を負ったことでもあるのか？」

「いえ、多分、夕焼けじゃないんです。そうじゃなくて、こわいのは色の方だから……」

　興味深い。彼女からもちかけられた相談ごとは簡単に片づいたせいもあり、火村はこちらの話題に飛び移ってしまう。

「夕焼けの色というと、オレンジ色に対して特異な感情を抱いているわけか。よくあることだ。固有の時空における体験の意味が固有の色にくっついてしまうというのは」

　火村がそっと押して返すレジュメをしまいながら、朱美は「そうですね」と小声で言う。

「火事に遭ったとか火傷《やけど》をしたとか、幼児体験のせいかな。――ああ、プライバシーを詮《せん》索《さく》して気分を害したらすまない」

　朱美は机の角あたりに視線を漂わせたまま、首を振った。気にはしていない、というそんな意思表示だけして、話を切り上げたがるのかと思っていると、彼女はぽつりと言葉を継ぐ。

「火傷じゃなくて、火事です。でも、幼児体験でもないんですよ。十五歳、中学三年の時のことですから」

思いがけない展開になってしまったが、こうなったからには吐き出してしまおう、という気配があった。火村は断ってから、キャメルに火を点《つ》けて耳を傾ける。

「真夜中でした。私は、親戚の家の離れで暮らしていたんですが、母屋が全焼して、伯父《おじ》が焼け死んでしまったんです」

「それはひどい経験だね。君は母屋の火事を離れから見たわけか」

「はい。轟々《ごうごう》という音をたてて家が焼け落ちていくところを見ました。それだけじゃなくて、伯父が火だるまになって死ぬところまでも……」

わずかだが、苦しげに表情が歪《ゆが》んだ。

「消防車がきた時には、もう手遅れの状態でした。放火だったんです。たっぷりガソリンが撒《ま》いてあったそうです」

問いはしなかったが、朱美が親戚の離れで暮らしていた背景に、何か特別な家庭の事情があったのだろうか、と火村は思っていた。複雑な事情があって伯父が保護者になっていたのであれば、その伯父を奇禍《きか》で亡くしてどうしたのだろうか、とも。しかし、やはりわざわざ尋ねるべきことではない。

「災難だったね。その時に見た炎が、君をオレンジ恐怖症にしたんだな」

「恐怖症というと大袈裟《おおげさ》です。こわくてオレンジジュースが飲めない、なんてことはないんですから。気分が悪くなったり眩暈《めまい》がするのは、毒々しいような色を見た時だけのことです」

「今日の夕焼けみたいな、か」

火村は煙草をくわえたまま立って、ポットを取る。

「おかわりを淹れよう。それを飲んでいる間に日は沈むよ。急がないんなら雨宿りしていけばいい」

「はは、雨宿りですか。夕焼けがこわいなんてやっぱり異常ですね。こんな人間、いないですよね」

無理に笑う彼女のカップに助教授は二杯目のコーヒーを注ぎ、静かに言う。

「異常だの正常だの、簡単に線引きできやしない。私こそが正常の標本です、という奴がいたらお目にかかりたいもんだ」

気がつくと、朱美は上目遣いに火村を見上げていた。彼の顔を見ていたのか、くわえ煙草の先のオレンジ色を見つめていたのか、どちらか判らなかった。

「先生」

やがて、思い切ったように火村に呼びかける。

「私が犯罪社会学の……先生のゼミを取ったのは、実は下心があってのことなんです」

助教授は微苦笑しながら「下心ってのは嫌な言葉だな」と言う。

「すみません。なかなか言えなかったんですけれど、話します。本当のことを言うと、今日、研究室の前で先生をお待ちしていた用件というのは、こっちが本題なんです。すみません」

「何度も謝らなくてもいい。——で、その本題というのは?」

貴島朱美は緊張を鎮めるためか、広い額に人差し指を押し当ててから切り出す。

「二年前の夏のことです。……私の知っている人が殺されたんです。犯人は、まだ捕まっていません」

3

さらに——

同じ日の同じ時刻。

その人物は、夕陽の真下を歩いていたという。オレンジ色をかぶった雑踏の中を泳ぐように。帰宅ラッシュが始まりかけており、オフィスから吐き出された人々が駅へと行進していく。流れに逆らっていたため時折すれ違う者と肩がぶつかり、舌打ちされたり、「失礼」と詫びられたりしたが、当人はいずれに対しても何の反応も示さなかった。それどころではなかったのだ。

——何という夕陽だろう。

めったに拝めない凄絶《せいぜつ》な夕景に、その人物は心を奪われていたのだ。みんながいっせいに立ち止まって西の空を見上げてもいいだろうに、群衆の川は静止するどころか、淀《よど》みさえ作らない。こんな有様では、核爆弾が頭上で炸裂《さくれつ》しても、誰も気がつかないのではないか。いや、この空は本当に何か得体の知れない巨大な爆発の結果なのかもしれない。

あるいは――もしかしたら、この夕景は自分の網膜にのみ映っているのでは、という疑念さえ湧《わ》いた。それほど人々は空に関心を払っていなかった。いやいや。そうではなく、誰もがこの空に魂を抜かれてしまい、畏《おそ》れを覚えているがために、そんな感情を面に表わせずにいるのかもしれない。そうなのだ、おそらく。

何かの予兆を思わせる夕焼け。

予兆。――吉兆か、それとも？

そんなことを考えているうちにも晩秋の日はみるみる落ちていき、しだいに薄い煙がたなびくように黄昏《たそがれ》が忍び寄ってくる。逢魔《おうま》が時などと恐ろしげな呼ばれ方をする、この世と異界が触れ合うひとときが訪れようとしているのだ。

古人はこんな刻、道行く人々の間からひょいと洩《も》れ聞こえてくる言葉をつかまえ、意味があるはずもないその言葉に運命を、何ごとかの吉凶を尋ねた。夕占《ゆうけ》という。

常ならざる日没の風景の余韻にひたっていたその人物の耳に、二つの言葉が飛び込んだ。一つは右手をすれ違った制服姿の女子高生が、他方は少し前方を歩くサラリーマンのうちの一人が放ったものであろう。

ばれるわけないって。

殺してまえ。

——え？

背筋にぞくりと悪寒が走った。

その人物——火村が戦うことになる殺人犯が、夕占のお告げを受け取った瞬間だった。

第一章　幽霊マンション

1

　世界の終末のような日没を見たその週末、火村が京都から久しぶりにやってきた。すぐ近くまできたので寄ったという。外食するつもりだったので、ファミリーレストランで夕食をすませ、コンビニで買い出しをして部屋に戻る。それから缶ビールを何本もあけながら、近況の報告やら彼が近所までやってきた用事とは何かということやらを、夜中まで話した。

　学生時代は言うに及ばず、卒業した後も週末に訪問し合って語り明かすようなことが年に何度かあった。その頻度は、彼が研究のために大学院に進み、私が印刷会社に就職して営業マンをしていた頃が一番高かったかもしれない。お互い、うまくいかないことが多くて気持ちがふさぐことがよくあったからだろう。三十を過ぎて、彼が母校で助教授の座を獲得し、私が小説家として独立したあたりから、さすがに語り明かすということは少なくなった。いくらか環境が落ち着いてきたからであろう。齢をくって徹夜がきつくなったのだ、とは思いたくないし、どちらもそれほど柔《やわ》ではない。

十二時近くなって、仕入れてきたビールがすべて空になった。

火村がふらりと立って、窓辺に倚《よ》る。煙草の煙が部屋中に充満してきたので、換気のために窓を開けに立ったのだ。夜気を含んだ冷たい風が吹き込んで、カーテンが揺れた。

「寒いな」

腹が立つほど当たり前のことを言う。

「そらそうや、十一月の深夜やぞ。煙草を控えてくれたら、窓を開けて空気の入れ換えなんかせんでええんや」

「お、通天閣《つうてんかく》が見えてる」

こっちの言うことを無視して、寒風に吹かれながら夜景を眺めている。何度もうちにきていたのに、通天閣が見えることに気がついていなかったはずはないだろう。少し当てつけがましかったが、私はキャメルの吸い殻が山盛りになった灰皿を取って立ち、キッチンのゴミ箱に捨てた。ついでに冷蔵庫から買い置きの缶ビールを二本出して戻る。ヘヴィースモーカーの友人はソファに掛けて、つまみのピーナッツを齧《かじ》っていた。窓は細目に開いたままだ。

私は、ちょっと前に中途半端なところで途切れた話題を持ち出すことにする。

「せやけど、もてもての火村先生。教え子から『下心』やなんて言われた時はどっきりしたやろう。『よしたまえ、私は教育者だよ。近寄るんじゃない』てなこと口にしてたら大恥かくとこやったな」

そんなふうにからかわれるのは、彼にとって愉快ではないらしい。

「つまんねぇこと言うなよ。あんまり低級な想像をめぐらせてると、書くものの質まで下がるぞ」

と、きた。

軽口を叩いたくらいで創作に悪影響がでるはずもないが、確かに低次元の発言だったかもしれない。私が以前に読んだあるミステリの短編集の中では、中年の大学教授が三編に登場し、その別々の三人ともが教え子と男女の関係を持つことになっていた。くだらない、と思ったものだ。

「これでも飲んで機嫌を直しなせぇよ、旦那《だんな》」

私はプルタグを引いてから、缶ビールを差し出す。

「火村先生やったら、自分が巻き込まれた事件の真相を突き止めてくれるかもしれへん、と期待して犯罪社会学のゼミを選んだ、というのはすごい動機やな。君がただの研究者やのうて、シャーロック・ホームズと同じ才能を持ってることやら、それを活用して警察の捜査に参加してることを、その子……えーと、何子ちゃんやった？」

助教授はビールをひと口飲んでから、

「貴島。貴島朱美」

「その貴島朱美嬢は知ってたということか？」

警察の捜査に加わって犯罪と直接格闘することは、社会学者の彼にとってフィールドワークである。これで彼が目覚ましい探偵の才能を発揮し、幾多の難事件を解決に導いたことを、「助手」という名目でそれに立ち会った私はよく知っている。彼は仮面を剝《は》ぎ取られる前から犯罪者と対するばかりか、その仮面を剝ぐ役割そのものを担う。生成しつつある犯罪の過程に立ち入り、その阻止を図る。医学の世界に顕微鏡を覗《のぞ》いて病理を探る基礎医学者もいれば、メスを執《と》って患者の病巣を摘出する臨床医学者もいるように、犯罪の研究者も様々なポジションに立つ可能性があるようだ。私に言わせると、火村英生は『臨床犯罪学者』なのだ。

しかし、その特異な研究方法が公になると、警察当局との間の信頼関係を損ないかねない、という配慮から、彼はごく限られた人間――私のような――にしか自分のユニークなフィールドワークについて明らかにしていない。彼の講義を聴講している学生が火村の名探偵ぶりを知ってゼミに入ってくる、ということは通常は考えられないのだ。

「弁護士の娘という友人から噂《うわさ》を聞いたんだそうだ。裁判で証言をしたりすることもあるから、そっちの関係者には俺のフィールドワークは知られている」

「その弁護士というのは、さっき会《お》うてきた人物とは違うんやな？」

「ああ、それはまったく関係ない。俺が話してきたのは彼女の従兄《いとこ》で、カメラマンをしている。名前は宗像正明《むなかたまさあき》」

「その宗像氏というのが、二年前の夏の事件の関係者か？」

「の、一人さ」

一応の換気ができたので、私は窓を閉める。そして、ここから五十メートルほど北西に見えているマンションの黒い影に目をやった。夕方に火村が訪問した宗像正明の部屋は、その最上階だという。明かりが灯《とも》っている窓の一つが、そのカメラマンの部屋かもしれない。

「毎日見てるマンションに殺人事件の関係者がおったとはなぁ。それも火村先生の教え子がからんだ事件とは」

「彼女から住所を聞いた時は、お前のマンションのすぐ近所だったんで、ちょっと驚いたよ」

「あのマンション、なかなか変わってたやろう?」

そちらを見たまま、私は皮肉っぽく訊《き》いてみる。火村がこくりと頷くのがガラスに映った。

「あれだけ大きな化け物屋敷ってのも珍しいな。——近所でも有名なのか?」

有名だとも。十五階建てで八十室あるというのに、入居しているのはたったの五世帯だの三世帯だのという噂がある。周囲の羨望《せんぼう》を集めるはずだった『オランジェ夕陽丘』という名の白亜の豪華分譲マンションは、『幽霊マンション』とか、あるいは横文字にして『ホーンテッド・マンション』——まるでディズニー・ランドだ——と渾名《あだな》されている。不動産会社は情けない現状を大いに嘆いていることだろう。こんなことになってしまったのは、マンションが半ば完成したところでバブル経済がパチンと盛大に弾《はじ》けてしまったからだ。

見通しが甘かったのか、単に運が悪かったのか、私には判らない。

ちょくちょくその前を通ることはあったが、用事もない私がその中に足を踏み入れたことはもちろん一度もない。ただ、部屋からよく見えるので、妙に馴染《なじ》みがあるのだ。日中は真っ白な外壁がいつもまぶしかったが、オランジェ夕陽丘が最も美しい姿を見せるのは、夕焼けを浴びた時だった。白い建物全体がオレンジ色に染まる様は、時に私を見惚《みと》れさせた。マンションの名称は、そのような景観をあらかじめ計画に織り込んでいた証拠ともとれる。

「五世帯とか三世帯というのは大袈裟だな」と火村は笑う。「宗像氏に聞いたところによると、ちゃんと十世帯も入居してるそうだぜ」

大してはずれていないではないか。

「それは賑《にぎ》やかやな。——ところで、事件の関係者に話を聞きに大阪までやってきたんやから、貴島嬢の捜査依頼を引き受けた、ということやな？」

「教え子の頼みを無下に断るのも気が咎《とが》めた——というんじゃない。色々と気になることがあったんだ。まぁ、最大の理由は二年以上たっても、まだその事件に決着が付いてない、ということだな。捜査本部も解散しているし、このままだと迷宮入りしてしまうだろう」

「それを阻止したら、京都府警か大阪府警かで、また株が上がるわけや」

私はカーテンを引き、床に胡坐《あぐら》をかいて座る。

「いや、現場は京都でも大阪でもない。和歌山なんだ。あいにくなことに、そっちじゃ俺の名前は売れてない」

「岩手や静岡の県警にも話が通じる人がいてたのに、近場に手が届いてないところがあったんやな。ようやく和歌山デビューか。全国制覇めざしてがんばってくれ。——それで、その迷宮入り寸前の事件というのは、一体どんなものなんや？」

「まだ全容をよく把握していないんだ。周参見《すさみ》の海岸の別荘で起きた事件で……」

言葉の途中でどうして切るのだ、と思って見ると、彼は大きな欠伸《あくび》をしていた。猫のようにごしごし目を擦《こす》ったりもする。

「あー、急激に眠たくなってきたな。ソファで休ませてもらおうか」

「おい、何や、それは。冒頭の一行を読んだだけで本を閉じるようなことをするやないか。宿賃がわりにしとくから、話せよ」

「小説のネタに困ってるのか？」

彼のフィールドワークに立ち会ったり、その話を聞くことはよくあったが、それを推理小説に仕立て直して発表したことはない。彼は先刻承知していて、わざとそんなことを言うのだ。

「絶好調の俺がお前にネタをせびるはずがないやろう。——ははぁ、そうか」

「何が『そうか』だよ」

と訊き返すその目は、なるほど瞼《まぶた》が垂れてきていて眠たげではある。

「俺が事件について興味を抱いたら、またぞろフィールドワークにのこのこついてくるんやないか、と危惧《きぐ》してるわけや。そうしたら、朱美ちゃんを助手にして和歌山へ遠征しようという計画が台なしになってしまう。そういうことか」

「あのな——」

「心配するなって。そんな野暮なことはせえへん。俺は捜査の経過と結果だけ教えてもろうたらそれで好奇心が満たされる。せやから、心置きなくしゃべれ」

火村はちっと舌打ちして、キャメルをくわえたまま言い返してくる。

「有栖川先生。うれしそうな顔して、何ぬかしてんだよ。お前、そんなオヤジっぽいことばっかり言ってると本当に作風が変わっちまうぞ。夢のあるミステリが書きたいって、どっかの雑誌のアンケートで答えてたくせによ」

二十歳ぐらいの子から見れば、三十代半ばにさしかかったわれわれなんて本物のオヤジではないか、と思うが、声に出さずにおく。

「お前は他人《ひと》ごとだからそんな呑気《のんき》なことが言えるんだよ」ぷっと煙を天井に吐いて「彼女は親類を殺された上、その容疑者の一人になったことがあるだけじゃなくて、なかなかに複雑な境遇で育っているんだ。オレンジ色恐怖症なんて性癖もあるし」

「ああ、夕焼けをこわがったんやてな」

「俺としちゃ、捜査をしてみると決めたからにはそれなりの責任も感じてるんだ。不真面《ふまじ》目《め》なことは冗談でも言われたくない。——わ、か、り、ま、し、た、か?」

「判った」と答えるしかない。

「よろしい。じゃ、この一服が喫《す》い終わったら俺は睡《ね》るぞ。君はワープロに向かうなり天《てん》王寺《のうじ》公園まで深夜のジョギングをするなり好きなようにしなさい。――どんな事件なのかは、明日話してやるよ」

了解した私は、寝室に毛布を取りにいった。戻ってみると、火村はもうソファにごろりと横になっている。

「角の喫茶店のモーニングセットがうまかったよな。あそこの店、日曜日もやってるのか？」

やっている、と私は答えた。では、そこで朝食にしよう、と言う。睡魔に襲われているというのに、ささいなことで計画的になる奴だな、とおかしくなる。

「ゆっくりお休み下さい、先生」

毛布を投げかけながら私はそう声をかけた。

しかし、彼も私も、朝寝坊をすることはできなかった。

2

電話が鳴っている。

そのベルで目が覚めた。おい、無茶苦茶に眠たいではないか、と思いながら枕許の時計を見ると、まだ六時までに間があった。あんまりだ。

間違い電話だったらどやしつけてやる、と思う一方、何か不吉な知らせではないか、とふと不安になったりする。私はスリッパを履いてリビングに向かった。火村は毛布をしっかり肩まで掛けて、よく眠っている様子だったが、私が受話器を取る寸前に薄く目を開き、ううん、と不機嫌そうにうなった。

「有栖川さんのお宅ですね？」

こちらが名乗るよりも早く、向こうが言った。それを耳にした私は、普通の電話ではないな、とすぐに察した。相手の声に聞き覚えがないというだけでなく、それがいかにも不自然に押しつぶされたものだったからだ。年齢はおろか性別さえも定かではない。

「そうですが、どちら様ですか？」

「火村先生がお泊まりでしょう？」

こちらの問いに答えようとしない。火村が誰かに私のところを緊急の連絡先として伝えていたのだろうか、と思ったが、それにしても様子がおかしかった。

「いますよ。こんな時間ですから眠っていますけれどね。彼に用事なんですか？」

「眠っているのなら、起こしてください」

「あなたの名前と用件をお願いします」

私はきっぱりと言った。非常識な早朝に電話をしてきただけでなく、口のきき方も知らないのか、と向かっ腹を立てていた。

「それは言えない」

「ふざけてるのか？　取り次がずに切るぞ」

　私は語気を荒げた。

「オランジェタ陽丘」

「え、何？」

「今すぐにオランジェタ陽丘の８０６号室に行け、と火村先生に伝えてくれればいい。そうだ、あなたも一緒に行ってもらおう」

　眠る前に話題にしていたマンションの名前が出てきた。今すぐにそこの何号室だかに行けだと？　唐突に何を馬鹿なことを、と思った。

「なんでそんなことをせなあかんのや？」

「行けば判ります。すぐに行ってみてください。オランジェタ陽丘の８０６号室です。覚えましたね？」

「断わる」

　そう言えば、何か説明を加えるかと思ったのだ。しかし、正体不明の声の主は意に介さずに、「早くしてください」とだけ言う。

「待て。あんたは自分の名前をどうして言わない？」

　ぷつり、と電話は切られた。ツーッツーという信号音だけが取り残される。

「悪戯《いたずら》電話じゃないのか？」

　頭をぼりぼりと搔きながら火村が尋ねてきた。悪戯なのかどうかもはっきりとしない。電話の内容を話すと、彼も難しげな表情になった。

「変だ。俺は、お前のうちの電話番号を緊急連絡先になんかしてないぞ。俺がここじゃないかと当たりをつけて電話してくるとしたら、うちの婆ちゃんかお前も知ってる警察の関係者の何人かぐらいしかいないはずだ」

婆ちゃんとは彼が大学時代から十数年来お世話になっている下宿の家主さんで、もちろん、さっきの電話の主ではない。警察関係者でないことも明白だ。とすると——

「気色が悪いけど、そんな詮索は後ですることにしよう。オランジェ夕陽丘の806号室に行けってんだな?」

「ああ。行くのか?」

行ってみるしかないだろう、と言いながら、彼は毛布を撥《は》ねのけた。若白髪まじりの頭髪はひどい寝癖だったが、顔つきはもうしゃんとしている。私も行って何ごとか確かめずにはいられない、と思っていた。早速、火村は革のジャケットを羽織り、私もパジャマから着替える。窓の外はまだ暗かった。出る時にドアポケットを見たが、朝刊もまだ届いていない。

外はまだ夜気が冷たい。私たちは白い息を吐きながらオランジェ夕陽丘へ足早に向かう。人通りはない。静寂の中に聞こえるのは、ひと筋東の谷町《たにまち》筋をまばらに行き交う車の音と、道路を横切る野良犬がアスファルトを爪《つめ》で掻くカシャカシャという音だけだった。決して耳に馴染《なじ》みのないものではない。いつもは、そろそろ仕事を切り上げようか、という時に聞いているという違いだけで。

火村も私も無言のままだった。

どこの誰とも知れない人間に叩き起こされて、夜明け前の町に追い立てられるとはあまりにも理不尽だ。それだけに、行く先で異常な事態が待ち受けているのではないか、という思いが強くなっていった。

角を曲がったところで、初めて人影を見た。ベージュのコートの襟を立てた男が、せかせかと歩いてきて、私たちとすれ違う。早朝の出勤にしては手ぶらだし、捜しものをするように、きょろきょろとしている。こんな時間に何をしているのだろう、と怪訝《けげん》な気がしたが、それはお互い様というものだろう。

大阪市が指定した『歴史の散歩道』がこのあたりを貫いているので、史蹟《しせき》などのポイントを巡るモデルルートを示す目印の化粧煉瓦が道路に埋め込んである。私たちは、それをたどるように進んだ。上町台地をくねくねと走るそのルートをずっと歩いていけば、生玉《いくたま》神社や仁徳《にんとく》天皇を祀《まつ》る高津《こうづ》神社、井原西鶴《いはらさいかく》の墓がある誓願寺《せいがんじ》、近松門左衛門《ちかまつもんざえもん》の墓、高山右近《たかやまうこん》と細川《ほそかわ》ガラシャゆかりの聖マリア大聖堂などを経て平安京よりも古い難波宮《なにわのみや》跡、そして大阪城に至り、さらに道は北東へと伸びる。時折、大学の先生をガイドにした市民ウォークの一団がぞろぞろと歩いている姿が見られる道だ。

オランジェ夕陽丘の前にも、化粧煉瓦が埋められていた。京都の産寧坂《さんねいざか》のような風致地区だったら、こんな十五階建てのマンションなど絶対に認められないが、やはりそこは大阪である。市内最古の建造物である勝鬘院《しょうまんいん》の多宝塔も、奇抜なデザインの高層ビルに見下ろされていたりする。

トベラの植込みの中で、常夜灯がいくつかぼんやりと光っていた。御影石《みかげいし》のアーチには オランジェ夕陽丘と銀色の文字で麗々しく印してある。そのアーチをくぐり、アクリルの扉の前まできた。両脇にメールボックスが並んでいる。ここで806をコールして、オートロックを解除してもらわなくてはならない。ところが、パネルで806を押して呼び出そうとしたのに、応答がなかった。

「あかん。入られへんぞ」

振り返って言うと、火村は「そうでもない」と扉を指差す。

「あれはちゃんと閉まっていない。何か挟まってる」

言われてみると、そのとおり、角砂糖ぐらいの木片が嚙《か》ませてあって、扉がきちんと閉じていない。両手で押し開いてみると、簡単に開いた。

「これは電話をかけてきた奴の細工みたいな気がせえへんか?」

火村は「するね」と言った。

そして、あいつは806号室の住人ではないらしい。わけが判らないままマンション内に入る。障害物を取り除いたので、扉はぴたりと閉まってロックされた。

エントランスの天井には立派なシャンデリアが輝き、高級感をだしている。入るとすぐ左手が管理人室。明かりが灯っているが、人がいる気配などない。一抹の防犯効果を狙って、電気を終日つけっぱなしにしているのだろう。正面にエレベーターが一基。住人の皆様へ、というホワイトボードが管理人室の脇に掲げられていたが、何も書かれてはいなかった。ろくに住人がいないだけあって、どこもかしこもいたってきれいなままだ。八十世帯が入居していたら、いくら上品な人ばかりだったとしても、とてもこうはいかない。荷物を搬出入する際に床や天井に瑕《きず》がついたり、子供たちが外から持ち帰った砂がちらばっていたりするだろうから。

エレベーターは一階で停まっていた。いらっしゃい、お待ちしていました、という雰囲気だ。幽霊マンションの胃袋に通じる口のようでもある。

「アリス」

火村の声がエントランスに反響した。

「さっきかかってきた電話は、不自然に押しつぶした声だったたって言ったろう」

「そうや。まるで脅迫犯人が電話をかけてるみたいやった」

「806号室に行ってどうしろ、という指示はなかったんだな?」

「そうや」と私は繰り返す。ここまでやってきて、火村は警戒しだしたようだ。まさか危険なことはあるまい、と予想する根拠はないのだから、それが当然の態度ともいえる。

「よし、行こう」

彼がボタンを押し、エレベーターの扉がしずしずと開く。ケージに乗り込む時に、背筋がわずかに顫《ふる》えてしまった。期待と不安がないまぜになって、私の口許は意味もなくほころんだりする。にやにやしながら、扉の上に1から15まで並んだ階数表示のランプが、4、

5、6と移動するのを、私はじっと見ていた。
八階に着いた。

火村に続いて下りる。

下りた真正面が806号室だった。

表札が入るべきところに、何もない。

「空室か。階下で呼んでも返事がなかったはずや」

私は少し戸惑ったが、火村は平然としている。

「幽霊マンションのことだから、こんなことだと思ってたさ。人がいる確率は八分の一だからな」

彼はチャイムのボタンを押した。ちゃんと鳴っているのだろうが、外まで音が洩れてはこない。十秒ほど待っても応答がないので、もう一度押したが――

「反応なしやな」

「806号室に行ってみろったって、部屋の外には何も変わったところはないしな」

火村はノブに手を掛けた。カチリと小さな音がした。

「動く。鍵が掛かってないぜ」

「どうぞ勝手にお上がりください、というつもりかな」

「そう解釈する妥当性はある」

彼はきっぱり決断を下し、ドアを押し開いた。内開きとはホテル並みである。ぬっと闇が顔を突き出したかのように、中は真っ暗だ。私は壁をなでさすり、電灯のスイッチを探り当てたが、オンにしても明かりはつかなかった。やはり未入居の部屋らしい。懐中電灯を持ってくればよかったのだが、こんな状況になるとは予測できなかった。

火村がライターの火を灯す。暗闇に彼の顔がぽっかりと浮かぶ。と、至近距離に他に二つの顔が出現するのが見えて、私は思わず「あっ！」と声をあげた。

「何だ、いきなり大声を出してびっくりさせんなよ、アリス。安物のホラー映画じゃあるまいし」

火村に言われてよく見ると、玄関脇の姿見に、われわれが映っているだけだった。面目ない。

「どなたかいらっしゃいますか？」

火村が闇の奥に呼びかける。返事は返ってこない。

「これはいよいよ普通じゃねぇな」

ぶつぶつ言いながら靴を脱ぐ彼に、私も倣《なら》う。フローリングの床は、石のように冷たかった。

次第に目が暗反応を起こして馴《な》れてくると、あたりの様子がぼんやりと見えてきた。右手にひと部屋、左手にバス、トイレと洗面所。廊下の扉を開けると、右にふた部屋、左がダイニング・キッチンとリビングというごくありきたりの３ＬＤＫの間取りのようだ。もちろんのこと、家具調度品は一切なく、ひたすらがらんとした空間だ。

この空間がどれだけの値段で売りに出されているか、私は知っている。売れないものだから、何度も何度も新聞の折り込みチラシが入っているからだ。ちなみにその金額とは、分譲開始時はちょうど一億円。それが何段階かに分けてじわじわとディスカウントされ、現在は六千八百万円まで下がっているのだが、近辺の相場からするとこれでもやはり高過ぎる。この不景気な時にそれでは誰も買わんわ、という値段である。外観や設備が値段相応に豪華であったとしても。

ライターをかざした火村が先に立って、リビングに進んだ。どんなものが現われても不様に声をあげたりするまい、と心の準備をしていたのだが、床に魔方陣が描かれているわけでもなければ、壁に血文字のメッセージが記されているでもない。とにかく何もないのだ。

電話台が目についた。何もない。さっきの謎の電話も、ここからかかってきたわけではないのだ。

リビングに面したふた部屋——どちらも六畳の和室——と、洗面所の向かいにある八畳ほどの広さの洋間も見て回ったが、発見はなかった。

「かつがれたな。これはきっとトリックや。早く戻った方がええ。今頃、俺の部屋に盗賊の一味が侵入して、家財道具を運び出してるところかもしれへんぞ」

緊張がゆるんだせいもあって、私はつまらない戯言《ざれごと》を吐いた。しかし、火村はにこりともしない。

「何か変だ」

漠然としたことを言う。

「変やな、というのは電話を受けた時から思うてることやないか」

「そうじゃない。この部屋の何かがおかしい。ここには、誰かがいたな」

そんな形跡を私はどこにも見出《みいだ》せなかった。どうして判るのだ、と尋ねる。

「微かに何か匂う。錯覚か建材の匂いだろう、と思っていたけれど、どうやらそうじゃない。お前は気がついてなかったか？」

どんな匂いなのかを伏せて問い返された。私は首を振るしかない。

「変なものじゃない。柑橘《かんきつ》系の香水のような匂いだ。男のものか女のものかは判らない。残り香が漂っているということは、ちょっと前まで何者かがここにいたんだ。——もっとよく調べた方がいい」

「調べるって、どこを？」

彼は黙ってトイレに向かった。そして、ドアを開けて異状はないか確かめる。背中ごしに私も覗くが、変わったところはない。次は浴室だ。こちらにも何も——

何もなくはなかった。

男が一人、世にも不自然な体勢で床に転がっている。

ライターのほのかな明かりではよく判らないが、年齢は四十代から五十代前半というところか。厚手のセーターに黒っぽいスラックスといういでたちだったが、そんな些末《さまつ》なことなど後回しでいい。男の顔は苦悶《くもん》で歪み、半開きの口からは舌がはみ出していた。とうに命が失われていることは、脈をとったり瞳孔《どうこう》の散大をみるまでもなく自明だろう。最後の扉を開いたら、とんだ大当たりではないか。

激しく狼狽《ろうばい》しながらも、男の頸部《けいぶ》に紐のようなものが巻きついているのを私は見た。男は事故や突然の発作で死んだのでは断じてない。絞殺されたらしい。

806号室に行ってみろ、と告げた電話の主は、このおぞましいものを私たちに目撃させたかったのか？　この死体は、あいつが残していったものなのか？

「どう……なってるんや？」

やっとこさ搾り出した自分の声は掠《かす》れていて、まるで他人のもののようだ。火村は何も答えず、腕時計を見てから研究者の冷徹な声で呟《つぶや》いた。

「午前六時十四分」

死体発見の時刻を確認したのだ。

3

火村はジャケットのポケットから携帯電話を取り出して、ただちに一一〇番に通報をした。自分の素性を述べてから、他殺体らしいものをオランジェ夕陽丘というマンションの806号室で発見した旨を、いたって冷静な様子で伝える。私はそれを最後まで聞くことなく、ひとりで部屋の外に出た。現場を保存しなくては、という義務感などではない。胸くその悪い死体からなるべく離れていたいという生理に従っただけのことだ。ドアの脇の壁にもたれて、深呼吸をした。

火村がなかなか出てこない。警察にあれこれ尋ねられているのか、と思って耳を澄ませると、どうやら電話は終わっているらしい。「おい」と声をかけながら様子を窺《うかが》うと、彼はあの浴室を覗いていた。警察が到着するまでに、観察すべきものを観察しておこう、ということか。彼にしても、機動捜査隊に先んじて現場を検分する機会など、今を逃せばないかもしれない。

私は彼の後ろ姿を見たまま、玄関先に突っ立っていた。死体の様子をもう一度じっくりと見てみたい、という気持ちも起こってきていたのだが、現場観察のメソッドを知らない私が火村の邪魔をしてはならない、と考えたからだ。だから、彼が出てくるのを待つ。

東の生駒《いこま》山地の山並みあたりが、ようよう明るくなってきていた。この季節の遅い夜明けが訪れようとしている。よかった。いや、よいも悪いもないのだが、これからどっぷりと長い夜に向かうのだったらやりきれないような気がしただろう、と想像した。

火村が室内を歩き回る音がしている。微かな足音だけだから、各部屋を見て回っているだけだろう。勝手にそこいらのものをいじれないのは当然のことだが、電気が点かないので観察も思うにまかせないはずだから、もどかしい思いをしているのではないか。

日曜の朝の静寂の彼方から、やがて別々の方角から複数のパトカーのサイレンが近づいてきた。付近の早起きの住人たちは、何ごとだろう、と驚いているに違いない。

サイレンが止まった。火村の通報から、ものの数分しかたっていない。ここと天王寺署は至近の距離とはいえ、さすがに早いな、と感心する。

私たちが乗ってきたまま八階で止まっていたエレベーターが下降しだした。まもなく、警官を乗せて戻ってくるだろう。

「おい、火村」

中に向かって呼びかけると、彼は黙って出てきた。まったくの無表情だ。両手には、いつもフィールドワークの際にしている黒い絹の手袋を嵌《は》めていた。

「えらいことに巻き込まれたな」

「えらいことというより……おかしな状況だな。さっぱりわけが判らない」

同感だ。明け方にいきなり電話で起こされて、事情も判らないまま指定された場所に行ってみたら死体が転がっていた、というのが「えらいこと」だ。そして、電話の主は何者なのか、どうして火村が私のところにいることを知っていたのか、どうして彼を死体の発見者にしたがったのか、については「さっぱりわけが判らない」。

「判れへんよな。ありのままを警察に話したら、俺らが変な目で見られそうな嫌な予感がするぞ」

「心配性だな、お前。ありのまま話すしかないさ。ヒッチコックの映画みたいに濡《ぬ》れ衣《ぎぬ》を着せられたりするかよ。犯人だったら、そんなおかしな話をするために警察を呼んだりするはずないだろう」

まぁ、理屈ではそうだ。それに、火村先生は大阪府警と良好な関係を築いているから、まさかいきなり容疑者扱いされることもないか。

などと考えているうちに、エレベーターの扉の脇に並んだランプが、一つずつ上がってきた。厳格な父親の帰宅を待つ子供にでもなったような気になり、私は壁にもたれるのをやめて居住まいを正す。遠くの方から、また別のパトカーのサイレンが聞こえてきていた。開いた扉から、六人の男たちが降りてくる。先頭に立っていたのは、茶色いブルゾンを着た眉毛《まゆげ》の太い中年の刑事だ。

「天王寺署の者です。死体を見つけたいうことですけど、ここ？」

806号室を顎で指すので、私が「そうです」と答えた。火村が補足する。

「浴室で男が死んでいます。とっくに絶命してましたし、頸《くび》を絞められた様子があったので一一〇番通報しました」

「死体や現場にあったもんに触ってませんな？　それやったら結構。――しばらく、ここにおって下さい」

どやどやと一団が中に入っていく。私たちは廊下の隅に身を寄せておくことにした。さらに何台かのパトカーが到着し、エレベーターはピストン輸送で警官たちを運び上げてくる。ふつうのマンションだったら隣人たちが廊下に顔を出したりして、もっと騒然たる雰囲気になることだろう。ここオランジェ夕陽丘では、そんな住人すらいないので、あたりは警察官だけでどんどん埋まっていく。

真っ先に現場に入った刑事がほどなく出てきて、「えーと」と私たちに問いかける。

「お名前を伺いましょうか。私、千種《ちぐさ》といいます」

火村は名刺を渡しながら名乗る。千種刑事は、すぐにピンときた。

「ああ、犯罪学者の火村先生ですか。以前、本部におりましたんで、お名前はかねがね伺っていますよ。――もしかすると、こちらは……」

私が自己紹介すると、彼は大いに納得した、というふうに頷いた。

「やはり、推理作家の有栖川さんですね。火村先生の研究を手伝っている？」

「はぁ。ただのもの書きですから、研究を手伝うというほどのことはしていませんけれど」

曖昧《あいまい》に答えるしかない。千種は私たちに対して、大いに興味を抱いたようだった。警部の肩書きがある名刺を差し出してくれる。

「こんなところで、こんな形でお目にかかれるとは思ってもみませんでしたな。もしかして、先生方は何かの事件の捜査をしていて、あの死体に遭遇したということですか？」

「いえ、それがそうではないんです。とてもおかしな経緯で、あれを発見するはめになりましてね」

私のマンションに謎めいた電話がかかってきたところから、火村は順をおって説明する。警察がくるまでに話を組み立てていたのか、実に要領よくしゃべる。腕組みをしたまま、質問も挟まずにいた千種警部は、聞きおわると低くうなっていた。

「奇っ怪ですね」

おっしゃるとおり。

「犯人だか第三者だか不明ですが、死体を早く発見して欲しい理由があったのなら、警察に電話したらよかったやろうに。どうして有栖川さんのところにいた火村先生に連絡したんでしょうな。先生に心当たりはありませんか？」

「ありません。そもそも、私が有栖川のところに泊まっていたことを知っている人間にも心当たりがない。まるで、こっちの行動を監視していたみたいです」

「監視ね。昨日、誰かに尾行されている気配を感じたとか、ふだんと違ったことはありませんでしたか？」

「いいえ。しかし、尾行を警戒して生活していませんからね。つけられていた可能性はあります」

「有栖川さんは？」

「何も変わったことはありませんでした」

エレベーターがまた上がってきた。鑑識係らしい制服の捜査官らが、手に手に検査道具を収めた箱を持って現場に吸い込まれていく。昇りきった朝日の光が、彼らの背中を照らしていた。

「被害者にも見覚えがないんやそうですね。これまでに先生方が扱った事件の関係者やということもないですか？」

「いいえ」と火村ははっきり答える。「まるで知らない人物です。——身元は不明ですか?」

「運転免許証や定期券のたぐいは身につけていません。財布が持ち去られてましてね。コートが丸めてあったけど、それにもネームはついてません。身なりは普通ですし、こんな立派なマンションのことですから、浮浪者が空き部屋にもぐり込んでたわけでもないでしょう。もしかすると、ここの住人の関係者かもしれません。——それにしても、噂には聞いてましたが人の少ないマンションですな。朝っぱらからこれだけ騒いでるのに、誰も姿を現わさない」

エレベーターの扉が開き、今度は見覚えのある顔が出てきた。つるりと禿《は》げ上がった頭に堂々たる太鼓腹。のっしのっしと降りてきたのは、「海坊主」の異名をとる、府警本部捜査一課の船曳《ふなびき》警部だ。ようやく本部の捜査官が到着したらしい。

「あれ、まぁ。有栖川さんのお宅の近所で殺しと聞いて駆けつけてみたら、有栖川さんと火村先生がお待ちかねとはびっくりしますね。まさか、通信司令本部から直接に連絡がいったわけでもないでしょう。どういうことですか、これは?」

驚くのも無理はない。われわれが第一発見者なのだ、と火村が言うと、警部は「へぇ」とのけぞった。

船曳警部の班がこの事件を担当するのであれば、私としても心強い。彼こそ、私たちが府警で最も馴染みがある刑事であり、火村はこれまで十指に余る事件の捜査に協力していた。

　ここで千種警部との間できびきびと挨拶《あいさつ》が交わされる。二人は以前に別の事件の捜査で面識を得ているようだった。

「死体発見の様子を先生からお聞きしていたところです。かなり特異な状況ですね」

「ほほぉ。どんな様子やったのかは現場を見ながら詳しく伺いましょうか。火村先生も有栖川さんも、中へ一緒にどうぞ」

　あまり心弾むお誘いでもない。私は船曳警部や火村の後について、やむなく犯罪の場に入っていった。

「被害者の顔写真、すぐに用意を頼みますよ。それを持ってまずマンション中、聞いて回るから」鑑識課員にそう声をかけてから船曳は「それにしても、えらいがらんとしたマンションやなぁ。ここだけやなしに、まわりの部屋も未入居のが多いんかな。建ったばっかりにも見えへんけど」

「できたのは五年ほど前です」地元民の私が言う。「値段が馬鹿高くてほとんど埋まってないんです。幽霊マンションって呼ばれてるぐらいですから」

「そらまた豪勢なお化け屋敷ですな」

　カメラを携えた鑑識課員と入れ違いに、警部が大きな体をゆすりながら浴室に入っていく。火村はその後ろ、私は少し離れた壁際に立つ。警部が死体を検分する間、火村は再び今朝の電話から事件の通報に至るまでの模様を繰り返した。

「ふぅん。それは面妖やな」

今度は奇っ怪ではなく、面妖と寸評された。船曳は死体に手をかけていじりながら私たちに話す。

「電話をかけてきた奴が犯人やという感じがしますね。そんなことをする合理的な理由は判りませんが、ちょっと頭がいかれた人間なのかもしれん。ともあれ、そいつは火村先生が有栖川さんのところにいてるのを知ってた。先生の行動を把握してたわけですな。先生の家に電話して、どこにお出かけなのか尋ねたのかもしれませんけど」

「いえ、それはありません。さっき、うちの家主さんに携帯電話で確認しましたから。私あての電話は一本もなかったそうです」

私が一人で廊下に出ている間に、ここから家主の婆ちゃんに電話していたとは気がつかなかった。抜かりのない奴だ。

「何者かが私を尾行していたのかもしれない、と千種警部に言われました。その可能性を否定はしません」

「前夜からずっと先生に張りついてたかもしれない、か。——ところで、火村先生。用事があってこちらにきたから有栖川さんのところに寄った、とおっしゃいましたが、どんな用だったんですか?」

「ちょっとした野暮用、というには重い用事なんです。二年前に和歌山県で起きて未解決の殺人事件について調べて欲しい、という依頼を受けて、その関係者の話を聞きにきたんです」

「シャーロック・ホームズみたいですな。探偵事務所の看板も掲げてないのに、どんな人がそんなことを頼みにきたんですか？」

「私のゼミの学生です。彼女も当事者なんですよ。ちなみに、昨日の夕方、私が話を聞きにきたのは、このマンションの十五階に住む宗像正明という人物です」

警部がむっくりと上体を起こし、こちらに向き直った。

「何ですって？　どうしてそれを早く言うてくれんのです」

「怒らないでくださいよ、警部。お伝えすることがたくさんあったので、話が輻輳《ふくそう》しないように後回しにしたんです。私が昨日、ここの宗像氏を訪問したことと、今朝８０６号室で死体を発見するはめになったことの間には因果関係があるのかもしれません。それをはっきりさせるために、宗像氏をここへ呼んで、死体を見てもらうのが手っ取り早いんじゃないでしょうか。マンションの全住人に尋ねて回らずとも、うまくいけばそれ一発でビンゴです」

船曳は二重顎をつまんで、しばし考える。私のそばでそのやりとりを聞いていた千種が「呼んできましょう」と言った。

「１５０３号室です。宵っぱりの生活をしている、と話していましたから、まだ熟睡しているかもしれません」

千種は「了解」と応《こた》えて、駈けるように出ていった。船曳は立ち上がって、腰をさすりながら伸びをする。

「和歌山で起きた殺人事件って言いましたね、先生。二年前のがまだ解決してないってことは、迷宮入りってことですか」

今朝、ゆっくりと彼から聞くつもりだった事件だ。火村は頷く。

「捜査は完全に行き詰まっているそうです。教え子に頼まれて動きだしたところですから、私もまだ概要しか知らないんですが」

「十五階の宗像正明というのは、事件とどう関係しているんです？」

「殺人があった時、現場になった別荘の持ち主の長男で、事件当時にその場にいた人間の一人です。滞在していた者はみんな、厳しく追及されたということですから、容疑者のうちの一人だった、ということになります」

「お話しになってみて、何か匂いましたか？」

「事件のあらましを聞いた程度ですから、まだ無色無臭です」

「そうですか。まぁ、私としては、そっちの難しげな事件がこの殺しとつながって、さらにややこしいことにならないように祈っていますす」

「だといいですけど」

「匂いといえば」警部は話の方向を転じる。「現場に柑橘系の香水の匂いらしきものがしていた、とおっしゃいましたね。人がたくさん出入りして、今はもう匂いませんけど。それは犯人が遺《のこ》していったものだとお考えですか？」

「はっきりしていることは、殺された男性がつけていたものではない、ということです」

「ええ、死体からは匂いませんね。——香水の主が誰かということが重要になってくるな。最近は男もぷんぷん匂わせてるのが大勢いますからね。その香り、男性用のやったか女性用のやったかてなことは……」

「それは判りません」

「でしょうな」

そんなやりとりをしているうちに、船曳班の鮫山《さめやま》警部補、森下《もりした》刑事らお馴染みの顔が揃ってきた。「ご苦労様です」と挨拶し合う。「有栖川さんちのごくごく近所やないですか。石投げたら届くぐらいのところでしょう?」

班で最年少の森下が話しかけてくる。日曜の早朝に指令を受けて飛んできたのだろうに、いつものようにアルマーニのスーツで身を包んでいた。一見したところ御曹司《おんぞうし》風だが、一課の刑事になったのがうれしくてたまらない、というはりきりボーイだ。生家は生野《いくの》区の眼鏡屋だと聞いたことがある。

「それほどでもないけど、超A級のスナイパーならライフルで狙撃《そげき》できそうな距離ではある」

「わぁ、物騒なたとえをしますね」

鮫山が肘で後輩の背中をどんと突いた。眼鏡の奥の目が怒っている。現場に入るなり無駄口を叩くな、と叱っているのだ。火村などよりずっと学者然とした風貌《ふうぼう》の警部補は、森下の教育係を担当しているようだった。

「被害者をよく観ろ。観て、どんな様子か話してみろ」

鮫山に命じられて、森下が所見を述べる。しごかれているのだ。

「被害者は男性。年齢は四十歳代か五十歳代の前半。身長は一メートル六十五から七十。肉づきがよい。ニットのセーターにスラックス姿。畳三畳ほどの浴室のバスタブの脇に、膝を折り、うずくまるようにして倒れている。バスに使用の形跡なし。頭は、えー、東向き。足が西。頸部に縄状の紐が三重に巻かれて、うなじで団子結びにされており、さらに……」

船曳はまだ腰をさすっていた。

「火村先生のことですから、所轄の連中がくるまでに死体をとくと観察なさったでしょう。——何かお気づきのことは?」

「発見時に死後五、六時間という感じでしたから、犯行は零時前後というところでしょうか。見たとおりの絞殺で、着衣をつけたままの観察では目立った外傷はありません。無防備に立っているところを後方から襲われ、大した抵抗もできないままに殺害された様子ですね。こんな狭い浴室で絞殺したと考えるのは無理がありますから、殺害行為が行なわれたのは別の場所。死斑《しはん》その他によると、遠くから運んでこられた形跡はないので、おそらくこの806号室内の他の部屋でしょう。夜明け前で充分な明かりがありませんでしたから、この程度のことしか判りません」

コートのポケットに両手を入れたまま、火村は淡々と語った。船曳は、まぁそんなところでしょうな、と言うように軽くふんふんと頷いている。

と、玄関のあたりで千種警部の声がした。「よろしくお願いします」と、なだめるような口調。1503号室の住人を連れてきたようだ。

宗像正明はいかにも気が進まない、という表情で入ってきた。鷲鼻。三日月のようにしゃくれた顎。その真ん中に筆で描いたような黒子《ほくろ》。なかなか印象的な顔をしている。いかにも自由業らしく、長髪を頭の後ろで束ねていた。だぶだぶのセーターに膝が出た皺《しわ》くちゃのスラックスは組合せもあまり合っておらず、いかにも寝起きに慌てて着込んだというふうだ。目は充血している。その赤い目が、火村をとらえた。

「おや、あなた、昨日の先生じゃありませんか。火村さんでしたっけ。ここで何をしているんです？」

「おはようございます。私自身、わけが判らないまま巻き込まれてしまって、ここにいるんです。私のことはひとまず措《お》いておいて、お役目の方を」

「務めさせてもらいます。いやぁ、ありがたいお役目ですよ」

森下たちは浴室から退き、宗像は千種に背中を押されるようにして死体のそばに導かれた。が、すぐさまくるりと振り返る。気分でも悪くなったのかと思ったが、彼はしゃんとしていた。はっきりとした口調で千種たち刑事に告げる。

「伯父です」

4

殺された男の名は、山内陽平《やまうちようへい》。四十八歳。正明の母親の兄だという。

起き抜けに刑事の訪問を受け、殺人現場にひっぱってこられたかと思うと、そこで対面した死体が伯父だとは、さぞやショックであろう。彼は、「まいったな」とうめいて、額に両手を押しあてる。場面に不似合いな言葉のようだが、いかにも大きな動揺の表われともとれた。

「どうして伯父が殺されたりするんだろう。それも、うちのマンションでこんなことになるなんて、わけが判らない」

宗像正明は壁にもたれかかり、ぶつぶつと呟いた。火村が穏やかに問いかける。

「山内陽平さんというのは、昨日のお話にも出てきた、あの伯父さんに間違いありませんね？　六年前まであなたたちの家で同居なさっていた方。そして、二年前に和歌山の別荘で起きた事件の時もご一緒だった？」

火村にとっては、既知の名前だったようだ。和歌山の事件の時に一緒だった、という点に私は興味をそそられたが、傍らの刑事たちもそれは同じだろう。「ちょっと待ってください」と、船曳警部が割って入る。

「順を追ってお訊きしたいことが山ほどありますけれど、まず、一つだけ伺いましょうか。二年前の和歌山の事件、とおっしゃいましたね。つまり、それというのは先ほど先生がおっしゃっていた、あの事件ですか？」

「ええ、そうです」

火村が答えた。船曳は、ぽかんと口を開いてしまう。

「和歌山にある宗像さんの別荘近くで、山内さんと親しかった大野夕雨子《おおのゆうこ》という女性が殺されたんです。捜査はまだ続いていますが、犯人は捕まっていません」

「その時の被害者と今度の被害者は親しかった、か。ややこしいことになってるみたいですな」

天を仰いだ船曳は、艶《つや》のいい頭をひと撫《な》でしてから、被害者の甥《おい》の方を向く。

「あなたの伯父さんが亡くなったことを報《しら》せるべき近親者の方は？」

「伯父は独身でしたから、報せなくてはならないのは、うちの母ぐらいでしょう。今は、妹と一緒に周参見にいると思います」

唐突に周参見という地名が出てきたが、彼はすかさず補足説明する。

「和歌山の別荘って言っていましたけれど、正確に言うと周参見にあるんです。家族の者はみんな気に入っていて、季節を問わず、ちょくちょく泊まりに行くんです」

「二年前に忌《い》まわしい事件があった後も、ですか？」

船曳が皮肉ともとれる訊き方をしたが、正明は気分を害した様子もない。

「はい。夕雨子さんが殺されたのが家の中だったら気持ちが悪くて売り払ったかもしれませんけれど、犯行現場は別荘から五十メートルほど離れた浜辺だったので」

「浜辺が犯行現場ねぇ。そちらの事件についても、概要を聞いておく必要がありそうですな。われわれの手許には資料がありませんから」

火村が、ぽつりと言う。

「和歌山の事件と今回の事件と、直接の関係があるかどうかはまだ断定できません。警部にとって、和歌山の方は管轄外ですけれど、私自身について言えば、二つの事件を背負《しょ》い込んだ。すでに両方に関わってしまった」

「その大野夕雨子という女性と山内さんはどういう関係だったんでしょうね。奥さんでなかったのなら、愛人とか？」

火村は、正明に説明させる。

「愛人というのかなあ。そのような親密な間柄だったこともあります。ただし、彼女が殺されるより半年以上前には、その関係には終止符が打たれていました。それは衆知のことです」

船曳は「でも、陽平さんにも嫌疑がかかったんですね？」

「たまたま一緒に別荘にきていましたからね。でも、伯父が大野さんを殺す理由なんて存在しなかったんですよ。きれいに別れて、その後もさばさばした調子で何度も会っていたんですから。私には、その事件と伯父が殺されたこととの間に関連があるとは思えないんですが……」

「まだ判りませんね」と助教授も言うのだが、二つの事件にはやはり関連があるのではないか、と私は思った。根拠は、火村が大野夕雨子殺しの調査に着手したとたんに山内陽平の死体を発見するはめになった事実そのものだ。それも、何者かの電話によって、火村は発見者に指名されたのだ。関係ないはずがないではないか。

「火村。えらく慎重な言い方をしてるけど、二つの事件はつながってるやろう。誰かの意思が働いてこうなったんや。もしかすると、犯人はお前が殺人事件の調査に乗り出したことを察知して、山内陽平氏を殺す必要性を感じたのかもしれん。たとえば、山内氏が事件の核心に迫るような秘密を握っていて、口封じをしたとか。そして、よけいなことをするお前に、嫌がらせのつもりで死体発見者の役目を押しつけた、と見ることもできるんやないか？」

「お前のマンションに電話をかけてきた奴こそ、今回の殺しの犯人であると同時に、二年前の事件の犯人でもある、と言いたいんだな？」

「そう」

　彼は両手でゆっくりと頭髪を掻き回した。

「その可能性はある。しかし、腑《ふ》に落ちる話でもないな。何故って、俺が調査に乗り出したというだけで、犯人がそんな動きをするというのがはなはだ非現実的だからさ。お前の想像する犯人は、まるで俺が事件をほじくったらたちまち真相に到達すると信じて、パニックに陥ったみたいじゃないか。ありうるか？　これまで警察の捜査を掻い潜《くぐ》ってきた奴ならそれなりの自信も持っているはずだ。犯罪学者が一匹介入してくると知ったって、薄ら嗤《わら》いを浮かべてるだけだと思う」

それはそうだ。どうやら誤解をしてしまったらしい。火村英生の犀利《さいり》な頭脳について、私は熟知していたが、そのことを実感として知っている人物はごくごく限られているのだ。たまさか犯人が警察関係者だったとしても、「火村という犯罪学者が捜査に協力して功績があるらしい」という内部情報ぐらいでは、大した危険を覚えるとも思えない。よしんば不安になることはあったにせよ、しばらく様子を見てから行動に移るであろうし。

「二年前の事件については、後でじっくりと聞きましょう。その前に、まずは目の前にある殺しです。――ここで立ったままというのも何ですから、よろしければあなたの部屋で話を伺えますか？」

船曳の提案に、正明は「はい」と答えた。それでは、と歩きだそうとした時、火村が顔をしかめて立ち止まる。

「しまった。言い忘れていたことがあります」

船曳が「何ですか？」と尋ねる。

「私とアリスがここへやってくる途中、すれ違った男がいるんです。怪しい素振りはなくて、ごく普通に歩いていたんですけれどね。しかし、早朝の六時前という時間ですから、他に人の姿はありませんでした」

「その男こそ、何くわぬ顔で現場から立ち去ろうとしていた犯人かもしれない、ということですか？」

「ちょっと考えにくいんですけれどね。その男とすれ違ったのは、このマンションの三十メートルほど手前でした。犯人は私たちを電話でここにおびき寄せたんですから、そんなところをふらふら歩いていたら、私たちと鉢合わせすることが判っていたはずです。わざとすれ違う理由があるとは思えません。——ただ、現場付近で見かけた唯一の人間ですから、気にはなります」

私は、これっぽっちも気にしていなかった。犯人なら、すれ違う時に顔をそむけようとするなり、足早になるなりの反応があっただろう。が、その男は顔を上げて堂々と歩いていたのだ。——まぁ、火村が気にしたとしても、そいつを目撃したのはもう一時間近く前のことだから、今さら後を追いようもない。

「念のために、人相と風体《ふうてい》をお伝えしておきます」

火村の持ち前の観察力が発揮される場面だった。男は、年齢が二十代。身長は一メートル七十センチ前後で、中肉。頭髪はセンターで分けていて、長さは耳が半分隠れる程度。ベージュのコートの襟を立てていたので、鼻筋や口許はよく見えなかったが、せり出し気味の額とぱっちりした目が特徴的だった。少しきょろきょろとしながら歩いていて、手には何も持っていなかった——と。

「これだけです」

これだけです、とはおそれいる。私は、そいつがコートを着た若い男だった、というぐらいしか自信を持って証言できなかった。殺人事件の容疑者かもしれない、と思えばじっくりと見ていただろうが、あの時は、オランジェ夕陽丘に急ごうとして、周囲のものに目を配る余裕などなかった。

火村の話を手帳に控えてから、船曳はボールペンの尻で首筋を掻いた。

「心に留《とど》めてはおきますけど、犯人っぽくはありませんなぁ。火村先生を名指しで呼び出しておきながら、その横を平気ですれ違うというの、やはり変です。まさか、先生に挑戦するつもりでそんなことをしたはずもないでしょう」

「しかし」と火村はこだわる。「犯人は、私たちがここにくる少し前まで、現場に留まっていたふしがあるのも確かです」

「例の柑橘系の香水の匂いのことがありますからね。――ふぅん」

船曳は小さくうなったが、考えてもすぐに答えが得られそうもないと断念したのか、思案を断ち切るようにパンと手を叩く。

「では、宗像さんのお話を伺いにいきましょうか」

正明は、「はぁ」と力なく応えた。その戸惑った様子に、船曳が尋ねる。

「ご家族かお客さんかが部屋にいらっしゃるんですか?」

「いいえ、いません。ちらかっていますけど、よろしければ」

千種警部を含めた私たち五人がエレベーターに乗り込もうとしたところで、階段から一人の男が上がってきた。パジャマの上にブルゾンをはおった四十がらみのその男は、巣から顔を出して付近の様子を窺うオコジョのようにきょろきょろとした。

「な、何か……あったんですか、宗像さん？」

彼は、１５０３号室の住人を見つけると、つっかえながら尋ねてきた。心配そうなのは無理もない。

「８０６号室で人が殺されていたんだそうです」

訊かれた方は、自分の伯父が被害者だということは伏せて答える。口にすることが愉快でないためだろう。

「え、そんな……。８０６号室っていうたら、うちの部屋の真上やないですか。昨日の晩のうちに殺されたんですか？」

男は気弱そうに声を顫わせたが、「あなた」と船曳に呼びかけられて、びくりとなる。

「現場の真下の部屋にお住まいだそうですが、お名前は？」

「わ、私ですか？　勝又《かつまた》ですけど」

「ちょっとお話を聞かせてもらえますか。——おーい、鮫やん」

呼ばれた鮫山警部補がやってくると、警部はてきぱきと指示を飛ばす。

「真下の部屋の勝又さんや。昨日から今朝にかけて何か気がついたことがなかったか、しっかり話を聞いといてくれ。——行きましょうか」

今度こそ私たちは十五階に上がった。

5

1503号室は、殺人があった部屋とよく似た間取りの3LDKだった。しかし、当然のことながら空っぽの部屋と人が暮らしている部屋とでは、器は似ていてもまるで別ものだ。住まいというのは、家具や調度が入るとかえって広く感じられるのが不思議といえば不思議である。

入ってすぐ左手の壁に、額装された写真が掛けてあった。山際に夕陽が没しようとするところで、ふたこぶ駱駝《らくだ》のような稜線《りょうせん》は、大阪府と奈良県の間にそびえる二上山《にじょうさん》のものだと知れる。そこに日が沈んでいくところだから、奈良県側から撮った写真だ。美しくも、荘厳な雰囲気が伝わってくる作品だった。

「これは宗像さんの作品ですか？」

靴を脱いで上がりながら尋ねると、彼は首を振った。

「違うんです。私もカメラマンですが、もっぱらポートレイトや人間臭い情景を専門にしていて、風景はあまり撮らないんですよ。それは同業者の友人の作品です。そいつは風景一本槍《やり》でしてね。特にそんなふうな夕景が好きみたいです」

顔を寄せてよく見ると、写真の片隅にM. Nakamuraとサインがしてあった。

ちらかっている、と彼は言っていたが、リビングは家庭訪問に備えたようにきれいに片づいていた。元来、几帳面《きちょうめん》な性格だからか、昨日の火村の訪問のためにがんばったのかは判らない。

先に母に連絡をしたい、と彼が言うので、私たちはソファに掛けて待った。電話はなかなかつながらなかったが、何度目かのコールで通じたらしく、彼が沈痛な声で話すのが聞こえてきた。

「どうして行かなかったの？……よく判らないなぁ。まぁ、いいや。それで、亜紀《あき》はもう戻ってくるんだね？　戻ってきたら、すぐに車でこっちにきてよ。……うん、俺もどうしていいか判らないから。……ああ、そうだよ」

電話は簡単に終わらない。その間、私はぐるぐる首を回して、リビングの壁のあちこちに掛けられた写真を眺めていた。こちらの方はどれも彼が撮ったものなのだろう。切り取られているのは、まぎれもなく人間たちの営みだ。キタの地下街で交錯する人々のおびただしい顔の群れをとらえた写真。突然の雨に駈けだす小学生たちの歓声を閉じこめた写真。しゃがみ込んでホームレスの老人と何ごとか語らっている若いスーツ姿の男の写真。ぐったりとした表情の若い男女がコンビニエンス・ストアの雑誌を立ち読みしている様子を——おそらく深夜なのだろう——店外から撮った一枚がとても面白い。都会の孤独や憂愁《ゆうしゅう》を表現したものなのだろうが、路上にあふれた店の明かりは夢のように柔らかく、そこだけ観ていると心が癒《いや》されそうだ。しかし、それでいて、やはり全体としては淋《さび》しいのだ。四角い箱の形をしたコンビニは、まるで深海に沈んだ水槽で、立ち読みをする客たちは永遠に静止した時間に幽閉されているようにも思える。

「可愛い女の子ですね。プロのモデルではなさそうやけど」

千種が観ているのは、私の頭の上の写真らしい。振り返って見上げてみると、それは二十歳ぐらいの女性のポートレイトだった。髪は肩に届くか届かないかという長さ。聡明《そうめい》そうでいて、かつちょっと愛敬《あいきょう》のある広い額に前髪がはらりと垂れている。灰色がかった瞳の輝きも理知的だ。鼻の頭がやや上向きかげんだが、あまり形のいい鼻だったら、整いすぎてかえって没個性的で魅力のない顔になっていたかもしれない。口許には微かな笑み。どことなくぎこちないその笑みから、千種はプロのモデルではないと判断したのであろう。黒いシャツの襟が開いて、何の飾りもない胸許が覗いている。

「彼女が、私を事件に巻き込んだ張本人です」火村が言う。「貴島朱美。私のゼミの学生で、宗像正明氏の従妹《いとこ》にあたります」

そう聞いて、私はしげしげと写真に見入った。男のみならず、同性からも可愛いと評される顔立ちではある。しかし、カメラマンは従妹のブロマイドや見合い写真を撮りたかったわけではあるまいから、貴島朱美という女性の内面が表現したくてシャッターを押したはずだ。それは何か？――やはり表情だろう。もしかすると、あのぎこちない笑みかもしれない。得体の知れない何かへ向けた不安と期待、恐れと憧《あこが》れが綯《な》い交ぜになり、やむなくとりあえず浮かべたような笑み。『モナリザ』のように、意味を探りたくなる笑みだ。実物に会ってみたくなった。彼女自身への興味もあるが、会えばカメラマン宗像正明の腕のほどもはっきりとする。

「宗像さんの従妹ということは、えー、彼女にとっても殺された山内さんは伯父やということになりますね？」

　そう言う船曳警部も太い首をねじりながら、肖像を見つめている。

「ええ、そうです。血がつながった伯父と姪《めい》になりますね。彼女の母親の姉が、宗像真知《まち》さんという人で、すなわち正明さんが今電話で話している相手ですね。その兄が陽平さんなわけですから。すでに他界している真知さんの配偶者は、宗像庄太郎《しょうたろう》さんといいます。この方は、六年前に自宅の火事で焼死しています」

「一度聞いただけでは頭に入りませんな」と千種が手帳を広げる。「繰り返していただけますか？」

　私もまるで飲み込めていなかったが、おいおい理解できるだろう、とメモはとらなかった。というよりも、急いで出てきたので、筆記用具を持っていなかったのだ。小説家としては、心構えができていない、とそしられたら甘んじて受けるしかない。

「――と。ところで」手帳を開いたまま、船曳が「大野夕雨子という女性は、山内さんとかつて親しかったから、というだけのことで宗像さんの別荘に遊びにいってたんですか？」

「それは違います。大野夕雨子という女性は、とある音楽教室に講師として勤めていたことがあって、中学生だった宗像亜紀さんにピアノを教えていたんです。だから、宗像家とはもともとつながりがあって、別荘にも招かれていたんですね」

「ピアノの先生ね。——彼女、年齢はいくつだったんですか？」

「殺害された時、三十三歳でした。山内氏とは、十二、三歳離れていたわけです」

正明が受話器を置いて戻ってきたので、話はそこでいったん中断する。

「連絡がつきました。気が変わって周参見には行かなかったとかで、南田辺《みなみたなべ》の自宅にいました。早くきてくれるように頼みましたので」

「お母さんは真知さんとおっしゃるそうですね」千種がメモを開いたまま「電話でおっしゃってた亜紀さんというのは、どなたですか？」

「同居している妹です。朝食前に犬を連れて散歩に出ているようなんです。戻ってきたら、車を運転させて一緒にここにこい、と言いました。車なら、十分ぐらいで着きます」

「お母さんの反応はいかがでしたか？」

船曳警部が訊く。正明はダイニングの椅子を運んできて、腰を降ろしながら溜め息を洩らした。

「『本当なの？』とか『信じられない』を連発していました。二年前のことがありますから、よけいにショックだったみたいで……ずいぶん狼狽していました」

「無理もありませんな。——ところで」

警部はそこで言葉を切り、室内を見渡す。そして何を言うのかと思いきや、私も疑問に思っていたことを口にした。

「いいお部屋ですな。ここが高級マンションであることは、建物に一歩足を踏み入れただけで判ったことですけど。こういうところに一人でお住まいとは、贅沢ですね。羨《うらや》ましい」

　正明はすました顔で事務的に答える。

「もちろん、駆け出しのカメラマンである私の甲斐性《かいしょう》で購入できるわけありません。母から金が出ているんです。ここが売りに出てすぐ。一億円しました。それが今では六千万円代まで下落していまして、大損をしてるんですけれどね。バブルで頭に血が昇って、不動産の価格が下がるなんてこと、考えていなかったんですよ。一億で買ってもまだ上がるだろう、と。しかし、投機のつもりだったわけでもないんですよ。いずれ結婚の際には必要になるものなんだから、買える時にいいものを手に入れておこう、としただけです」

「ご結婚の予定がおありだったんですか?」

「いえいえ。交際している女性もいません。ただ、母が先走っただけなんですよ。新居を先に用意したら肝心の相手が見つからなくなる、と言いますけれど、その俗説には当たって欲しくありませんね」

　どうにも恵まれたおぼっちゃまである。カメラマンなんて競争の激しい世界で成功するためには、もっとハングリーな方がいいのではないか、と思う。もちろん、ものを言うのは才能だろうが。

「お金持ちなんですね」

　千種が感心したように言うと、正明は困ったような顔をした。

「いいえ、そんな。世間並み以上ではありますけれど、小金を貯めている、という程度ですよ。土地成金崩れ、というところかな。父が生きていた頃、奈良に何箇所か先祖伝来の土地を持っていたのを売って金にしたはいいが、その使い道に迷ってしまいましてね。株をちょこちょこと買い、そのうち暴落がくるだろうとこわくなって、やっぱり土地だ、と今度は投機目的でマンションを買ったりしているうちに、結局はバブル崩壊で元の木阿弥《もくあみ》という、目端が利かない家族です」

彼の家庭の経済状態は、山内陽平の死に関係があるかもしれない。千種はさりげなく水を向けたが、単なる世間話ではないのだ。

「二年前の事件については後回しにしましょう」船曳の眼光が鋭くなる。「まずは、山内さんが殺された事件です。あなたの伯父さんは、どういうことをしている人だったんですか?」

「実業家、といえば聞こえがよすぎますね。山師というのはひどすぎる。色んなことに手を出して、うまくいったかと思うと失敗してふりだしに戻る、ということを繰り返していました。そんな見通しの甘いところは、父と似てなくもありません。スナックを経営していたこともあれば、自動車の解体工場をやっていたこともある。日本一の古着チェーンを作るといってこけたり、墓地の販売会社を興してつぶしたり。忙しい人でした。ふりだしに戻るたびに、私の父や母を頼って転がり込んでくるんです。現在は少しおとなしくしていて、友人の不動産会社で働いていました。堺《さかい》の方のバッティングセンターを任されてたんでしたっけね。『しばらくはのんびりしながら充電だ』とか笑っていました」

　腰がすわらずにふらふらしていただけなのか、夢を追うタイプだったのか判らない。いずれにしても、その職歴の多彩さからして、エネルギッシュではあったのだろう。

「目下、経済的に困窮していたのでもないんですね？」

「食べていくのに不自由しない、というぐらいの収入だったのかもしれません。でも、独り身だし、浮き沈みの激しい人生を送ってきていましたから、困窮なんてことはありませんよ。また、何か一発当ててやるぞ、と構想を練ってはいたでしょうけど」

「そんな生き方をしてきたのなら、人の恨みをどこかで買《こ》うてた、ということもありますね？」

　正明は少し考えた。軽率な受け答えはしたくないのだろう。

「そういう訊き方をされたら、私には何とも言えませんね。商売が破綻《はたん》して、うちに居《い》候《そうろう》に転がり込んでくることはありましたけれど、迷惑をこうむった誰かがどなり込んできたようなことはありません。伯父が勝手に失敗していただけじゃないですかね。本当のところは判りませんけど」

「独り身とおっしゃいましたね。現在、親しくしていた女性の話など聞いたことはありませんか？」

「私は聞いていません」

　望んでいた答えが得られたわけでもないだろうに、船曳はよしよしと頷いた。次の質問

を考えているだけなのかもしれない。やがてボールペンの先を正明に向けて、

「先ほど、どうして伯父さんがこのマンションにきていたのだろう、と驚いていたようですけれど、あなたを訪ねてきたんではないということですね？」

「はい。くるとも聞いていませんでした。しかし、伯父がこのマンションにやってくるとしたら、私に用がある時ぐらいなんですけれどね。他に知った人なんかいないんですから」

「どれぐらいの頻度でここへきていたのか、この前にきたのはいつなのかを話してください」

「用がある時といっても、そんなことはめったにないんですよ。母と気まずい感じになっていたので、中に入ってちょっと執《と》り成してくれないか、といった相談にきたことが二回ほどあるだけです。えーと、この前にきたのは、八月の暑い時だったと記憶しています。お盆前かな」

「山内さんとあなたのお母さんとの間にはもめごとがあったんですか？」

「憎み合っていた、とかいうのではありません」と強く否定する。「兄妹の不仲ですよ。もともと母は、実の兄である伯父のことがあまり好きではなかったので、敬遠していたというだけで。無理もないと思います。また商売でしくじった、といって兄に居候にこられたら、母としたら面倒は増えるし、父には気を遣うしで、疎《うと》ましいったらありゃしませんもの。性格が合う方ではない、ということもありましたね。でも、伯父には色々と魂胆も

あって、母に疎遠にして欲しくなかったんですよ」

「魂胆とは？」

「捲土重来《けんどじゅうらい》を期して次の事業を始めるにも、軍資金がいりますよね。それを融通してもらおうという肚《はら》があったんでしょう。もちろん、まだ何をやりたいのか未定でしたから、将来の話ですけれど」

「もし、そんな相談を持ちかけられたら、お母さんは拒絶しそうなんですね？」

「母は冒険が嫌いなんです。必ずもうかる株を買いたがる人で、それが保証されないのなら株を買うのをやめるタイプです。それでもバブル崩壊の痛手は逃れられなかったんですけどね。そんな人間ですから、信用していない伯父に、大きな金を貸したりしっこありません」

「山内さんとしては、不満やったでしょうな」

「でも、差し迫った事情はありませんでした。いつかきたるべき日のために、母を懐柔しておきたい、と考えていただけですよ。それで私のところへきて、『僕のこと、お母さんによろしく伝えておいてよ』とか言いにきたことがあるんです。亜紀にも愛想を振りまいていたらしい」

「あなたや亜紀さんは、陽平さんにどんな印象を抱いていたんですか？」

「居候をされた日には、家が狭くなるのと母が怒りっぽくなることに難儀しましたが、私は嫌いではありませんでした。伯父の生来の性格として、サービス精神は旺盛《おうせい》なんです。

私が小さかった頃から、常識から逸脱しているけど滅法面白い、というお話をしてくれたり、キャッチボールの相手をして遊んでくれたり、子供の機嫌をとるのがうまかった。だから、いいかげんなところがいっぱいあるのを承知しながら憎めないんでしょう。でも、妹の亜紀はまた違いますよ。伯父を疎ましく思うだけではなく、どちらかというと軽蔑していたかもしれない。妹は小さい頃から、すり寄ってくる人間の下心が見えると駄目なんです。まぁ、私よりしっかりしているとも言えます」

「お宅には、お母さんと妹さんの他にはどなたが？」

「今はいません。二人だけです」

正明が語ったところによると、現在の家族構成は三人だけ。まず、カメラマンの彼。二十六歳。在阪《ざいはん》の雑誌社のいくつかから仕事をもらっているそうだが、不定期の仕事ばかりで収入ははなはだ不安定だという。しかし、いざとなれば母親を銀行のCD機代わりにして金を引き出すこともできるのだろう。

その母親の真知は四十七歳。無職。芝居見物と温泉旅行が趣味という、優雅なご婦人である。大手電鉄会社に勤めていた夫の庄太郎が遺した生命保険金と遺産のおかげで、豪遊で蕩尽《とうじん》しないかぎりは楽に暮らしていけるのだそうだ。亡夫の遺産が巨額だったのは、彼に抜群の才覚があったためではなく、郷里の奈良に持っていた先祖伝来の山野をゴルフ場などに売却したためだ。小金を貯めた土地成金崩れ、と正明は言うが、こんな豪華なマンションを息子に買い与えたり、周参見の別荘を手放さずに持っているところからして、貯めているのは小金どころではないとみた。

そして、妹の亜紀、二十二歳。貴島朱美より一つだけ年上だ。高校時代までピアノを習っていたが、それはほんの趣味程度で、進んだのはある大学の文学部だった。目的もなく入った大学に失望して――ただ厭《あ》きただけだろう――やがて中退。一年前から家事手伝いの身分らしい。ということは、二年前の事件の頃は大学生だったことになる。兄の言によると、本人が現状に満足しているので、外に出て働く意志は毛頭なし。結婚に対しても興味なし、ということであった。

正明が、家にいるのは今のところ母と妹だけだ、という言い方をしたのにはわけがあった。つまり、かつては父がいたし、山内陽平が居候に出たり入ったりしていたし、貴島朱美もいたからだ。朱美が宗像家にいた事情について、火村だけは本人から詳しく聞いていたが、私や警部たちは正明に説明してもらって初めて知った。

朱美は中学に上がってすぐ、十三歳で両親を亡くしていた。車で買物に行った帰り、信号待ちをしているところに後ろから居眠り運転のダンプカーに追突され、踏み切りに押し出されたところへ電車が突っ込むという、悲惨な事故だったのだそうだ。父方には朱美の面倒をみられる親類がおらず、彼女は伯母《おば》の真知の許へ引き取られた。宗像家には正明と亜紀という二人の子供がいたものの、経済的に余裕があったし、朱美が手にした保険金や慰謝料も大きな金額であったので、それだけはかろうじて救いだったかもしれない。宗像家では、朱美を家族と同様に扱った、と正明は話した。

「それにしても、朱美ちゃんも気の毒な子です。彼女がやっと落ち着いたかな、という頃に今度はうちで火事で、私の父が死にました。それも……火村先生にはお話ししましたけれど、ただの火事じゃなくて放火だったんです。そして、朱美ちゃんは、消火をしようとした父が庭で火だるまになってもがきながら死んでいく場面を目撃してしまった。多感な十五歳の時ですよ。心の傷を負わないはずがありません」

「オレンジ色恐怖症ですね」

火村が口にしたその言葉の意味が、その時の私には判らなかった。

「はい。鮮やかなオレンジ色を見ると、鼓動が速くなって平静でいられなくなるみたいで。両親の事故の報せを受けた時、外は見事な夕焼けだったんだそうで。それと火事の記憶があいまって、そんなふうになってしまったんです。日常生活に支障をきたすほどのものではありませんけど、本人にとってはつらいでしょうね」

私は、ちらりと彼女の写真を見た。そんな精神の不安定さが貼りついて、あんな曖昧な笑顔ができたのかもしれない。

それはさて措き、宗像庄太郎の死が放火によるものだと聞いて、またまた驚いてしまった。朱美の両親の交通事故、放火、大野夕雨子の殺害、そして山内陽平の殺害。十年足らずの間にこれだけ大きな事故や事件に巻き込まれるとは不運な娘だ。迷信などくだらない、とせせら嗤っている人間でも、神社にお祓《はら》いに行きたくなるだろう。

「放火の犯人は捕まったんですか？」

私は警部らを差しおいて尋ねてしまう。

「いいえ。とうとう捕まらず、です。それまでにも近所で小火騒《ぼや》ぎがあったのが、うちの火事以降はぴたっと治まった。悪戯気分だった放火魔が、死人が出てこわくなってやめたんだろう、と警察は言っていました。町に自警団ができて、夜回りをするようになったせいもあるでしょう」

「放火事件も迷宮入りですか。二年前の事件もまだ……」

「未解決ですからね。犯人が捕まったら失われたものが戻る、というわけではないんですが、悪人がどこかでのうのうとしているかと思うとやりきれません。推理小説と違って、現実はうまくできていません」

チャイムが鳴った。

6

真知と亜紀が到着したのだ。

正明は母親似であった。とりわけしゃくれた顎など骨相がそっくりだ。が、息子がどちらかというとおっとりとした雰囲気なのに対し、所作や口調に尖《とが》ったものがあった。娘の亜紀は、顔も体つきもふっくらと丸みを帯びていた。こちらの方は父親に似たのかもしれないが、しゃべり方などは母の影響を強く受けている様子であった。

私たちへの挨拶がすむと、真知は息子に問いかける。

「兄さん、あなたのところへしょっちゅうきていたみたいね。昨日もくることになってたの?」

「いいや。それに、しょっちゅうきてなんかいなかったよ。二回ほどきただけで。だから、どうしてこのマンションで殺されたりしたのか不思議なんだ」

「このマンションはまだいいとして」亜紀が言葉をかぶせる。「どうして空き部屋で死んでいたのかが判らないわ。鍵も持ってなかったはずなのに。犯人が鍵を持っていたのかしらね」

「それについては、別の者が管理会社から事情を聞いています」

ちゃんと動いているから安心しなさい、と言わんばかりの船曳の言葉だった。独白に応えられて、亜紀はバツが悪そうにしている。

「ところで、英都大学社会学部の火村先生とおっしゃいましたね」真知の目が助教授に向けられる。「うちの姪は京都に下宿して、そちらの社会学部に通っているんですけれど、もしかして何かご関係が――」

「大ありだよ」正明が言う。「朱美ちゃんは火村先生のゼミを取っているんだ。そのお隣りが、先生とともに犯罪の調査をすることがある推理作家の有栖川さん」

「火村先生って……ああ、そうだったの。犯罪の研究をなさっている先生ね。私、井村先生だと聞き違えていたわ。そうなの」

気丈そうな真知が、にわかに動揺しだしたようだ。が、すぐにきっとまなじりを決して、

「正明」ときつい調子で言う。

「どういうことなんですか。うちの別荘で起きた不名誉な事件について、刑事でもない学校の先生にぺらぺらと話すだなんて、朱美やあなたの神経が理解できません。あの子が犯罪を研究するゼミを履修したのは、まさか、先生にあの事件について相談するためでもないんでしょうけれど」

「案外、そうだったりして」

「黙りなさい、正明」

他人の前だからか、声を荒げることは慎んでいるようだ。

「母さんや亜紀も事前に朱美から聞いてるだろ？　夕雨子さんの事件について、学校の先生に相談をした。先生は調査を引き受けてくださったから関係者に話を聞いて回る。そちらに連絡が入ったら、尋ねられたことに答えて欲しい、って」

「ええ、何日か前に電話がありました。だから私は叱ったのよ。私立探偵を雇うみたいにゼミの先生に頼みごとをするなんてとんでもありませんよ、と」

「叱ったら、『はい、判りました』と素直に答えた？　そんなわけないと思うけど」

「信頼できる先生だから、とか愚図愚図《ぐず》と言っていましたよ。だから、諦《あきら》めていないんじゃないか、と心配はしていましたけれどね。でも、あの子が私の言うことに従わずに常識はずれなことをしたからって、あなたまで先生の訪問を受け入れて協力することはないでしょう。良識を疑いますよ」

真知はいたく立腹しているようだ。亜紀はどうかというと——

「お母さんの言うとおりよ。朱美にしてみれば半分よその家庭のことなのかもしれないけれど、兄さんが乗ることはないじゃないのさ」

火村の出馬が思わぬ波紋を呼んでしまった。彼は落ち着いた声で話しかける。

「おっしゃることは、ごもっともです。正明さんからお話を聞けるようにした、と貴島君から聞いていましたけれど、他のご家族や関係者の皆さんの協力が得られるのかどうかについては、未確認でした。その点について、お気を悪くなさったのならお詫びします」

「まぁ、そんな」真知は丁重に「先生に謝罪していただく筋合いではありません。朱美とうちの息子が不躾《ぶしつけ》だっただけなんですから。本当にふつつかな姪で、お恥ずかしいかぎりです」

「貴島君が決して面白半分、興味本位で私に事件の話をしたのでないことだけは、理解してあげてください。そんなことなら、私は自分の時間を割いたりしません。彼女は、自分を包む息苦しさに耐えかねて苦しんでいたんです。犯人が判らないまま——大切なことを知らないままに、前に歩くことが困難になっていたんです」

火村はそう言って朱美をかばった。真知は納得したわけもないだろうが、一応は引き下がる。そして亜紀は、母親の耳許で囁《ささや》くように言う。

「そうねぇ。難しい子だけど、事件を面白がるほど不真面目《ふまじめ》なことはないでしょう」

一歳違いの従姉《いとこ》の「難しい子」という表現には、一抹の親愛の情がこもっているようでもあり、疎ましさがにじんでいるようでもある。複雑な感情を抱えてきたのかもしれない。

「こんな形の初対面になってしまいましたが、二年前の事件については事後承諾ということでいかがでしょうか？」

火村はぬけぬけと提案して、穏やかな目で相手を見返した。真知は戸惑いの表情を浮かべながらも、それを了承した。あくまでも協力を拒否することもできただろうに。そうしなかったのは、火村の態度に信頼感を抱いたからかもしれない。教養のある一人前の男の語り口——私は持ち合わせていない——というのは、やはり身につけておくべきか。それにしても……こいつ、女嫌いのくせに年増《としま》殺しもできるのか。

「妹さんも、よろしいですか？」

問いかけられて、亜紀は「はい」と即答する。彼女もまた、火村に漠然とした興味——彼本人に対してにせよ、その能力に対してにせよ——を覚えだしたのではないか。

「その問題は後回しに願いましょうか。二年前の事件は、ひとまず措いておいてですね」

船曳は、心なしかうんざりとした顔をした。さっきから同じ台詞を何回も言わされているからだろう。

「山内さんについて伺いたいんですよ」

正明にしたのと同様の質問が、真知と亜紀に向けられる。答えるのは、もっぱら能弁な母親だった。娘は傍らで頷いていて、警部らに確認やら個人的な意見を求められた時のみ口を開く。

山内陽平の人物像については、おおむね正明が話したとおりであった。行動力はあるのだが、見通しや詰めが甘くてものごとを完遂できないタイプ。要領がよく、欲望に対して正直で、ためらわない。誰かから深く恨まれていたという事実は知らないが、道徳や倫理より自分の損得を指針に生きていたから、人と衝突したり誤解を招いたりしていたことはありうる。親しくしている女性についても判らない。現在の交遊関係については、旧《ふる》い友人であり、勤め先の不動産会社社長に聞くのが早いであろう、とのこと。

「ずっと独身でいらしたそうですね。亡くなった大野夕雨子さんと、かつて親しくしてらしたそうですが」

サスペンダーに両の人差し指を掛けた船曳が訊く。

「兄と彼女は、ごく短い期間だけ同棲《どうせい》もしていたようです。けれど、じきにすぱっと切れてしまいました。後腐れもなく、きれいに切れてそれっきりです。一緒に暮らしたのは、せいぜい二ヵ月ぐらいでしたか」

「大野さんはどんな女性だったんですか？」

陽平が夕雨子と最初に知り合ったのは六年前。彼が古着屋のチェーン展開を構想しながら居候していた時のことだった。気まぐれから自分もピアノを習ってみたくなった真知のために、夕雨子は週に一度、レッスンのため宗像家に通っていた。その時は、廊下で顔を合わせて挨拶を交わしたりしただけだったのだが、二年ほど後――陽平の古着チェーンが悪戦苦闘していた頃――、二人はとある百貨店で買物中にばったりと出くわした。「お茶でも飲んで休もうとしていたんですが」と陽平が声をかけたのがきっかけで、交際が始まる。陽平からその話を聞いた真知や亜紀は大いに驚いたが、異性運が乏しかったらしい二人が幸せになればよい、と応援したい気持ちになったという。やがて、夕雨子は陽平のマンションに移り、同棲するようになったのだが、そこで双方が相手に失望して、二ヵ月ほどで別れてしまう。夕雨子はずっと仕事を続けたままだったが、陽平は同棲を解消したとたんにケチのつき方に拍車がかかったように仕事で行き詰まり、商売を投げ出してしまった。人生、うまくいかない時はそうなってしまうものだ。

「夕雨子さんはしっかり者で、よく気のつく人でしたよ。なかなかに美人だったし。お付き合いをしていると知って、兄みたいな男にはああいう女性がついていてコントロールしてやるのが理想かもしれない、と私は喜んでいたんです。それが……ねえ」

「別れたのにはっきりとした理由はあるんですか？」

真知の歯切れは悪くなった。

「短い同棲生活のうち、初めのひと月は仲睦《なかむつ》まじくやっていました。後のひと月については、少し様子が違ったようです。お互い、こんなふうだとは思わなかった、という一面がはっきりしてきたせいなんでしょう。夕雨子さんが『大《おお》らかな人かと思っていたのに、大雑把《ざっぱ》なだけだったんですね』とか『他人に同情する気持ちが欠けていますね』とか兄を評するのを耳にしたことがあります。まんざら的はずれでもないので、私は苦笑するしかありませんでしたけれどね。兄は兄で、『口うるさい』と不満げでしたし、よくないな、と気を揉《も》みました。何とかうまく調整できないものか、と考えたんですけれど、こればかりは第三者がどうこうできるものではありませんでしたね。どちらもが、さばさばとした様子で『相手を解放します』と言って別れられたことは幸運なんでしょう。夕雨子さんが兄と同棲している間も別れた後も、亜紀はピアノを教えていただいてました。二人が醜悪ないがみ合いをしていたのなら、亜紀はとてもレッスンなんてできなかったことでしょう。それに、円満に関係を解消したからこそ、私は、二人を周参見の別荘に同時に招待したりもしたんです」

「何のわだかまりもなかったからこそ一緒に招いた、ということですね。なるほど、よく判ります」と船曳は気を遣っている。「ところで、別荘にはどういう用件で……用件というのは変ですね。みんなで海水浴に行こう、とでもいうことでいらしたんですか？」

「誰かの誕生パーティだとか、お祝いだとかいうんではないんです。以前から大勢で遊びに行きましょう、と誘い合っていた人たちみんなの都合がぴたりと一致したので、もうこんなことはめったにないだろうから、ということで出かけたんですの。六月の下旬でしたから、少しだけ早かったんですけれどね。正明はお友だちと泳いでいましたね。スカイダイビングでしたっけね」

亜紀が「スキューバダイビングよ」と肘で母親を小突いて訂正した。私もおかしいと思った。

「事件当時、別荘にいらしたのは何人です？」

母娘に息子も加わって指を折る。

「私たちに兄の陽平に、朱美で五人ね。それから大野さん。後は正明のお友だちの中村《なかむら》さんに、六人部《むとべ》さんでしょ？　それから、えーと……」

「伯父さんと古着チェーンをやっていた人だよ。名前は何ていったかな。筋肉質で、四角い顔をした――」

「髭《ひげ》の人でしょ。升田《ますだ》さんよ、升田さん」

全部で九人だ。大野夕雨子はどんな女性だったのか、という船曳の質問は、別荘で起きた殺人事件につながってしまったようである。

「他の方たちには殺人の動機がなさそうですから、そんな中で大野夕雨子さんが殺されたとなると、山内さんには疑いの目が向けられたでしょうな。昔の喧嘩《けんか》が再燃したとか、復縁を迫ったのを拒まれてとか、想像することはたやすい」

「それって安易な想像ですけど」

亜紀が軽い調子で言うのを、真知はきつい目をして止めた。娘は横を向き、ぺろりと舌を出している。

「それは仕方がなかったのかもしれません」と真知は認めてから「幸い、そのような完全な誤解をこうむったにも拘《かかわ》らず、兄は警察にしょっぴかれたりはしませんでした。できなかったんでしょう。物的な証拠がありませんでしたし、夕雨子さんが殺されたとおぼしい時間、兄は他の場所にいましたもの」

「ほぉ。つまり、アリバイが成立したわけですね？」

「ええ、そんなところですか」

アリバイというものは、あるかないかのどちらかなのに、「そんなところですか」とはまた、随分と煮え切らない返事だ。おそらく、完璧なものではなかったのだろう。

「別荘の近くの浜辺で殺されていた、というのは、どういう状況だったんでしょうか？」

船曳が尋ねる。真知は努めてか、淡々と語る。

「別荘のすぐ近くに海水浴が楽しめる浜があります。夕雨子さんはそこで倒れていました。頭を鈍器のようなもので殴られたことが死因だったそうです。しかも、残酷なことに殴られただけじゃなくて、遺体の上には大きな石が落とされていたんです。ひどい有様でした」

事件は梅雨が明けかけた初夏だった。よく晴れた日のことだという。さぞや、まぶしい光が砂浜に注いでいたことだろう。その白っぽい景色の中に、点景として女の死体を思い描いてみた。頭部の裂傷が、赤い点として遠くから見えていたかもしれない。しかし、死体の上に石が落とされていたというのが、どうもピンとこない。犯人が石を抱え上げて、それを被害者の頭にふり降ろした、ということではないのか？

違った。

「夕雨子さんが倒れていた場所は、後ろがすぐ高さ五メートルほどの崖になっていました。石は、崖の上から落とされたものだということです」

「というと、犯人は大野さんを殺害した後で、崖の上から死体めがけて石を落とした、というんですか？　なんでそんなことをするのか、理解に苦しみますな」

私も船曳にまったく同感だった。合理的な理由があるとは思えない。もしも、被害者への激烈な憎しみから死体の損壊に及んだのだとしても、石を落とすためにわざわざ崖の上に登った、というのは相当に不自然な行為ではないか。犯人は鈍器状のもので犯行をすませているのだから、それで死体をめった打ちにすること——不愉快なことだが——もできたはずなのに。

「石が落ちてきたのは単なる事故、もしくは誰かの悪質な悪戯ということはないんですか？」

「事故は考えにくいですね。崖の上には、そのような石がいくつか転がってはいましたけれど、突風が吹いたぐらいで動くものではありません。通りすがりの誰かが、悪戯か気まぐれで石を転がして落として、それが運悪く夕雨子さんに当たってしまったというのも変でしょう。そんなおかしなことをした人がいたとしても、夕雨子さんが何者かに殴り殺されていたことは確かなんです」

犯人が放置したその死体の上に、悪戯で落とされた石がたまたま命中するという偶然は考えにくい。子供が小石を投げたのとはわけが違うのだし。

ここで船曳は、大野夕雨子殺害事件から、山内陽平の死に話を戻す。

「最近、山内さんの身辺に変わったことはなかったでしょうか？　何かに悩んだりおびえたりということでも、思いがけないお金が入って喜んでいたりということでも、何でも結構です。気がついたことがあれば、ぜひ話して下さい」

その質問への反応は三人とも鈍かった。山内と接触がなかったせいだ。真知の許には、月に一、二度電話がかかってきていたが、「儲かるビジネスを考えたら、その時は相談に乗ってくれよ」という、相も変わらない台詞が大した切迫感もなく繰り返されるだけだったという。将来のために法律を独学中だ、とも。

「火村先生から何かありますか?」

水を向けられて、助教授は母娘に尋ねる。

「こんな特徴に当てはまる人物はいないでしょうか? その人物は年齢二十歳代。身長一メートル七十センチぐらい。中肉。やや前にせり出した額とぱっちりとした目をしていて、髪の毛は——」

真知と亜紀には、それが何者であるのか明かしていないが、彼が並べていくのは、言わずと知れた、あいつ。私たちがここへくる直前に道ですれ違った男のことだった。船曳警部に説明したとおりの特徴を述べてから、こうつけ加える。

「そして、その男性は柑橘系の香りがする化粧品を愛用しているかもしれない。——いかがですか?」

「あら、おでこだけじゃなくて柑橘系の匂い? まるで六人部さんみたい」

亜紀が独白するように呟いた。真知は、すぐに答えようとしない。

火村は当然、「六人部さんって、周参見の別荘に招かれたメンバーの一人でしたね」

「ええ、六人部四郎さん。兄の……知り合いです」

そう答えてから、彼女は自分の口許を右手で覆った。容疑者でもなければ、火村がそんな風貌の男について尋ねるはずもない。心の準備もなく、重大なことを口走ってしまった、と慌てているのだろう。

「それは現場付近で私と有栖川が目撃した人物です。無関係な通行人かもしれないんですが、山内さんに関係があった人なら大きな関心を寄せざるをえません。――正明さんから昨日伺ったお話によると、高校の後輩だということでしたっけね」

正明は困惑しているというより、きょとんとしていた。六人部という人物について何一つ情報を持っていない船曳が、どういう男なのか説明を求めた。

「六人部ですか。ですから、高校の部活の後輩なんです。一年下でした」

カメラマンの彼だから、高校時代のクラブ活動は写真部だろう、と思った。が――

「新聞部で一緒でした。私は新聞作りなんて興味なかったんですけど、専属カメラマンなんてうれしい言葉で誘われたもので、籍を置いていたんです。六人部は家が近かったせいもあって、一緒に帰ったりしているうちに懐《なつ》かれてしまった、というところですか。彼も写真に興味を持っていたので、手ほどきしたりもしました。ちょくちょくとうちに遊びに呼んだりしたので、母も妹もよく知っているんです」

「今も親しくなさっているんですか？」

船曳はテンポよく質問を飛ばす。

「たまに会う、という程度です。彼は彼で、忙しくしているみたいですから」

「新聞記者になって？」

「いえいえ。たしかに、大学は文学部の新聞学科なんてところに進んでいましたけれど、新聞社の入社試験も受けなかったようです。卒業後、ずっと定職に就かず、アルバイトでしのいでいたんですけど、いつの間にやらライターになっていました」

昨今、ライターと言われても意味が広くなっていてよく判らない。小説家もライターなら、ルポルタージュを書くのもライター。脚本家や劇作家、広告のコピーライター、依頼を受けて企業のパンフレットやホームページの文案作成の仕事をするのもプロのライター。広い世間には、「文章で金を稼いだことはないけれど注文《オファー》を待ってるライター」という野心的というか、お気楽な人種もいるそうだ。——そんなことは措いて。

「六人部は一人旅が大好きな男でした。それで、趣味を活《い》かして、旅行雑誌に紀行文を書いたり、レジャー情報誌の現地取材を引き受けたりしているんです。本人は雑文家だと称していますけれど、どんな仕事も達者にこなしていますよ。人と交わるのが得意な奴じゃないし、根が明るくないから、新聞記者になるより今の仕事の方がよっぽど似合っていると思います。高校の新聞部の頃だって、校長にインタビューするのにも緊張していたからなぁ」

後輩についてさらに説明しようとする正明をやんわりと制して、火村は彼の写真があれば見たいのだが、と頼んだ。いくら六人部氏のプロフィールを克明に拝聴したとしても、私たちがすれ違ったのと別人であれば意味がない。正明は席を立って、適当な写真を捜しにいってくれた。五分ほどしてから、三枚の写真を手に戻ってくる。

「学生時代のアルバムなら、本棚にあったんですけど、近影でないとまずいでしょう。机の抽斗《ひきだし》をひっくり返してしまいました。写真の整理が悪いんでは、カメラマン失格ですね」

そう言いながら差し出されたのは、正明と彼が礼服姿で並んで着席している写真。寿と書いた扇形の札がテーブルにのっていることから、結婚披露宴に出たときのものだと知れる。共通の友人の式だろう。残りの二枚も、同じ時に撮られたものらしく、場所がホテルの中庭や廊下に変わっているだけだった。

火村と顔を並べて、私もしっかりと観る。

せり出した額。何かに驚いて見開いたような目。——見覚えがある。

私より早く、火村は二人の警部に伝えた。

「彼です」

それから、ようやく私に「だろ?」と訊いてくれたのだが、イエスと答えるまでもなく火村は確信をしていた。こうなると、彼は単なる通りすがりの人間だったとは考えにくくなる。正明も驚いている様子だった。

「六人部さんは、あなたを訪ねていらしたんですか?」

火村の問いに、正明はかぶりを振る。

「そうでしょうね。そんなことはありえない。あなたは、私と有栖川とすれ違った男の風貌を聞いていたのに、『ああ、それはうちに遊びにきていた知人ですよ』と答えませんでしたものね」

「ええ、そうです。彼がきていたのなら、もちろん話していました」

動揺している。そこへ、火村は追い打ちをかけるように言った。

「もしかすると、私たちがすれ違った人物の特徴が六人部さんに似ている、と思いながら口にするのをはばかっていたんではありませんか？」

「いいえ、そんなことは……」

彼は否定したが、私は火村の指摘ははずれていない、と感じた。火村がコートの男の特徴を述べた後、正明がぼんやりと考え込む顔をしていたのを覚えているからだ。船曳もそれに気がついたから、あの時「ご家族かお客さんが部屋にいらっしゃるんですか？」などと尋ねたのだろう。

「いやぁ、隠したわけではないんですけれど」

「判ります」と火村は理解を示す。「ただ現場近くですれ違っただけの人物ですからね。おそらく無関係だろう、それなのに後輩の名前を出して迷惑をかけてはいけない、と言い控えたんでしょう。しかし、あの時間に現場近くを歩いていたのなら、偶然ということは考えにくい。事情を質《ただ》さないわけにはいきません」

「六人部さんの住所を教えてもらえますか？」

船曳警部は重い声で言った。容疑者とまではいかないかもしれないが、事件に関与している可能性が大きい人物として六人部をとらえたのだろう。

「はい。もちろんお教えしますけれど……北堀江《きたほりえ》のワンルームマンションですから、呼べばすぐにくるかもしれませんよ。出かける用意を含めて、三十分もあれば――」

「いいえ、ご足労いただくには及びません。こちらから出向きましょう」

警部の考えていることは想像がついた。六人部が事件に関わっていたとして、正明から「うちのマンションにすぐきてくれ」という電話が唐突に入ったりしたら、さては殺人事件の捜査線上に自分が浮かんだんだな、と即座に察するだろう。そして、こんなに早く呼ばれるということはかなりまずい事態だ、と警戒して、逃走をはかるやもしれない。それを避けるために、こちらから刑事を差し向ける、というわけだ。

正明もそれに気がついたのか、黙って電話の傍らに置いてあった住所録を持ってきた。

「六人部さんと山内さんの間には、何か接点があるんですか？」

船曳と千種が住所をメモしている間に、火村が尋ねる。普通に考えれば、つながりなどありそうにないのだが、それがなければ犯人であるわけもない。

「それが、あるんです。大したものではないんですけど……」と正明は言いにくそうにする。「伯父が例の古着店を始めた頃、六人部は大学を出たはいいが、就職先が決まらなくて弱っていました。それで、人手を欲しがっていた伯父に私が紹介をしてやったんですよ。

伯父の商売がぽしゃるまでの二年近く、そこで働いていました」

「というと、三、四年ぐらい前のことですね。その後は？」

「伯父はすぐに商売替えして、次に墓地の販売会社を作ったので、少しの間はそこでアルバイトをしていたんですが、そのうち、六人部の方が筆で収入が得られるようになったので、やめてライターになったんです。そういうことですから、去年の春ぐらいまでつながっていましたね。かれこれ三年間にわたるつながりですか」

手帳をしまいながら、船曳が質問する。

「六人部さんと山内さんの間にいさかいがあったようなことは聞いていますかね？」

「いいえ。そんな話は聞いたことがありません。どちらかに不満があったなら、必ず私に愚痴っていますよ」

「本人に訊いてみましょうや、火村先生」船曳は舌なめずりをせんばかりだ。「鮫やんあたりに行かせます。どんな顔をして出迎えてくれるか、ですね。——少ししたら戻りますので、またお話を聞かせてください」

彼は千種とともに、階下に向かった。

第二章　疑惑の男

1

幽霊マンション、オランジェタ陽丘は、この地にできて以来最高の賑わいをみせ始めた。警察関係者に続いて、報道陣がやってくる。周囲に野次馬が集まってくる。警察に呼ばれた管理会社の人間が飛んでくる。本当に幽霊が棲《す》みついていたとしたら、静かにしてくれと抗議を——どんな方法で？——してきたかもしれない。

警部たちが出て行くと、母親に言われて亜紀がコーヒーを淹れてくれた。それのみならず、みんな朝食がまだだということで、トーストを焼いてくれたのには感謝した。緊張がゆるむなり、激しい空腹感に襲われていたからだ。正明だけは、私たちの分でパンが切れたのでカップラーメンをすすっていた。トーストを食べながら、亜紀があれこれ尋ねてくる。火村だけでなく、それにくっついている推理作家にも興味が湧いてきたらしい。

「へぇ、有栖川さんは火村先生の犯罪捜査に同行してアシストはするけれど、それをノンフィクションにして発表したりはしないんですね。小説家なのに、もったいないみたい。それなら、どうして火村先生について行くんです？　生の形で題材にはしないけれど、犯罪捜査を肌で感じたり、直接見聞きできることが作品の肥《こ》やしになるということですか？」

「そんなところですね。——質問するだけじゃなく、うまく答えまで用意してくれましたね」

私たちのやりとりを聞いていた火村が、コーヒーにミルクを注ぎながら「いいことです」とコメントした。彼は、自分で何も考えぬまま暇つぶしのように安易に質問を投げつける学生には失望する、と言っていたことがある。

「小説家は何ごとも体験、ですか」

真知も妙に納得しているようだった。しかし——実のところ、私には取材をしている、という意識はほとんどなかった。自分の気持ちを正直に答えることも正確に表現することも難しい。

私は、火村のフィールドワークに立ち会いたい、と希《ねが》った。この友人は鋭敏な頭脳と強《きょう》靭《じん》な精神力を持ち、私などよりはるかにしゃんと立っているはずなのに、時としてひどく不安定な一面をさらす。血腥《ちなまぐさ》い犯罪の海に研究者として船出した理由について、「俺も人を殺したいと思ったことがあるから」だと言うに及んで、私は放っておけないような気分になったものだ。彼は望んで犯罪というフィールドに出た。しかし、それは望みながら彼の地獄の縁《ふち》を巡っていることのようでもある。思い上がりだろうが、彼が縁で足を滑らせて向こう側に転落しそうになった時、私はその腕を摑んで引き戻してやりたいと思っている——のかもしれない。

　火村と知り合ったのは、大学の二年の時。社会学部生でありながら、空いた時間があれば法学部の講義を聴講していた彼が隣りに腰を降ろし、私の作品——不真面目なことに講義そっちのけで投稿用の小説を書いていたのだ——を読んで話しかけてきたのが、長い付き合いの始まりだった。二十歳を過ぎて彼と出会ったことは、幸運だったかもしれない。ありとあらゆるものに蹴《け》つまずくようで落ち込み、余裕の欠片《かけら》も持てないローティーンの頃に知り合っていたら、火村はやたらとタフで、憎々しい、自分の敵としか映らなかったかもしれない。彼の脆《もろ》さに気づいてやることもできず。

「伯父はどうしてこのマンションの空き部屋なんかで殺されていたんでしょうね。先生方は、どうお考えですか?」

　亜紀の問いかけをかわすべく、私は「不可解ですよね」と言いながら、火村の方へ視線を送った。質問をパスしたつもりだ。

「正明さんがこのマンションにいらっしゃることと関連があるんでしょう。それだけしか、今は言えません」

　亜紀は「はぁ」と気が抜けた声を出した。目が覚めるように鮮やかで刺激的な仮説を期待していたのかもしれない。いかに火村でもこの段階でそれは無理というものだ。

　ラーメンを食べ終えた正明が電話に立った。どこへかけるのかと聞いていると、「朱美ちゃんか?」と言う。火村のカップが唇の手前で止まった。

彼は、伯父が殺害されたことを落ち着いた声で伝える。私たちは会話を中断して、彼が話すことを黙って聞いていた。

「火村先生がここにいらっしゃるよ。ちょっと代わろうか？」

彼はそう言ってからこちらに戻ってきて、コードレスホンを助教授に差し出した。「朱美です」とだけ言って。

「もしもし、火村だ。正明さんが話したとおりの様子だよ」

隣りに座った私には、送話口から微かに洩れてくる声が聞こえる。

——先生、どうもすみません。私があんなことをお願いしたばっかりに、何だかわけが判らない事件に巻き込んでしまったみたいですね。先生が死体を発見するように誘導されただなんて、とても気味が悪い。嫌な目に遭わせてしまって、後悔しています。

「後悔してもらうには及ばない。私も、私と一緒に陽平さんを見つけた有栖川も、死体を見るのは初めてでもないしな」

——でも。

「この事件の捜査を担当するのは、私がよく知っている警部さんだ。私もできるだけのことをお手伝いはしたいと思っている。二つの事件を抱えることになるけれど、伯父さんが殺されたことと、二年前の事件はつながっているかもしれない」

——犯人は、火村先生の名前を出してきたんでしょう？　先生に危害を加えるかもしれませんん。そんなことにでもなったら、私はどうしたらいいか……

「そんな狂暴な奴だったら、ものも言わずに襲いかかってきただろうさ。電話をかけてきたのが犯人と決まったわけでもない。ところで、貴島君」

——はい？

「君は、周参見の事件の調査を私に相談するのにあわせて、ご家族の方に連絡を入れていたね。火村という先生に事件の話をしてくれ、と。伯母さんや亜紀さんにはうまく伝わっていなかったみたいだけれど」

——すみません。

「それはいいんだ。教えて欲しいのはね、私に事件の調査を頼んだことを、誰と誰にしゃべったのか、ということさ。今言った三人以外にもいるんだろう？」

当然、確かめておくべきことである。火村を名指して電話をかけてきた人物をつきとめるのに必要な情報だ。

——言えば、その人が疑われますね？

「当たり前じゃないか。まさか、そんなことも言えないんじゃないだろうな？」

——いえ、そんな……

逡巡《しゅんじゅん》しかけた朱美は、細い声で答えだす。

——まず、伯父です。

「山内陽平さんだな。他には？」

——中村さんです。それだけです。

玄関脇に飾ってあった二上山の写真に M. Nakamura とあったのを思い出した。

「六人部さんや升田さんには話していないんだな？」

——はい。六人部さんは連絡先が判らなかったし、升田さんにはお電話する勇気が出なかったので。

それなら、六人部は火村の名前すら知らないということか。

——先生。私、今からそちらに行きます。

「そうか。私はしばらくこのマンション内にいるだろう」

そこで「ちょっと、よろしいですか？」と真知が右手を突き出した。火村は「伯母さんに代わる」と言って、その手に受話器を渡した。

「朱美。ゼミの先生にあの事件を調査してもらうなんてこと、反対ですって言ったでしょ。あなた、私が言ったことが判らなかったみたいね。それとも、聞く耳を持たない、ということだったのかしら」

お小言が続くのでは、と心配したのだが、それぐらいで勘弁することにしたらしい。鼻で溜め息をついて、

「こんな形で火村先生を事件に巻き込んでおきながら、『姪が勝手に頼んだことなのでお引き取りください』とも言えません。お尋ねになったことには、すべてお答えすることにします。……ええ、協力しますとも。隠し立てするようなことはないんですから。あなたも、すぐにいらっしゃい。亜紀と一緒に正明の部屋にいるから」

それだけ言って電話を切った彼女は、火村や私に向き直って、これがけじめとばかりに「よろしくお願いいたします」と深々と頭を下げるのだった。亜紀は、それに倣ってぺこりと会釈をし、タイミングを逸した正明は照れたように頭を掻いたりする。

「さっそくですが、一つ質問します」

彼が何を知りたがっているのかぐらい、私にも判った。

「大野夕雨子さん殺害事件の調査を火村という犯罪学者が引き受けた、ということを、誰かに話しましたか？」

三人は揃って否定した。真知などは、滅相もないと言う。

「べらべらと吹聴《ふいちょう》することではありませんし、話す相手もいませんでしたもの。それに、私は先生のお名前さえ覚えていなかったぐらいです」

井村先生、か。しかし、疑いだせば、火村の名前を聞き違えていた、というのはこんな場合のために用意した嘘かもしれない。

「そうですか」

「そうですかって」と亜紀が「じゃあ、先生を呼び出した電話は、中村さんがかけたということになるんですか？」

「そんな短絡的に結論は出しません。皆さんが誰にもしゃべっておらず、中村さんが電話の主ではなかったとしても、山内陽平さんが誰かに洩らしてたかもしれないでしょう」

「たとえば、六人部ですか？」

正明が不安そうに言う。

「ええ。あるいは、升田さんかもしれない。陽平さんは六人部さんをアルバイトに使っていたようですけど、パートナーだった升田さんとより近しかったでしょうしね」

「ああ、そうか」と亜紀が納得する。

ここで、私はぜひとも発言したくなった。他ならぬ自分自身に関したことについて。

「ちょっとよろしいですか？　謎の電話が火村を名指してかかってきたことが大きな意味を持っているのは確かですけれど、それが私のマンションにかかってきたことも重要だと思うんです。貴島朱美さんは火村助教授に相談した旨《むね》をここにいらっしゃる皆さんと陽平さん、中村さんに話したという。しかし、その時に、有栖川有栖なんて名前は出さなかったんではありませんか？」

出したはずがない。私が火村のフィールドワークの助手を務めることがあったことを、貴島朱美自身が知らなかったであろうから。

「どなたもご存知なかったでしょうし、火村の自宅に『どこへ出かけているんだ？』という問い合わせもなかったそうです。それなのに、どうして私のところへ火村を呼び出す電話がかかってきたんでしょうか？」

いえいえ、と真知が私を制した。そして、思いがけないことを言う。

「有栖川さんのお名前は、朱美から聞いていました。火村先生のお手伝いをすることが多いんだとか」

どうしてそんなことを知っているんだ、と驚いたが、何のことはない。「俺が話した」と火村が言った。

「おっと、それはどういうわけや？　俺が周参見のフィールドワークについていくと決めていたわけでもないやろうに」

火村らしくない。「一緒にくるか？」ということになっていたかもしれないが、そうと決まる前から朱美に話すというのは。

「説明するよ。売れない小説家として一本立ちしているお前のことを、専属アシスタント扱いしたわけじゃないから怒らなくていいさ」

売れない小説家として一本立ち――情けないのか一人前なのか判らない――という言葉に対してこそカチンときたが、突っ込んでいては話が進まない。

「周参見の事件について、研究室で貴島君と話したんだけど、その時に、俺の書架に有栖川有栖先生の本が並んでいるのを見られてしまったんだ」イケナイものを見られたように言いやがる。「俺が推理小説を読むなんて意外だ、と言うので、実は学生時代からの友人で、フィールドワークを手伝ってもらうことが多い、と白状したんだ。ただし、『周参見にもいらしていただけるんですか？』という質問には、返事を保留しておいた。こんなことにならなければ、今朝、モーニングでも食べながら相談したんだけどな」

そうだったのか。しかし――

「火村先生の友人として、俺の名前が有名なのは判った。それにしても、昨夜から今朝にかけてお前がうちに泊まることを知っていた人間はいてないはずやろう。それやのに、あんな電話がかかってきた。やっぱり、犯人はお前をマークして、ずっと尾行してたと考えるべきやろう。それも、お前が俺の部屋に入るところまでつけていただけやのうて、どうやら今晩は泊まっていくらしい、と判断できるまで見張っていたんや」

気色の悪いことである。が、火村は、「そうとはかぎらない」と言う。

「不覚にも尾行されていた、とは考えたくない、か？」

「そうじゃない。俺を尾行するだけならともかく、どうやら今夜は京都まで帰らないぞ、と確信できるまで見張っていた、というのはねぇ。付近に停《と》めた車の中で身を潜めていたとしても、怪しまれずにいるのは難しそうだぜ。そんなリスクを冒すメリットがない」

しかし、現にうちに電話がかかってきたではないか、と言おうとしたら——

「山内氏の遺体を発見する役目は俺でなくてもよかったんじゃないか。つまり、火村はいるか、と呼び出して『いいえ、夜遅くに帰りました』と言われたなら、『では、あなたにお願いしましょう』てなことになっていたかもしれない」

「おい……」

ちょっと待ってくれよ。

「得体の知れない電話を受けたお前は、おそらく、好奇心に克《か》てずに指示に従ったんじゃないかな。一人でこのマンションにやってきて、おっかなびっくり806号室に入り、遺体を見つけたかも」

ぞっとしない想像だ。

「806号室に入ったはいいが、浴室を覗く気になれずに遺体を見つけそこねて、電話の主を失望させた、という可能性もあるけどな」

「つまり、遺体を発見する役割は火村先生でなくてもよかった、ということか……」

「結果はさして変わらないだろ？　お前は警察に通報してから、きっと俺にも連絡をとったはずだ。俺宛《あ》ての電話だったんだからな」

電話をかけてきた人物の狙いが、どうもよく判らない。死体を早く見つけてもらいたがったのは何故か？　その発見者は火村もしくは私であることが望ましかったのは何故か？　こんなことを言うとまた友人に嗤われるかもしれないが、どうも相手はわれわれに挑戦をしてきているように思える。

火村は煙草をくわえ、携帯用の灰皿を手にしてバルコニーに出た。その肩越しに、私のマンション。

「おっと、鮫山警部補のお帰りだ」下を見下ろした彼は言う。「あれが六人部氏だな」

「今朝、道ですれ違った男か？」

火村はこちらを向いて首をすくめた。

「判らねぇよ。頭のてっぺんを見ただけじゃな」

2

船曳警部とともに部屋に入ってきた六人部を見た瞬間に、彼と対面するのが初めてではないことを私は確信した。間違いなく、死体発見の数分前にすれ違った人物だ。特徴のある額と大きな目――かなり赤く充血している――だけでなく、脱いで腕に掛けたベージュのコートにも見覚えがある。柑橘系の化粧品の香りはしていないようだ。刑事に急襲されて、慌てて出てきたためかもしれない。

彼は宗像家の人々に無言のまま、頭を下げた。この場面でどういう挨拶が適切なのか判らず、困惑している様子だった。

座る場所が足りなくなってきたし、六人部がしゃべりにくくなってはまずいということで、真知と亜紀が別室へ移動する。正明だけは、警部の判断で同席してもらうことになった。

火村と私は彼に自己紹介をする。私たちを見て彼が何か反応を示すのではないか、と注目したのだが、顔色を変えたり息を呑んだりという劇的なものは顕《あら》われない。たくみに平静を装っているのか、私たちを記憶に留めていないだけなのか。

「刑事さんがいきなりやってきて驚いただろう」

正明に声をかけられて、「ええ、まぁ」と小声で応える。それから、ぼそぼそと、

「伯父さんが亡くなったそうで、もう、びっくりして。何と申していいのやら……」

「お前は伯父のところで働いていたから、その時の様子なんかを刑事さんは聞きたいみたいだよ。それから、他にも確認したいことがあるって……」

　正明も話しにくそうだ。「座れよ」と、ソファを指した。

「訊かれたことに答えるのはかまいませんけど、アルバイトをしていただけですから、大した話はできませんよ。――刑事さんがきたので、僕はまた、周参見の事件のことかと思ったんだけど」

「それについても、伺うことがあるかもしれませんね」

　彼の真正面に掛けた船曳は咳払《せきばら》いをして、まずは陽平との関係について尋ねる。大学を出てしばらく山内が経営する古着屋でアルバイトをさせてもらい、世話になった、それだけだ、というのが答えだった。正明から聞いていた以上の話はあまり出てこない。

　と、火村が私の耳許へ顔を寄せてきて「声はどうだ？」と囁いた。謎の電話の声と似ていないか、と尋ねているのだろうが、私は静かに首を振るしかなかった。責めてくれるな。何しろ電話の声は、性別すらはっきりしない代物だったのだから。

「山内さんは、ただバイト先の社長さんというだけで、個人的なお付き合いをしていたわけではありませんから。僕は、正社員の人たちやパートタイマーのおばさん、他のバイトと一緒に、指示されたことを黙々とこなすワーカーでした。仕事はとりたててしんどくもなく、楽でもなく、時給もまずまずで、不満はありませんでした。先輩の紹介だったからか、何回か私だけが飲みにつれていってもらったことはあります。気のいいオヤジさん、という印象でした」

「そうやって糊口《ここう》をしのぎながら、もの書きになる勉強をしていらしたんですか？」

「勉強というほどのことはしていません。筆ならしに、紀行文やエッセイのコンテストに応募していたぐらいで。どれも佳作どまりでしたけれどね。そのうち、コンテストを主催していた大阪のある雑誌社の編集者に目をつけてもらって、少しずつ仕事がもらえるようになったんです」

佳作という言葉に親近感を覚える。私自身が、懸賞小説の佳作を足掛かりに作家デビューしたためだろう。

「そんなわけですから、文章が売れるようになるまで面倒をみていただいて、社長には感謝しています。今度のことは、とてもショックです」

「そうですか。——ところでね」

船曳は、頭をゆっくりと撫でながら、少し言葉を切る。ここから本題に入るのだろう。

「最近、このマンションにいらしたのはいつですか？」

ふと、ライターの顔に不安げな翳《かげ》がよぎったように見えた。

「えーと、この前に先輩を訪ねたのは、かれこれ一年近くも前だったと思います。そうですよね？」

正明は硬い表情をして頷く。

「最近、この近くを通りかかったようなことはありますか？」

「いいえ」と答える直前、六人部は生唾《なまつば》を飲み込んだようだった。明らかに、ひどく緊張している。

「今朝の午前六時前、ここから南に三十メートルほどいったあたりの路上で、私と有栖川とすれ違ったじゃありませんか」

火村が無造作に言葉を投げかけると、彼は「ああ」と反応しかけて、口をつぐんだ。言われて思い当たった、という顔をしたまま。「そうでしょ？　警部の質問には正直に、正確に答えてください」

「いいえ、僕は嘘をつこうとしたわけでは……」

「火村先生とあなたの言うことは食い違ってますな。今朝、このあたりをうろうろしていたんでしょう？　ありのまま答えればいいことです」

六人部は、火村の言ったことを認めて、額を手の甲で拭《ぬぐ》う。部屋に暖房が入っているでもないのに、彼は汗を浮かべているらしい。どうして自分が呼び立てられたのか、今や完全に理解したことだろう。

「そんな早くに、何の用事があったんですか？」

「プライベートなことですから……」

「誰かを訪問した帰りだったんですか？」

「まぁ、そのようなものです」

「答えてください。もしも内密にしたいことだったら、正明さんたちには席をはずしてもらいますし、警察は秘密を外に洩らしませんから、ご安心を」

六人部は救いを求めるような目をさまよわせたが、それを受けとめられる相手は存在しなかった。彼は、船曳のそれしきの質問で追い詰められつつあった。

「あのぅ、答えなかったら、どうなるんですか？　答える義務はないと思います」

今度は声が顫えだした。一座の雰囲気が、にわかに緊張する。私には、六人部四郎が事件に関わっていることを半ば自白したように思えた。警部の目に、残忍なほどぎらついた光を見る。獲物が罠に飛び込んだ確かな手応えを得たのだろう。

「あんたの口を無理やりこじ開けてしゃべらせるわけにはいきませんよ。けど、あんたはしゃべってくれるでしょう。答えるのを拒んだら、痛くもない肚を探られて不愉快な思いをしかねませんよ」

無意識のうちか、あなた、だった呼びかけが、あんた、に変わっている。「海坊主」の愛敬は、どこかに飛んでいってしまった。

「しゃべる義務はないんです」火村は言う。「あなたを恫喝《どうかつ》するつもりはない。しかし、誤解があるのなら、早いうちに除去しておかないと、ますます厄介な事態になりかねませんよ。場合によっては、力を貸せるかもしれない」

船曳は、苦笑を浮かべていた。お優しいことで、とでも思ったのかもしれない。が、火村は甘いのではなく、どう持ちかければ相手が口を開くかを考えているだけだろう。

「警部さん。私が今朝、このあたりを歩いていたというのは、こちらの火村先生たちの思い違いということもあるでしょう。私を締め上げても何も出てこないんですから、意味がないと思います」

また汗を拭く。彼としては、そんな抗弁で態勢を立て直せる、と信じたのかもしれないが、それこそ甘い。火村や私が六人部四郎という人間をかねてより知っていたのなら、よく似た他人と錯覚したということもあるだろう。しかし、私たちは彼の外見的特徴を述べただけで、それに該当する人物を挙げてくれたのは亜紀だ。気の毒だが、私たちに思い違いはない。

「六人部。お前、俺に何か用でもあったんじゃないのか？」先輩が言う。「マンションの前まできたところで、気が変わって引き返したとか」

親切な逃げ道を教えてやろうとしたのだろうが、およそありそうもない話だ。午前六時前に、電話も入れずに先輩を訪問するなど、非現実的もいいところだ。それが判っているからか、六人部は返事をしなかった。

船曳は腕を組み、口を堅く結んで黙する。時計がセコンドを刻む音が聞こえるような静寂が訪れた。沈黙の圧力を加えながら、六人部に考える時間を与えているのだ。

「……信じてもらえませんよ」

六人部は、苦渋にくるんで、やっとそれだけの言葉を吐き出した。信じてもらえないとはどういうことか、と即座に船曳が飛びかかる。

「そんな時間にこのあたりをうろついていたことには、それなりの理由があるんです。でも、それはありのままお話ししても、なまなかなことでは信じてもらえそうもないんです。話してみなさいと言われて従って、嘘だと決めつけられたら、どうしたらいいんですか？」

彼は本気でおびえているようだった。恐怖に近いものを感じているのかもしれない。ともあれ、そこまで口にしたのならば、もう話すよりないだろう。

「警察の目は節穴やない。真実なら真実。嘘なら嘘と、ちゃーんと見分けますから安心しなさい」

警部は、とても安心できないようなことを言う。六人部は、子供のように親指の爪を噛んで逡巡していた。

「六人部。言うんなら、今がいいぞ。火村先生は難事件をいくつも解決してきた腕利きらしいから、お前が本当のことをしゃべったら判ってくれる。朱美のお墨つきだからな」

彼は「朱美ちゃんの？」と訊き返す。

「そう。火村さんは、朱美のゼミの先生なんだ。あいつは先生をよほど信頼しているみたいで、周参見の事件について調べて欲しい、とまで頼んでいたんだ。こんなことがなかったら、先生はそっちの事件についてお前のところに話を聞きにいらしてたはずだ」

「朱美ちゃんが……朱美ちゃんの先生……」

彼は譫言《うわごと》のように呟く。ちゃんづけで呼ぶところをみると、学生時代に正明の家へ遊びに行っていた頃から馴染みがあることが窺えた。先輩の可愛らしい従妹、というだけのことなのだろうが。

「やばいことがあるなら弁護士のところへ行って相談しろ。そうでないなら、先生にまかせてみたらどうだ。俺の感触じゃ、この人は無責任な犯罪評論家じゃない。言いにくいことがあるんだったら、俺は席をはずす」

立ち上がった正明を、六人部は止めた。

「ちょっと待ってください、宗像さん。一人にされたんじゃ心細くてかないませんよ」

正明は「そうか」と腰を降ろした。たった一歳違うだけだが、この後輩は先輩に支えてもらうことに慣れているらしい。

「覚悟を決めました。ありのままをしゃべりましょう。これから話すことに嘘偽りがないことを誓います。ですから、頭ごなしに出鱈目《でたらめ》だと決めつけたりせずに、僕の話に耳を傾けて下さい。最後まで聞いてもらって、疑問があればそれから答えますので」

手では追いつかなくなって、六人部はハンカチを取り出して汗を拭いながら訴える。ともすれば話が前後し、意味をつかむのに苦労することもあった彼の供述を整理すると、次のようになる。

実に奇妙なその供述とは――

3

三日前の木曜日。

六人部四郎が一泊二日の取材を終えて北堀江のマンションに帰ると、一通の手紙が届いていた。封筒の裏面に差出人はなし。書き忘れたのだろう、と不審にも思わずに開封してみると、そこには、ワープロで打った文字がびっしりと並んだ便箋が一枚だけ入っていた。

前略で始まるその手紙の前半がいかなる内容であったのか、六人部は私たちに明かすことをかたくなに拒んだ。他人に知られると自分の名誉が著しく傷つけられ、多大の損害と精神的苦痛を生じせしめられるあることが綴《つづ》られていたのだという。船曳と火村は紳士的にふるまい、それが何なのかについては——とりあえず——問わなかった。

そんな手紙の後半がどのように展開するか見当はつく。前記の事実を公にされたくなかったら、こちらの要求を呑め、である。六人部が受け取った手紙の用件も、まさしくそれだった。正体不明の差出人の要求は、金銭ではなかった。あることをせよ、というのだ。

「誰かに迷惑をかけることをしろだとか、犯罪の手助けをしろだとか、どんな無理難題を吹きかけられるんだろう、とびくびくしながら読み進みました。すると、わけの判らないことが書いてあったんです。そんなことにどんな意味があるのか、と首を傾げたくなるような指示です」

以下のとおり、忠実に実行せよ。一項目たりともそむいてはならない。

次の日曜日の午前一時きっかりに、天王寺区にあるオランジェ夕陽丘というマンションに赴《おもむ》け。用意してもらうものはない。

時間厳守。早くても遅くても不可。

オートロックだが、扉は開いたままになっているので、勝手に入れ。

そして、北側にある階段を昇れ。

階段のある場所にこの手紙と同じ封筒が貼りつけてあるので、それを取れ。どのフロアかは事前に伝えない。最上階かもしれない。

封筒を回収したら、すぐに開封して中に入っているメッセージに従え。


「思いもよらない指示でした。意味が判らないので、無気味だったんです。二、三十万円どこそこに振り込め、とかいうのなら弱りこそすれ、気色が悪いとは思わなかったでしょう。よそのマンションに真夜中に勝手に入れというんですから、住居不法侵入ですね。それも嫌だな、と思いましたけれど、何よりも不安に感じたのは、最終的なメッセージの指示がまるで判らないことです。差出人もそんな反応を予想していたみたいで、『指示の内容はいたって簡単なことであり、特殊な能力や知識は一切必要としない。また、貴君を含めた何者にも危害が及ぶことがない』と強調してありました」


怪しげなゲームに強引に誘われた気分だ。

どうしたものか、翌日まるまる考えた。が、正体の知れない何者かに弱みをにぎられた六人部にとって、選択の余地はなかった。従うしかない。多額の金銭を求められたのなら、ない袖は振れない、ということになったろうが、突きつけられている要求はそうではない。もしも、最終的な指示が実行をためらうようなものであったなら、その時点でゲームから下りよう。危険な一線さえ越えなければいいのだ。それなら、最悪でも不法侵入を咎められるだけですむ。幸いなことにオランジェ夕陽丘は宗像正明が住んでいるマンションだから、そんな場合でも、ふらりと先輩のところに立ち寄りたくなっただけだ、と言い訳できるだろうし。

幸いなことに？　差出人が自分に何かをさせようとしている舞台がオランジェ夕陽丘であるのは、単なる偶然なのだろうか？　差出人は自分と宗像正明の関係を知悉《ちしつ》しているようである。そもそも、差出人は誰なのか？　考えてもさっぱり判らなかった。

「都合のいいことに、先週は土曜日曜はスケジュールを空けていました。仕事がつまっていたら、差出人に断りの連絡をする手段がなかったので、困ったことになっていたと思います。土曜日の午後は映画を観にいって時間を過ごしましたが、夜が近づくにつれてしだいに不安になっていきました。護身用の品を用意していこうか、と考えては、いやいや下手に登山ナイフなんかを持っているとかえって危ないかもしれない、と思い直したり。考えた末、緊急連絡用に携帯電話をポケットに入れていくことにしました」

夜がくる。

六人部は電話で時報を確認して腕時計を合わせ、十一時に家を出た。現在、車を持っていないので地下鉄で天王寺まで行き、終夜営業している喫茶店やコンビニで雑誌を立ち読みして時間を調節してから、ほとんど人気のない道を夕陽丘へ向かう。オランジェ夕陽丘に着いたのは、午前零時五十七分であった。そこで彼はマンションの前をいったん通過して、愚直に三分間をつぶしてから一時ジャストに扉の前に立った。

オートロックの扉は、手紙にあったとおり細く開いていた。レールの溝に異物が埋め込んであったらしい。どうしてここまでするのだ、と思いながら扉を押し開き、深呼吸をしてから、意を決して幽霊マンションに足を踏み入れた。私も経験したことだが、背筋がぞくりとしたという。

手紙の内容はすべて頭に叩き込んでいたが、念のためにポケットに収めてきたそれを取り出して、今一度、確かめる。彼はエレベーターに背を向けて、指示どおり北側の階段を昇っていった。貼りつけられた封筒を見逃さないように注意しながら。

二階、三階、四階。

それらしいものはどこにもない。

五階、六階、七階。

まだ、見つからない。太股《ふともも》の痛みをこらえながら、六人部は上へ上へと向かう。もしかしたら例の手紙はとてつもなくふざけた冗談で、自分に階段を昇らせることだけが目的ではないのか、とも思った。あるいは——

「あるいは、僕の出方が窺いたかっただけなのではないか、と気がついたんです。メッセージの入った封筒などどこにもなくて、僕がそれを本気で捜そうとするかどうかを見たかったのかもしれない、と。手紙の差出人は、どこか近くで双眼鏡を持って、階段でふうふういっている自分を眺めているんだろう。そう思いはしたものの、ここまできて投げ出すわけにもいきません。僕は、最上階まで昇る覚悟を決めました」

街路灯や車のライトの明かりが、どんどん眼下に低くなっていく。

十二階、十三階、十四階。

そこまできたところで、やっと捜しものが見つかった。壁面にガムテープで貼りつけてあった封筒をはがす。こうなると、中に無茶な命令が記されているのではないか、という心配が甦《よみがえ》った。

メッセージはやはりワープロ打ちで、行ピッチやレイアウトも二日前の手紙とそっくりだった。書き出しの文言《もんごん》も同じ。

「こうです」

以下のとおり、忠実に実行せよ。

ただちにエレベーターで八階まで下りて、８０６号室に行け。

鍵は掛かっていないので、勝手に入れ。

空室なので、中には誰もいないし、何もない。

そこで、次の連絡を待て。連絡が入ったら、それをある人物に伝えること。連絡が入らない場合もある。

午前五時半まで待っても何の連絡もない場合は、そのまま帰宅すればよい。午前五時半までに退去することは禁ずる。

こちらの要求を容《い》れてくれたならその誠意を認めて、こちらも貴君の悪いようにはしない。


「危険な指示ならば従わずにおこう、と考えていましたが、これは微妙なところでした。格別、危ないことはなさそうだし、基本的にメッセンジャーボーイのようなことをすればいいらしい、とも判りました。でも、空室に無断で入るということに抵抗がありました。そこまでやってしまっては、何かあった時に『先輩のところにふらりと遊びにきました』という弁解もできないでしょう」

二、三分間、その場で迷った。迷って、結局は指示に従うことにした。確かに簡単なことだ。それに、ここで引き返しては、十四階まで昇ってきた労力が無駄になる、などとつまらないことを半ば本気で思ったという。

さて、ここまでで彼の話はかなりおかしな具合なのだが、さらに不可解なのはこの先であった。

彼はエレベーターを呼ぶ。ケージは最上階に停まっていたらしく、すぐに下りてきた。当然のことながら、無人である。時間が時間だったし、このマンションの入居率が一割程度だということも彼は知っていたから、よほどのことがないかぎり住人と鉢合わせすることはあるまい、と思っていた。

入ってすぐ左側に何か貼り紙がしてあった。八階のボタンを押してから、まさか自分に宛てた指令ではあるまいな、と読んでみる。何のことはない、阿倍野《あべの》にオープンする大型レンタルビデオ店のチラシだった。メールボックスに投げ込んでいくのならともかく、こんなものをよそのエレベーターの壁に貼ったりするのはまずいだろう、と思った。住人の反感を買っては、広告として逆効果になるではないか。さらに呆《あき》れたことに、告知されているオープンの日付は先週の木曜日になっていた。ということは、このチラシは少なくとも十日ほどもこうして貼られているということか。よく剝がされずにいるものだ。管理人は怠慢だし、住人も自分たちの城への愛着が薄すぎるのではないか。

どうでもいいようなことを考えているうちに、扉が開いた。すぐ正面の部屋には806というプレートが出ていたが、名前が入るべきスペースは真っ白だ。

呼び鈴を鳴らしてみようか、と思いながらも、右手はノブを摑んでいた。ひねると、カチリと回転する。メッセージに書かれていたとおりだった。一から十まで冗談というのではないわけだ。

　靴を脱いで上がる。明かりがないので、押入れにでも潜り込むような気がした。廊下の彼方で、窓が星明かりにぼんやりと光っていたので、本能的にそちらに進む。カーテンが掛かっていないおかげで、リビングには柔らかな光が射し込んでいた。

　そこまできてから、これがもし罠だったらどうしよう、と不吉なことを考えた。誰かが待ち伏せをしていたらどうする？――しかし、そんな気配がどこにもないことに気づき、じきに警戒を解いた。

　椅子の一脚もないので、フローリングの床に尻を降ろしたが、ひんやりと冷たいのが不快で、隣りの和室で寝転がることにした。腕時計を見たら、一時二十分。五時半まで待機するとしたら、四時間以上もある。このまま畳に寝そべって連絡を待つだけなら楽なことだが、退屈や睡魔という鬱陶《うっとう》しいものと戦わなくてはならない。どちらも厄介な敵だ。こうなることをあらかじめ知らされていたなら、暇つぶしができるようにラジオかウォークマンでも持参したのに。

　忘れた頃にチャイムが鳴るのでは、と思っていたが、そんなものにびくりとする瞬間はなかなかやってこない。夜は頂上を越えて、朝へ向かう。一時間、二時間と何ごともなく過ぎていった。

「時間の流れが、蝸牛《かたつむり》が這《は》うようにのろく感じられて、うんざりしました。もう十五分ぐらいたっただろう、と時計を見直すと、五分も経過していないのでがっくりとしたり。緊張感もゆるんできたので、喉が渇いてきたからちょっと抜け出してジュースでも買いに行こうか、と思ったりしたんですが、その間に大切な連絡が入ってはすべてが台なしなので、がまんをしました。眠気を覚えるようになったのは、四時を過ぎたぐらいからでしょうか」

起き上がって、眠ってはいけない、と頬を叩いた。連絡とやらがどんな方法で伝達されるか判らないのだから、起きてしっかりしていなくてはならない。それに、ここは忍び込んだ他人の家ではないか。まともな神経をしていたら、こんなところで居眠りなどできないはずだ。

そうは思っても、瞼はどんどん重くなっていく。一週間の疲れがどっと出たらしい。壁によりかかって座ったまま、ついには意識を失ってしまった。

目が覚めた瞬間、彼ははっとして腕時計を見た。どれぐらい眠ってしまったのか？　五時十五分だった。四時半頃までがんばって起きていたことは覚えているから、四十五分もうたた寝をしてしまったらしい。「しまった」と口に出していた。

とんでもない過ちを犯したのではあるまいな、と危惧しながら、彼は周囲を見渡した。床にメッセージを書いた紙切れが置いてあったりしたら、ぎょっとしただろうが、そのようなものはない。リビングや他の部屋、洗面所からトイレ、浴室まで調べてみて、何も異状がないことが判ると、ほっと胸を撫でおろした。

五時半まで連絡を待て、という指示だったから、もう少しの辛抱で解放される。このまま何ごともなく時が過ぎれば、不愉快なことも苦痛を感じることもなく約束を果たせる。最上階近くまで階段を昇らされたことはきつかったが、いい運動をさせてもらった、とでも思おうか。刺激の乏しい毎日に、スリリングなアトラクションを与えてもらったと感謝しようか。

馬鹿な。

相手の意図が判らないのだから、気持ちの悪さは払拭《ふっしょく》されない。それに、これで契約を履行したと相手が認めてくれるかどうか、怪しくもある。とにかく、言われたとおりのことは誠実に遂行した。五時半がきたら、とっとと退散させてもらおう。

静かだった。通りを行く車の音が、断続的に聞こえてくるだけで。住人たちは、未明の深い深い眠りの底にいるのだろう。まるで、宇宙船の中にぽつんと一人でとり残されたようだ。

やがて、解放の時刻になった。彼は疎漏《そろう》がないかと心配になって、もう一度すべての部屋を隈《くま》なく見て回り、何もなかった。これで大手を振って——とはいかないが、ここを出ていける。手ぶらできたのだから、忘れものなどしようがないのだが、携帯電話や二通の手紙がちゃんとポケットの中にあることを確認してから、彼はそっとドアを開けた。東の空はまだ暗く、廊下に人影はない。

まだ油断はできない。もしかしたら、罠はこの先に仕掛けられているのではないか、という恐ろしい考えが閃《ひらめ》いた。エレベーターに乗るなりケージが地面めがけて急降下するとか、一歩外に出たとたんにマンション中の窓から水平に火柱が噴き出すとか。

馬鹿な、馬鹿な。

いや、そんなことはあるまいが、自分が出てくるのを何者かが待ち伏せしていたり、張り込んでいた警察官に不法侵入者として現行犯逮捕されるのでは、という想像はあながち非現実的でもなかった。しばらく、戸口でためらっていた。しかし、危険が行く手に待っていたとしても、ここに留まっているわけにはいかない。

ドアをすり抜けて廊下に出た。エレベーターが八階で停まっているのをありがたく思ったが、それは自分が十四階から下りてきた時のままそこにいただけであろう。もしや、このエレベーター内にメッセージが、とも思ったが、そんなものも存在しなかった。あるのは、あのレンタルビデオ店のチラシだけだ。彼はそれを剝がして、堅く丸めた。その行為に特別の意味はない。単に目障りだったから。あるいは、こそこそと闖入《ちんにゅう》したお詫びに——誰への？——ささやかな掃除をさせてもらったつもりだったのかもしれない。丸めたチラシは、一階に下りてすぐ、エレベーターの脇にあるごみ箱に棄てた。中は空だったらしく、ころんと小さな音がした。

オートロックの扉は、内側からは自動的に開閉するので問題はない。扉はやはり細目に開いたままになっていた。さすがに、レールに挟まった異物をわざわざ取り除こう、という気にはならなかった。面倒だったし、自分を脅している相手の細工を勝手にいじって、不興を買ってはまずいと思ったからだ。

　マンションを出た直後に、時計を一瞥《いちべつ》する。六時になりかけていた。もう電車が動いている時間だ。

　彼は、地下鉄四天王寺《してんのうじ》駅を目指した。


「その途中で、男性の二人連れとすれ違ったことは覚えていますが、目を合わせないようにしていたので、火村先生と有栖川さんとお目にかかったことも判りませんでした。自分のことは棚に上げて、あの人たちはこんな早朝にあたふたとどこに行こうとしているんだろう、と怪訝に思ったものです」

4

　ひととおり語り終えた六人部四郎は、すがるような目をして私たちを見回した。言われたとおりすべてを吐露《とろ》してよかったのだろうか、と心配なのだろう。

「……と、いうことなんですが、いかがですか？」

　応答がないのに耐えかねたのか、彼の方から問いかけてきた。船曳警部は渋い表情をしている。

「いかがですか、と言われてもねぇ。手料理の感想やあるまいし」

私は呆気《あっけ》にとられていた。六人部四郎という男は何を考えているのだろうか？　明け方までこのマンションの806号室にいた、ということがどういう意味を持つのかまるで判っていない——かのようだ。

火村はポーカーフェイスを保っていた。対照的に正明は、愕然《がくぜん》とした表情を浮かべている。

「六人部さん。あんた、今しゃべったことで、訂正することはない？」

船曳は怒っているようだ。虚仮《こけ》にされた、と思ったのかもしれない。一方の六人部は、警部の反応がさも意外だという顔をしながら、ひるんだ様子をみせる。

「訂正することはありません。判りにくかった箇所があれば、補足しますけれど」

山内陽平の遺体がどこで発見されたのか、彼は知っていないかのようである。だから、そんな間抜けなことが言えるのか？　それとも、とぼけているのか？　あるいは、真性の愚か者なのか？

「あんたは、今日の午前一時二十分から午前六時近くまで、このオランジェ夕陽丘の806号室にいたという。驚くべき証言です。まさか、こんなに率直にお話しいただけるとは望外でした」

「はぁ」

「弁護士をつけるつもりなどなかった、ということですな。そこまでしゃべったのなら、潔く犯行を認めてはどうです？」

「犯行とは……何のことでしょう？」

「山内陽平氏殺害ですよ。あんたが殺したでしょう？」

六人部は喉に茹《ゆ》で卵でも詰まらせたように、目を剝《む》いた。そして、「ちょっと待ってください」と慌てる。

「どうして僕が山内さんを殺さなくてはならないんですか？　殺す動機がない。いえいえ、そんなことより、僕の話を聞いただけで、なんでそんな突拍子もないことをおっしゃるんですか。パニックになりそうです」

「そんな判りきったことを説明させるんですか？　まぁ、ええか。言うてあげましょう。山内陽平氏の遺体が見つかったのは、あんたが独りで淋しく一夜を過ごしたという806号室の浴室。自己紹介の時におっしゃっていたように、発見者は火村先生と有栖川さん。お二人は、あんたと入れ違いに六時過ぎに806号室に入り、遺体を見つけたんですよ」

「まさか」

六人部は私たちの方に振り向いた。今度は彼が呆気にとられているようだ。

「あんたは806号室を出る直前に、浴室をもう一度覗いてみた、と言いましたな。人間の死体は、うっかり見落とすようなものではありません」六人部も頷く。「その話を信じたなら、あんたが806号室をあとにしてから、火村先生たちが入るまでの数分の間に、何者かが遺体を浴室に運び込んだということになる」

「ええ、そうなりますね」

「アホらしい」

　警部は吐き捨てた。びくりと六人部の右の肩が跳ねる。

「犯人は遺体とともに階段か隣りの空室にでも潜んでいて、あんたが立ち去ったのを見てから遺体を担い、えっちらおっちら806号室に搬入したとでも？　そんなことをする時間的余裕はありませんよ。自分が逃げる時間も必要やったんやろうし、だいいち、犯人は何のためにそんな骨が折れる上に危なっかしいことをせんといかんのです？　火村先生たちだけでなく、早起きの住人に遺体を運んでるところを目撃される危険も大いにあったというのに」

「僕にも判りません」

「殺人はやっていないというんですね？」

「当たり前ですよ。どうなってるのか、わけが判りません！」

　落ち着けよ、と正明がたしなめた。しかし、そう言う彼もあまり冷静には見えない。少し前から、スラックスの太股あたりを揉んで皺くちゃにしていた。

「あんたね、死体があった部屋に番人みたいに居座っていたくせに、自分は無関係やというんですか？　とても信じられたもんやないですな」

「やっぱり信じてもらえなかった。だから言ったでしょう？　僕は、こんなふうに決めつけられるんじゃないかと懸念《けねん》していたんです」

落ち着いて、と今度は火村がなだめる。

「あなたが懸念していたのは、得体の知れない手紙に操られて不法侵入を犯してしまった、という件に関してでしょう。今、問題になっているのは、また別のことだ。——あなたは、山内陽平氏の遺体が806号室で見つかったことを、つい今まで知らなかったんですね？」

「はい。山内さんが殺されていた場所は聞かなかったし、どこで見つかったんだろうと考えたりもしませんでした。まさか、806号室の浴室だなんて。そこだけは殺人現場でないことを、僕は断言できます。ピラミッドのてっぺんでも、天安門《てんあんもん》広場の真ん中でも驚きませんけど、806号室だけはあり得ない。僕はそこにいた。そこには、誰もいなかった。誰もやってこなかった」

「実は、犯行現場がどこかはまだ特定できていないんですわ」と船曳は認める。「現場の状況からみて、806号室の浴室で殺されたとは考えにくい。遺体が遠くから運ばれてきた形跡がないので、おそらく浴室以外の別の部屋で殺されたんでしょう。犯行時刻は、午前一時前後という可能性が強い」

「一時ということは、僕が806号室に忍び込むよりも前だ」

　六人部の顔が、瞬時、輝いたのだが、警部に水を差される。

「ところが、死亡推定時刻には幅がありますからね。犯行は午前二時やったのかもしれません。その時にあの部屋にいたのは、あんた独りだった」

「でも、僕がここにくる前の午前零時だったかもしれないんでしょう?」

「やれやれ、判らない人やな、あんたは。——ええ、そう。あんたがこのマンションにくるよりも早くに殺人はすんでいたかもしれません。けど、もしそうやったなら、犯人は遺体をどうしたんですか? いったん806号室の外へ運び出して、あんたが帰った後で浴室にほうり込んだということですか? ナンセンスです。殺人犯人がそんなことをする機会も理由も想定できない、と言うてるでしょう」

「いや、しかし……」

六人部四郎はハンカチを額に当てたまま、しばし絶句する。が、やがて開き直ったのか、堂々と言い返した。

「ありのままの真実をお話ししました。ですから、その疑問に答える義務は、僕にはありません」

言ってくれるではないか、と船曳は愉快ではなかっただろう。大きな尻をもそもそと動かして座り直す。

「なるほど、おっしゃったとおりですな。信じるのが難しい。——火村先生のご感想はどうですか?」

ニコチンで脳を刺激したくなったか、助教授は、みんなに断わってからキャメルに火を点けた。一服ふかしてから——

「じっくりと検証する必要があると思います。しかし、現時点では六人部さんのお話が出鱈目だという印象は抱いていません」

「そらまたどうしてですか、先生？」

警部は意外そうだった。しかし、私には火村の言わんとするところがおぼろげに理解できた。

「六人部さんのお話は、非常に奇抜なものでした。彼がどうして姿を見せない人物にそれほど易々《やすやす》と操られたのか釈然としませんし、正体不明の相手Xの指示はあまりにも不自然です。だからこそ、警部は信憑性《しんぴょうせい》を疑っているのでしょう。けれど、それは逆に解釈することもできます。だってそうですよ。もしも六人部さんが殺人犯人であり、現場から立ち去るところを私たちに目撃されたことに焦ったのだとしたら、もっとそれらしい嘘をこしらえることができたはずです。こんな馬鹿げた話をするということは、真実味があると言えなくはない」

同感だった。六人部の語った内容は、およそありそうもないことだが、あり得ないことではない。そして、ありそうもないことというのは、広い世界のあちらこちらで日夜起きている。

「嘘をつくなら、もっとそれらしい嘘をこしらえる、ですか。それも理屈ではありますな。しかし、そこまで見越して、さらに裏をかこうとしているとも考えられますよ」

船曳がそんなひねくれた発想をするとは予想外だった。困ったことに、これまたありそうもないことではあるが、あり得ないことではない。推理の不確定性が露呈する。

「そうか」六人部は独白するように「山内さんは夜の間にこのマンションで殺されたから僕がここに呼ばれたわけか。なんでまたアルバイトでしかなかった僕のところに刑事さんがやってきたのか妙な気がしたけれど、最初から疑われていたんだ。犯人でないのなら、どうして明け方にこのマンション付近をうろついていたのか説明してみろ、と皆さんが待ちかまえているところにきてあんな話をしてしまったら、信じてくださいもクソもありませんね」

「自棄《やけ》を起こすなよ、六人部。俺はそんなふうに受け取っていない」

正明は火村と私に視線を向ける。何か救いの手を差し出したくなった。

「一つお訊きします。六人部さんが一夜を過ごした部屋は、間違いなく806号室だったんでしょうか？　部屋が違っていたら、何も不思議なことはなくなります。普通のマンションと違ってここは空室だらけですから、そんなこともあるかと――」

「間違うはずありません。手紙の指示のとおりにしなくては、と慎重に動いていたんですから」

君のために言ってあげているのに、随分きっぱり否定してくれるではないか。

「フロアを勘違いしたということはありませんか？」

断じてそれはない、と彼はこれまた言い切った。

「エレベーターで八階のボタンを押すつもりが、うっかり七階を押してしまったというようなことは絶対にありません。気が張っていたんですから、押し間違えたりしたらすぐに気がつきますよ。それに、僕が入った部屋の入り口に806と書いてあるのをしっかりと見ました」

　そこまで断言するのなら、救えない。彼は自ら逃げ道をつぶしていっている。――だが、やっぱり変だ。ますます真犯人の言動とは思えない。矛盾と混乱がふくらんでいっている。

　船曳も顎を右掌で包んで、考え込んでいた。犯人ならば別の話をするはず、と彼も疑問に思ってはいるのだ。

「暗礁に乗り上げそうですな。あんたの話を、ちょっと違った角度から検証してみましょうか。とっさにでっち上げた下手くそな嘘やないという物的証拠が欲しい。そう、まずは、差出人不明の怪しい手紙を拝見したいもんですな。二通とも」

　どすの利いた声で言われた六人部は、たちまちつらそうに顔を歪めた。

「言いそびれましたけど、手紙は部屋に帰ってから破棄しました。必ず棄てろ、という指示も書いてあったんです」

　警部は苛立《いらだ》つ。

「大事な話が後から出てきますな。しかし、自分の部屋まで持って帰りながら、棄ててしもうたやなんておかしいやないですか。どんな指示が書いてあったにせよ、いるものなら保管しておいたはずやし、いらんものなら、帰るまでに駅のごみ箱に投げ棄ててでもしたらよかったでしょうに。そいつは信憑性に欠けますなぁ」

「そんなことを言われても……。察してください。そこには他人に知られたくないことが書いてあったんですから、駅のごみ箱に棄てる気にはなれなかったんです。どんなことがあって、人の目に触れるかもしれませんから。だから、家まで持ち帰って、細かく破いてトイレで流したんですよ」

「トイレで流したんですよ――ねぇ」

船曳は意地の悪い口調で復唱する。

「はい。手紙が残っていないからって、疑ったりなさいませんよね？　だって、手紙が揃っていたからといって信じられたわけでもない。あったらあったで、こんなのは自分が書いたものかもしれない、とおっしゃるでしょう」

ごもっとも。しかし、警部は図星をさされたのか、あまり面白くなさそうだ。

「トイレで流したと言われたんでは、捜して持ってきてください、ともお願いできませんな。――仕方がない。手紙の実物はもういいですから、内容について詳しく聞かせてもらいましょうか。あんたが握られていた弱みというのは、具体的にどういうことやったんですか？」

「いや、それは……」

「困りますやなんて呑気なことを言うてる場合やない。あんたは、殺人事件の容疑をかぶりかねないんですよ。それでも秘匿《ひとく》しておきたいことなんかないはずです」

「言えません。黙秘させてください。刑事さんにも話したくないことです。そこを避けていただければ、他は何でも――」

「あんたみたいな人は初めてや」警部は嘆息した。「一から十まで嘘八百なんやったら、いくらでも適当なことが言えるやろうに、次々におかしなことを言う。首尾一貫した嘘は崩せるけど、こんなふうに初めからこわれた話は、かえって崩しようがないわ」

初めからこわれた話は崩しようがない、とは言い得て妙である。

「有栖川さん、こんなことって、推理小説の中ではよくあることですか？」

警部はソファに身を沈めながら言う。

「信じてもらえない無辜《むこ》の主人公、というのはいつの時代にも根強い人気があるテーマですね」

「ふむ、映画やドラマでもよくありますな。しかし、そういうのは、悪人が主人公を窮地に陥れようと、罠を仕掛けたという設定でしょう。本件の場合は――」

罠だ、と六人部が騒ぎだした。

「やっぱり罠だったんだ。僕は誰かに嵌められたんですよ」

船曳が「誰に？」

「決まっていますよ。もちろん、社長を殺した真犯人にですよ。そいつは、社長を殺した上で僕にその罪をなすりつけようと計画を練ったんだ。何故、僕にあんなおかしな真似をさせたのか、それで筋が通るじゃありませんか」

そんなことがありうるか、検討してみた。まず、六人部の弱みを握って――それを手中にしているから立てられた計画かもしれない――、彼を操《あやつ》り人形に仕立てる。脅迫して、オランジェ夕陽丘に常識はずれに遅い時間に呼び出す。山内陽平の殺害は、午前零時に806号室のリビングで行なわれた、と仮定してみよう。殺害の後、犯人は806号室で凶行があった痕跡を消してしまい、遺体をどこか——仮に隣室とでもしておこう——に運び込む。それから、六人部に宛てた第二の手紙を十四階の階段に貼りつけたのだろう。一時になって六人部がやってくる。彼は手紙に書かれた指示を読む。手紙は彼を806号室に誘導し、明け方までそこに留めおいた。六人部がどんな弱みを持っているのか判らないが、犯人には彼を自在に操縦する自信があったのだろう。犯人は、六人部がロボットと化して動くのを、どこからどんな方法でかは定かでないが、観察していた可能性もある。五時半過ぎて、六人部が退散していくと、犯人は隣室から現われて遺体を806号室の浴室に移して、最後の仕事をする。そう、あらかじめ番号案内で調べておいた私の許へコールしたのだ。オランジェ夕陽丘806号室へ行ってみろ、と。そして、火村と私が駈けつけるよりも早く、反対方向へ逃走した——

これで、六人部が言ったように筋が通るだろうか？　色々と難点がある。まずは、船曳が指摘したとおり、六人部が806号室を立ち去ってから私たちが到着するまでのわずかな間に、犯人が遺体を移動させることはほとんど不可能だということだ。大の男の死体を運ぶのは楽な作業ではなかったはずだし、その前か後ろに、火村へ宛てた電話をかける時間も要した。となると、ほとんど不可能というより、一〇〇パーセント不可能かもしれない。一か八かの大博打《ばくち》を打ち、犯人はたまたまそれに勝ったのだ、と決めつけてもまだ説明は不充分だ。そんなに危ない橋を渡っても、犯人にはメリットがないのだから。何が何でも六人部に罪をなすりつけたかったのだとしたら、苦労して遺体を移動させたりせず、殺害後、クロゼットの奥にでも押し込んでおけばことは足りた。死後数時間なら死臭が洩れることもないし、六人部は真っ暗な部屋のクロゼットを開けて覗いたりしなかっただろう。他にも、犯人がどうしてオランジェ夕陽丘の806号室を犯行現場に選んだのかとか、犯人はどうやってマンションの空室を出入りしたのかとか、納得のいかないことは多々ある。

「筋は通りませんよ」

はっきりと言ったのは、くわえ煙草の火村だった。

「犯人があなたに濡れ衣を着せようとしたのなら、もっとうまい手があったでしょう。そもそも、殺人をすませた犯人がいつまでも遺体とともにマンション内に潜んでいた、というのは、あまりにも不自然です。一刻も早く犯行現場から逃走したいと願うはずですからね。実際に、犯人がそんなことをしたのならば、そいつは罠に嵌めようとした六人部さんよりもさらに後からマンションを去ったことになる。そんな罠では、あまりにもつまらないじゃないですか。私なら、馬鹿らしくて没にする」

六人部は「はぁ」とおとなしくなった。

「真犯人があなたを殺人犯人に仕立て上げようとしている、という仮定にもひっかかる。そこまで強烈な敵意を抱いているのなら、トップシークレットになさっているあなたの秘密をすっぱりと公開してしまえば大きな喜びが得られそうなものじゃないですか。回りくどいにもほどがある」

「ということは、要するに、罠なんかではないということですね。つまり、僕が嘘をついていると……」

「あんな無茶苦茶な嘘なんてない」

「え？」

たまりかねたように声をあげたのは、正明だった。

「火村先生は六人部の話を信じてやるのか、やらないのか、どちらなんですか？　聞いていて判りません」

「今は判断を保留します」

「臆病《おくびょう》な態度をとるんですね。剃刀《かみそり》のような鋭い頭脳の名探偵だ、と朱美に聞いていたのに随分違う」

興奮のあまりだろうが、失礼な発言だった。火村はそっと煙草を揉み消す。

「彼女が私をどういう言葉で紹介してくれたのか知りませんが、私は勘のいい予想屋じゃない。剃刀のように鋭いというのは、えてして社交辞令か無根拠な印象評にすぎないものです」

正明は微かな後悔の表情を浮かべたが、何も言わなかった。

「私がはっきりしたことを言ってあげますよ」船曳が上体を起こして、テーブルに両手を突く。「六人部さんの話は鵜呑《うの》みにするには突飛《とっぴ》であるが、真っ赤な嘘だとも思えない。話に一貫性があるし、描写が細かくてリアリティもあった。しかし」

彼は軽くテーブルを叩いた。威嚇《いかく》するためではなく、つい力が入ったのだろう。

「一つだけ明白な事実があります。あんたの言ったことがすべて本当やったとしたら、山内陽平さんを殺した人物は、やはりあんたしかいない、ということです。理由はいたって簡単。先ほど来の話にもあるとおり、あんたが806号室を出てから火村先生たちがそこで遺体を発見するまでの時間が短すぎる。その間に遺体を移動させた犯人というのは、存在し得ないんですよ。遺体が動かなかったのなら、犯人はあんたしかいない」

六人部は当然ながら反駁《はんばく》を試みる。

「僕がそんな嘘をつく理由は——」

「私の話をよく聞きなさいな。あんたが嘘をついているなんて言いましたか？　本当のことをしゃべっているとしても、犯人はあんた以外にいない、と言うてるんですよ」

「そんな……。警部さんのおっしゃってることはちぐはぐです。では、僕が犯人だとしましょう。ならば、どうしてあんな話を皆さんに聞いてもらったというんですか？」

警部はにやりと笑った。

「おそらく、あんたは策を弄《ろう》しすぎて、策に溺《おぼ》れたんでしょう。犯行現場付近で誰かに目撃された場合に備えて、非常に凝った物語を用意していたわけです」

「言い掛りだ」

「違うというんですか？」

「言い掛りです！」

警部は火村に向き直る。助教授に言葉はなく、唇を人差し指でなぞっているだけだった。六人部四郎をめがけて飛んできた矢は、いったんは的をそれて虚空を迷走した。が、ついには、六人部の心臓を捉えたようであった。

5

８０６号室で、実地見分が行なわれることになった。立ち会うのは、船曳警部と火村、私。

六畳の和室の一方の壁を指して、自分はそこにもたれて長い時間を過ごしたのだ、と六人部は証言する。迷いのない態度だが、船曳は白けたようだ。

「しかしねぇ、この建物の中にはこれと同じタイプの部屋がいくつもあるそうやないですか。しかもそのほとんどが空室なわけですから。『ここでした』なんて、言い切るのは無理です」

「また言い掛りですか」六人部は辟易《へきえき》している。「この部屋の前には、８０６号室という札が出ていましたね。僕はその部屋に入って、この六畳間のまさにこの位置にいた、と話しているんです。不確かなことなど、ありません」

「かまいませんよ。自信があるんなら、そうおっしゃってください。そうすれば、ますますあんたの立場が悪くなるだけなんですけどね」

　そう言われては、六人部もつらい。私は劣勢の男に同情したわけでもないが、投網《とあみ》をかぶせられてもがいているような状態から助け出してやりたい、と思った。六人部の無実を確信する論理的な根拠はない。ただ、警部が言ったように、策に溺れているようには映っていなかった。こんな状況に自らを追い込む策など、拙劣すぎるだろう。

「空室とはいえ、何か特徴はありませんでしたか？」私が尋ねる。「壁紙にしみがついていたとか、柱に瑕があったとか。バルコニーに出たのなら、風で吹き飛ばされてきた木の葉が落ちていたということも――」

「新品の部屋ですから、目立った汚れや瑕はありませんでした。まして、月明かりしかなかったんですから。何かメッセージはないかと、バルコニーにも出ましたけど、変わったことはなかった」

「では、景色はどうでしょう？」

　六人部は「どうかなぁ」と言いながらも、興味を示した。警部らも彼について、四人でぞろぞろとバルコニーに出る。

　台地の端にある上、付近に高い建物がないため、見晴らしはすこぶるよい。見慣れた景色だが、私の部屋とは高さも向きも異なっているので、ちょっと新鮮だ。大きさや形がまちまちの箱をばら撒いたような、雑然とした町並み。巨大な看板やネオンサインが覗いているのは、電気店街の日本橋《にっぽんばし》だ。右手を眺めると高津神社の緑、左手に目を向けると、動物園や天王寺公園の緑があるものの、お世辞にも美しい景観ではない。その彼方にそびえた通天閣は、愛すべき姿ではあったが、このコンクリートで塗り固められた都市に君臨するクレージーな猥雑《わいざつ》の王のようでもある。

「景色に違和感はありませんか？　部屋が違っていたのなら、微妙に変わっているはずです」

はりきって言ったのに、六人部の反応は鈍かった。

「駄目ですよ。昼と夜とでは、まるで別の景色です」

「それなら、今晩、同じ時刻に確かめる手もありますよ」

私はあっさりと諦めたくなかった。

「さぁ、どうでしょうかね」やはり乗り気ではない。「のんびり夜景観賞をしていたんではないので判りませんよ。部屋を間違えていたとしても――そんなことは、ありっこないんですけど――２０６号室や８０１号室と錯覚したわけはないので、景色の違いなんてごくごく微妙なものでしょう。多分、違ってても気がつかないな」

あんた自身のことなんだからしっかりしろよ、と思ったが、仕方がないか。それにしても、部屋を間違えたことなんてありっこない、とは頑固な男だ。

「８０６号室の周囲で空室というのは、どことどこか判っていますか？」

バルコニーの手すりに右手を置いて、火村が警部に尋ねる。

「調査ずみですよ。角部屋で左側はありませんから、右と上下。それに右斜め上と下について言うと」ここで手帳を開く。「入居者がいるのは、ここの真下の706号室だけで、他の705、805、906、905号室は売れ残っていて空室です。しかも、すべて806号室と同じタイプ」

706号室の住人とは、ちらりと顔を合わせた。勝又とかいったっけ。鮫山警部補が聞き込みを行なった結果、昨夜から今朝にかけて変わったことはなかった、と証言したそうだ。

「そりゃ、そうでしょうね」六人部は言う。「僕は七階には一度も下りなかったし、ここにいる間は極力音をたてないように注意していましたもの」

安アパートではないのだから、少々の物音は下の部屋に伝わらないだろうし。勝又氏から有益な話が引き出せなかったのを嘆くことはない。

「これ以上は無駄ですな。どうぞ、先輩の部屋にひとまずお引き取りください。――私はあっちこっちと打ち合せをしますので、しばらく失礼します」

自分たちは好きなように調査します、と火村は応え、船曳とともに部屋を出た。警部がエレベーターで下りていくのを見送ってから、助教授はドアの脇の806号というプレートを見つめる。

「ねぇ、六人部さん」

「はい？」

「あなたは、806号という表示の部屋に入った、と断言しましたね。しかし、こんなものは簡単に取り換えられますよ。犯人の小細工にだまされたんじゃありませんか?」

六人部はこともなげに否定する。

「そんな子供だましにひっかかるほど粗忽《そこつ》ではありませんよ。プレートは取り換えられても、ごまかせないことがある。いいですか、先生。僕はエレベーターに乗って八階に下りた。そして、開いた扉の正面の部屋に入った。そこは、まぎれもなく806号室でしょう。八階のエレベーター前の部屋。それは、ここしかない」

そう。プレートなんて信用できない、と私も思った。が、八階のエレベーター前という位置はごまかしようがないのである。これがもしも、フロアの中央付近にある804号室などだったら、まだトリックを仕掛ける余地があるかもしれない。たとえば、803号室の前に植木鉢でも置いておき、プレートを804号のものと取り換えてから『804号室へ行け。植木鉢が目印だ』という指示を六人部に与えたとしよう。八階へ下りた彼は、植木鉢を見つけて駈け寄る。そして、ドアの脇に804号という表示を見れば、ころりとだまされたかもしれない。そして、彼が去って火村と私が到着するまでの間に、植木鉢を動かして、プレートももとに戻しておく。ごく初歩的なトリックだ。しかし、八階のエレベーター前という特徴のはっきりとした部屋では、こんな欺瞞《ぎまん》は通じない。

六人部は部屋を錯覚していない。それでいて彼が山内陽平を殺していないのだとしたら、考えられることは一つ。いかにも推理小説的発想だが、時間について錯誤があるのだ。

「六人部さんは、うたた寝をしたと言いましたね。四時半頃に眠って、五時十五分に目が覚めた。それは確実ですか？」

　私の質問の目的が、彼には判らない様子だった。

「錯覚の可能性として残っているのは時間だけなんです。いいですか？　もしも、あなたが眠っている間に犯人が部屋に忍び込んできたとしましょう。相手は合鍵を持っているらしいから、お安いご用です。そして、すやすやと眠っているあなたの腕時計をいじって、針を十分ほど進めていった」

「僕はそんなことまでされてるのに、だらしなく眠っていたと言うんですか？」

「しばらくがまんして聞いてください。——で、そんな悪さをされたと知らないあなたは、やがて目を覚まして時計を見る。時刻は五時十五分だった。しかし、時計は十分進んでいるんだから、正しい時刻は五時五分なわけです。あなたは時計を見ながら、五時半を待って去った。でも、十分間の狂いがあるから、部屋を出た本当の時間は五時二十分ということになります。犯人が、そうやって余分な時間を無からひねり出したとしたら、あなたが出ていった後で遺体を搬入することも可能になります」

「本気で言ってるのか、アリス？」

　火村がこちらを振り向かずに言った。

「聞き慣れた台詞をちょうだいしてうれしいな。また俺をサンドバッグのように殴ろうというわけか」

「俺より先に、六人部さんが言いたいことがありそうだぜ」

六人部は遠慮なく、私をサンドバッグにしてくれた。

「有栖川さんの言うようなことは成立しないと思います。まず、僕の腕時計に犯人が細工はできませんでした。だって、僕がうたた寝をしたのは偶然のことですから、犯人にとって予期できなかったんですよ。計画に組み込めるはずがありません。そこには目をつぶってみましょうか。それでも納得はできないな。誰かが忍び寄ってきて腕時計をいじったりしたら、僕はすぐに目を覚ましたでしょう。睡眠は浅い方だから。もっとおかしなことがあります。有栖川さんは、僕がこの部屋を出た時刻が十分間ずれていると仮定しましたね。僕が実際より十分早く誤解していた、と。百歩ゆずってそれは認めたとしましょう。でも、僕と有栖川さんたちが路上ですれ違った六時前という時間は、お二人の証言だから僕は誤解のしようがありませんよ。まさか、犯人がお二人の時計もいじっていたはずもないでしょうし。いや、誰の時計が狂ってても同じか。僕が806号室を出てからあなた方が遺体を発見するまでの時間は、変わりっこないんです」

「……なるほど」

「なるほどじゃねぇって」火村は呆れたように言って、「ところで、六人部さん、今何時ですか？」

十時四十分という答えが返ってきた。合っている。かくして、彼の腕時計が正確な時を刻んでいることがいともたやすく証明された。そうかそうか、判った。私が拙速だったことは認めよう。しかし、六人部が場所も時間も錯覚していなかったとしたら、謎は解けないではないか。

「ところで、あなたの弱みって、何なんですか？」

私があけっぴろげに尋ねると、彼はむっとするどころか笑った。警部にも隠したことを、ここでぽろりと言えるはずがない、というのはごもっともだ。

「しかし、殺人の容疑をかぶっても言えない、というのは合点がいきませんよ」

「答えなければ死刑台にひっぱっていかれる、というのなら吐きますよ。でも、まだそんな状況じゃないでしょう」

「楽観的な人なんですね。ええのかなぁ、そんなことで」

「だって、言いたくないことを告白したわ、それと関係なく犯人が捕まったわ、ということになったら損ですもの」

火村が「六人部さん」と呼びかける。

「言いたくないのなら、まだ黙っていればいい。しかし、いずれは話してください」

相手はイエスとは答えず、照れ笑いでやりすごした。やはり楽観的だ。

「さて、これからどうするんや、隊長？」

私が問いかけた時、六人部が「あ」と声をあげた。

「今、エレベーターが上がっていきましたよね」

それがどうかしたのか？

「朱美ちゃんが、乗ってました。一緒にいた人はよく見えなかったけど、中村さんらしかったな」

火村の教え子であり、周参見の事件の調査を依頼した娘が、ようやく京都から着いたらしい。中村というのは、正明の友人のカメラマンか。どうしてその彼が、と思うが、誰かが報せたのだろう。それでは、と私たちは１５０３号室へ戻ることにする。

「朱美ちゃんと親しげに呼んでいますよね。昔から彼女をよくご存知なんですか？」

エレベーターが下りてくるのを待ちながら訊いてみた。

「はい。高校時代は先輩の家によく遊びにいってましたから。その頃は、彼女はまだ中学生でした。僕は一人っ子なので、こんな可愛い妹がいたらどんなだろうな、と思ったりしたものです。いや、従妹でもいいな」

「もしかして、好きだったとか？」

私には経験がないことだが、世間には友人の妹を見初《みそ》める男もいる。六人部は、どこかをくすぐられたような、はにかんだ笑みを浮かべた。

「好きでしたよ。ほのかに、ね。でも、僕なんかが交際を迫ったら、丁重にお断わりされるに決まってましたし、先輩の手前もあったので、そぶりも見せないようにしていました。もっと見栄えのいい男だったらなとか図太くて度胸があったらなとか、煩悶《はんもん》したこともある」

やけに卑下した言い方だ。六人部は目の覚めるような美男子ではないが、見栄えはいい方に属する。女性にアピールする魅力もあるだろうに。

「甘く切ない青春の思い出ですね。でも、今はどうなんですか？　高校生の時よりは図太くなったでしょう」

　異性についてはトラウマだらけのくせに、私はつい人を焚《た》きつけてしまう。下りてきたケージに乗り込んでから、六人部は「そうなんですけどねぇ」と笑った。

「朱美ちゃんは、きれいなだけじゃなくて、聡明さが表情に顕われる女性になりました。そこいらに転がってる若い女の子みたいに馬鹿っぽいところが微塵《みじん》もない。しっかりしていて、同時にそこはかとなく頼りなげなところなんて、魅力的ですね」

　そこはかとなく頼りなげ、というのはおかしな表現だが、そこが亜紀も言っていた複雑なところなのだろう。例のオレンジ恐怖症のこともある。

　十五階に着いた。話が途中なので、エレベーターの前でちょっと立ち止まる。

「そんな彼女に、心持ち図太くなった男が言い寄ろうとするのを神様はお赦《ゆる》しにならないみたいですね。朱美ちゃんの心をこちらに向けるのは、とても難しい。彼女は本当は芯《しん》が強い子なんです。きっと、そうだと思う。でも、子供の頃から色々とありましたから、いざという時にぐっと摑まれるような人も必要のようです。悲しいことに、僕は、そういうタイプじゃない。摑まれたら、一緒に泣いてあげる、というタイプだから情けない」

「いざという時にぐっと摑まれるような人というのは、人間誰しも必要としているんじゃないですか？　自分と利害関係がないと泣けない人間もいるだろうし」

「僕の心の隙間を埋めてくれますね。有栖川さんって、カウンセリングが趣味なんですか？」

二人で笑うしかなかった。もしかすると、彼と私は似ているのかもしれない。

「朱美ちゃんに求愛する資格はないな、僕には。『若きウェルテルの悩み』が愛読書の男なんかとは釣り合わない。まだ中村さんと並んでる方がしっくりくる」

「おや、彼女は中村さんと交際しているんですか？」

「いいえ、そういうのでもないみたいですよ。従兄のユニークな友だちで、気のおけない人、というところでしょう。中村さんにしても、彼女をものにしてやろう、という魂胆もないらしい」

目を血走らせるといえば、六人部の目が充血している理由が判った。彼は昨夜、ろくに眠っていなかったのだ。おそらく、家に戻ってから仮眠ぐらいとろうとしただろうが、それも鮫山警部補の急襲でままならなかったに違いない。

「刑事が突然やってきた時、どう思いましたか？」と訊いてみた。

彼は歩きだしながら、答える。

「眠りかけていたんですよ。頭が朦朧《もうろう》としているところに『警察です』でしょ。夢を見ているようでした。不法侵入がばれてとっちめられるのかな、と思ったら、『あなたの先輩の伯父の山内陽平さんが殺された。よく知っている人でしょう。宗像正明さんのところに関係者に集まってもらって話を聞いているので、きてもらえますか』ですもの。不法侵入の件じゃないのにはほっとしました。ただ、一抹の不安は残りましたけれどね」

「それは、きてくれと言われた場所がオランジェタ陽丘だったから？」

「偶然かなぁ、と。でも、やっぱりそんなわけはありませんでしたね」

彼は渋い顔を作りながら、チャイムを押す。ドアを開けてくれたのは、リビングの写真で見覚えのある女性だった。私たちの中に火村の顔を見つけた彼女は、胸に手を置いて安堵の吐息をつく。

「先生……」

第三章　二つの灯

1

　1503号室は大繁盛になった。

　宗像家の三人、六人部、火村、私に加えて、駈けつけた貴島朱美と中村満流《みつる》で総勢八人ともなると、さすがに高級マンションのゆったりとした3LDKも超満員である。中村は、朱美に連絡を受け、阪急梅田《うめだ》駅で落ち合ってきたのだそうだ。そう聞くなり、火村は朱美に尋ねる。

「身内でもない中村さんに連絡をしたのはどうしてなんだ?」

「さっきの電話で先生は、二年前の事件の調査を自分に依頼したことを誰と誰に話したのか、とお訊きになりましたね。その時にもお答えしましたけれど、私、中村さんに伝えたんです。先生の調査に協力して欲しいと」

「ああ、そう聞いたね。それで?」

「中村さんはとても興味を示してくれました。火村先生に自分から連絡をとろうか、とまで言ってくださって。それで……」

彼女が言葉に詰まったので、火村は「判った」と言って救ってやった。

「どうぞ、お掛けになって」

真知が私たちにソファを勧める。座る場所が足りなくなったので、正明と亜紀はぺたんとカーペットの上に腰を降ろした。

貴島朱美は、自分の写真の斜め下に掛けた。写真の彼女はぎこちない笑顔、斜め下の彼女は唇を堅く結んだ憂い顔、という違いはあったが、広い額の下の瞳はどちらも涼しげに澄んでいた。薄紫色のブラウスの胸許には何の飾りもなく、透明なほど白い肌がわずかに覗いている。可憐《かれん》な風情の女性だが、強い存在感を放つタイプではない。

一方の中村満流は、一見しただけで忘れがたい風貌をしていた。両肩に垂らした波打つ長髪。丸いフレームの眼鏡。無精で伸ばしているのを装っているような髭。鼻は幅が狭くて上に伸び、日本人ばなれしている。ジョン・レノンを少し和風にしたらこうなるであろう。ただし、かの思索的なアーチストと違って、中村の方は目つきに深みが感じられない。どこか、周囲の人間の肚を探るようながさつさが仄《ほの》見えた。

初対面の者が自己紹介を交わす。私は中村に興味を抱いたが、中村の方は火村が気になるらしい。そして朱美は、これが火村先生の相棒か、と私を観察しているようだった。

自己紹介がすむと、遅れてやってきた二人に、正明と亜紀が機関銃のような勢いでまくしたて、これまでの経緯を説明した。朱美も中村も、質問を控えて聞き入っていた。山内が殺害されていた状況にも驚いたのだろうが、それは事前に耳にしていたこと。彼女と彼が「えっ」と声を発したのは、六人部の奇妙な体験の件である。朱美は両頬を手で包んで、瞬《まばた》きも忘れている。

「それで、結局、どうなったんだ?」

話が終わると、中村が呑気な訊き方をした。見逃したテレビドラマの結末を訊くような、ごく軽い調子で。

「どうにもなってないよ。六人部が犯人ならそんなけったいな作り話はしないだろうけど、彼の話が本当だったら犯人でしかあり得ない、というわけだよ」

正明の説明に、中村は「ほぉ」と感心する。

「聞いたことがない形のピンチだな。絶体絶命か」

「よしてくださいよ、中村さん」当事者が抗議する。「こっちにしたら、生きるか死ぬかという問題なんです」

ジョン・レノンは眼鏡の奥から、意地の悪そうな視線を投げた。

「君は、本当の本当に本当のことを語ったのか? どうも俺には判別できないな」

「勘弁してくださいって。嘘はついていません」

「じゃ、君が犯人だ」

「ちょっと、やめてあげなさいよ、中村さん」

お茶を淹れてきた真知が、いさめた。昔から出入りしていた息子の友人だからか、心安い口のきき方をする。

「失礼」と彼は詫びて「しかし、こういう時に力強い味方がいるじゃないか。犯罪学者の火村先生と、推理作家の有栖川先生。この不可解な謎を快刀乱麻を断つように解いてくださることを期待しよう」

失礼な野郎だ。人にからむのが愉快なのだろう。あるいは、私たちが知らないうちに彼に不快感を与えたのだろうか、と胸に手を当てたりする。

「私にも、まだよく判りません。想像していることはありますけれど」

火村が思わせぶりなことを言った。「それは何や?」と私が問う。

「俺からは言えない」

「おかしなことを言うな。なんでや?」

「うまい説明だから、言うと六人部さんはそれを肯定する。それはまずいだろう?　俺が関わることで、真相の追求に影響が出てしまう」

「量子物理学の観察者問題、か」

六人部は中腰になった。

「火村先生、それはないでしょう。有栖川さんも何をわけが判らないこと言ってるんです。僕の苦況をもてあそばないでください」

火村は彼を座らせた。そして、クールに言う。

「私の頭にある想像が正しいという保証はまったくありません。鍵を握っているのは、あなた自身ですよ。しばらく考えてみてください」

「ヒントをもらいたいなぁ。俺も挑戦してみたいから」

中村が、ロングサイズの細巻き煙草をくわえながら言う。火村は「いいでしょう」と答えて、六人部に向く。

「謎の手紙の差出人Xの指示で、最も理解に苦しむ点はどこだと思いますか？」

どこと言われても、全体がトチ狂っているとしか……。しばし一座が静かになったが、中村が手を打った。

「ははぁ、なるほど、そういうふうに問いかけられると気がつくな」

「中村さん、判ったんですか？」

朱美に言われ、彼は大きく頷く。

「はずれているかもしれないよ。——こうじゃないのかな、火村先生。姿なきXは、六人部君が806号室で一夜を過ごすようにしむけたかったんですよね。だとしたら、もっとストレートな指示を最初から出しておけばよかったではありませんか。午前一時にマンションに赴かせ階段のどこかに貼りつけてある封筒を捜させ、そこで第二の指令を出す理由が判らない。第一の指令で、『午前一時過ぎに806号室に行って待機せよ』と書けばよかったのにね」

彼は助教授を見た。そして、「そのとおり」という火村の回答を聞いて、満足そうに微笑した。

「当たった。俺も探偵の才能があるのかもしれないぞ」

「中村さんって、頭がいいんだな」

亜紀が感心している。クイズ大会をしてるんじゃないぞ、と六人部ならぬ私でさえ思った。苦況に立たされた男は、腕組みをして黙っている。気の毒だ。廊下で交わした長くない会話で、私は彼に親近感を抱くようになっていた。

「火村。お前が思いついた仮説というのは検証する方法がないのか？　六人部さんは何を思い出したら救われるのか、もっとヒントを出してもええやろう」

友人はつれなく「彼が語ったとおりのことは、あり得ないんだ。だから、六人部さんが山内氏殺害に関わっていないのなら、場所か時間に記憶違いがあるか、そうでないのなら別の何かを錯覚しているんだ。俺を指名してかかってきた怪しい電話のことがあるから、その錯覚は人為的なものだろう」

「人為的な錯覚。——つまり、手品ですね」

中村がゆっくりと紫煙を吐きながら言う。

「そう。手品師は、六人部さんの注意をどこかで巧みにそらして、誤った情報をインプットした。そのチャンスはありました。ただし、チャンスがあったというだけで、実際にそんなことが行なわれていたのかどうかは現時点で決定不可能です。——ああ、そうだ」

火村は私に向かって、

「俺の仮説が検証できないのか、と訊いたよな。なくはない。それは警察の手を借りて後で調べる。はっきりした痕跡が遺っていたら、六人部さんの証言を船曳警部も信じるかもしれない」

痕跡とは何だ？　気になったが、尋ねなかった。どうせ、ここで明らかにするつもりはないのだろう。

「俺も考えてみよう。——ところで」中村が一同を見回して「もしも手品が得意な殺人犯Xがいたとしたなら、そいつはある知識を持っていたことになりますよね。Xは、有栖川さんのところに火村先生を呼び出す電話をかけている。このことは、先生が周参見の事件の調査に着手したことを、Xが知っていたことを暗示している。いや、厳密に言うと、そう確定するものではありませんよ。Xは山内さんと金銭トラブルを起こしていた職場の人間で、そいつがたまたま火村先生にも恨みのある人物で、先生を事件に巻き込んで困らせようとしたのかもしれない」

「そんな偶然はありそうにないなぁ」

亜紀が言うのに、何人かが賛同する。

「でしょう？　となると、Xは先生が周参見の事件調査を引き受けたことを知っている人物——つまり、ここにいる人間に限定されてしまう」

「そんなこと、とっくに出た話ですよ。ここにいる人間以外に、升田さんも該当者らしいですけれどね」

六人部がすねたように言う。

「そうか、あのちょび髭の不動産屋さんを忘れるところだった。升田さんのことは措いておきましょう。――俺が言った理屈は警察の頭にもあるだろうから、われわれは全員が危険な立場にあることになる」

「何が言いたいんだ、中村？」と正明。

「俺はこわくなっているんだよ。いや、犯人じゃないからこわがらなくてもいいんだけど、まずいことになったなぁ、と。警察はそのうち俺たちに質問するぞ。『昨日の夜、あなたはどこで何をしていましたか？』。アリバイ調べだな。俺はこんなことを訊かれると、困るんだ。夕方から夜中過ぎまで、家の暗室にこもってたから。晩飯も、外食せずに残り物ですましたしなぁ。どこかから電話が入っていたら、よけいに具合が悪い。暗室にこもっている間は、電話がかかってきたことも判らない」

「独身のひとり暮らしなんだから、それが日常でしょう。心配するようなことはないじゃない」

真知がこともなげに言うが、中村は苦々しげな顔をしたままだった。

「中村さんって見かけによらず心配性なのね。そんなこと言ったら、私だってずっと娘と二人で家にいました、としか言えないわ。ねぇ、亜紀」

「そうそう。それも、ずっとお母さんと一緒だったわけでもないしね」

「これ、よけいなことを！」

真知がきつい調子で亜紀を咎めた。

「だって、本当のことでしょう。いいじゃないの、今は警察がいないんだから。それに、お母さんはちゃんと観たお芝居のパンフレットを買ってきたんだから信じてもらえるってば。私の方はミナミを一人でほっつき歩いていただけだから苦しいところだけどねぇ」

「芝居に行ってたのか」正明が言う。「パンフレットだけでは観てきた証拠にならないな。連れは？」

「昨日は独りで行ったのよ」母親は答える。「ご近所のとし子さんたちをお誘いしたんだけど、都合がつかなくてねぇ。――食事をすませて、十時頃には戻ったのよ。夜中過ぎまで出ていたわけではありません」

「でも、夕方のアリバイはないわけよ。だから、火村先生を監視していて、有栖川さんのお宅に入るところまで尾行することはできた」

「これ、亜紀。まぁ、あなた嫌なことを言うわね。女刑事になればいいんじゃないの」

母娘のやりとりを聞いていて、およそのことは判った。ミナミをほっつき歩いていた亜紀は、ナンパしてきた会社員風の男に食事をおごってもらったのだが、あまりに話が退屈だったので適当にあしらってバイバイし、十一時前に帰宅したらしい。そして、母娘は「遅かったわね」「お芝居どうだった？」といった程度の会話をしただけで、それぞれの寝室に引っ込んで、朝まで顔を合わすことはなかったという。これでは、とても強固なアリバイとは言えない。

「朝は何時にお目覚めでした？」

火村が尋ねると、真知が亜紀の肩を突《つつ》く。

「ほら、ご覧なさい、亜紀。さっそく先生に疑われているじゃないの。アリバイ調べだわ」

そういうわけではない、と火村は穏やかに言ったが、そういうわけに決まっている。母娘は、七時過ぎだった、と迷うことなく答えた。それがいつもの起床時間なのだそうだ。

「アリバイはない、と先生の探偵手帳にメモされるのね」

亜紀はさらりと言う。変に羨ましがったのは、六人部だ。

「アリバイが成立しないぐらい、いいじゃありませんか。僕なんて、殺人現場に居座っていた、と決めつけられているんですよ。悲惨です」

「同情はするけれどね」と正明が「しかし、お前がいてくれなかったら、悲惨だったのは俺の方かもしれないな。何しろ、被害者の肉親で、なおかつ殺人現場と同じ屋根の下……と言わないのかな、とにかく同じ建物の中にいたんだから。フロアは七つ違うけれど、直線距離にしたらいくらもない。――ああ、そう考えたら今になって恐ろしくなってきたな」

「お前がいてくれなかったら、なんて感謝されたくありませんよ」

後輩は腐っていた。

「アリバイなんて、なくて当然の時間帯だよ。俺だって皆無だ」中村が胸を張る。「朱美ちゃんも、家で読書かお勉強をしていました、というところだろ?」

「ええ。ゼミの発表の資料を読んでいました」

肩をすぼめるようにして、小さな声で言う。中村は、無神経に笑った。冗談を言う場ではないから、すぐに笑顔をしまいはしたが。

「お勉強の方か。しかし、それって、犯罪の研究をしていたということだね？　夕焼けの写真を現像していた俺に比べると、穏やかでもないなぁ」

朱美は、あまり愉快ではなさそうだった。夕焼けの写真と聞いて、私は玄関脇の写真をまた思い出す。風景写真が専門だというこの男は、朱美とは反対に夕焼けの朱の色に魅せられているのかもしれない。

「みんなアリバイがないんですから、公平です。ああ、そうだ。ちょび髭の升田さんはどうだか判りませんけれどね」

「中村さん」と朱美が呼びかける。「本当に、私たちの中に犯人がいると思っているんですか？　違うんでしょう？　本気で思っていたら、そんなふうに呑気に話せないでしょうから」

中村は長い髪を、ひょいと肩の後ろに投げさばいた。少し神妙な顔になっている。

「判らないよ、そんなことは。この前の事件の時だって、結局は誰が犯人だったのか判らずじまいだった。殺人事件の犯人なんて捕まるのが当たり前かと思っていたのに、夕雨子さんを殺した犯人は、のうのうとしているんだろ？　それを思うと、すごくおかしな気分になるんだ。犯人は、海の中から這い出してきて、夕雨子さんを殺したらまた海の向こうに戻っていったみたいだ。今度の事件の犯人だって、まるで得体が知れない。夜の闇からにじみ出してきて、朝になったら消えてしまったのかもしれないよ。ここにいるうちの誰かかもしれない、なんて想像することもできない」

　六人部が「ナイーヴなこと言いますね」と言うと、中村は照れでもしたのか、ちっと舌打ちをした。

　チャイムが鳴った。この上まだ人口密度が増すのか、とぶつぶつこぼしながら、正明が立つ。太い眉をした千種警部だった。

「六人部さんのお話が事実かどうか確認させてもらってるところですよ」

慇懃《いんぎん》に言って、彼はポケットから何か取り出す。ビニール袋の中に、丸めた紙屑が入っていた。彼は手を伸ばし、それを六人部に突き出す。

「一階のエレベーター脇のごみ箱から回収しました。ご開帳するまでもなく、六人部さんならこれが何か判りますね？」

　問われた男は、袋に顔を近づけてよく見てから、「はい」と答えた。

「エレベーターの壁に貼ってあったレンタルビデオ店のチラシです。僕がここを出ていく時に剝がして、ごみ箱に棄てていったものです」

「やっぱりそうですか」

「ええ。船曳警部にお話ししたとおりでしょう。これで、少しは信用してもらえますか？」

「そうはいきませんよ」と返事はつれない。「あんな話をするんやったら、ちゃんとそれに合わせてチラシを捨てておくぐらいのことは赤子でも考えつくでしょう。あなたの話は、すんなり受け入れられるようなもんではない」

「あの」と正明が「それを拝見してもいいですか？」

彼は千種が持ってきたチラシを受け取って、唇をすぼめた。そして、申し訳なさそうに六人部に言う。

「本当のことだから言うけどな、こんなチラシ、俺は見たことがないぞ。昨日の九時頃、ビールを買いに出た時も、エレベーターに貼り紙なんてなかった」

「しかし、先輩——」

六人部は強い衝撃を受けたようだった。その肩を、千種が気安くぽんと叩く。

「判ってます。そちらにも色々と言い分があるでしょう？　ですから、もっとじーっくりと伺わせてもらおうやないですか。天王寺署まで任意でご同行願えませんか？　ここには、適当な場所がない」

六人部は心細げに火村を振り返った。助教授は軽く頷く。

「平気ですよ。行けばいい」

そして、つけ加える。

「あなたが無実なら、必ずそれは立証できます」

2

午後。

火村と私は、森下刑事とともに升田尊信《たかのぶ》を訪ねることになった。山内陽平の友人であり、現在の彼の最も身近にいた人物ゆえ、すでに午前中に別の捜査官たちが話を聞きにいった後ではある。同じことを質問して鬱陶しがられることは見えていたが、早く彼に会うことを火村が希望したのだ。船曳警部はそれを容れ、アルマーニ・スーツのはりきりボーイをつけてくれた。

「それにしても六人部の話は珍妙ですね。現場から逃げるところを火村先生と有栖川さんに見られたからって、あんな話を即興で思いつくはずもないし。そもそも、死体があった部屋で一夜を明かしたやなんて、自分の首を進んでギロチンに差し出すのに等しいし」

信号待ちでステアリングに肘をのせた森下は、ルームミラーの中の私たちに話しかけてくる。火村は窓の方を向いたままだった。

「あれはシロかもしれません。——ねぇ、有栖川さん」

「大胆に推定しますね」

「犯人やったら、もっと言いようがありますよ。『脅迫状に従って早朝にあのマンションに呼ばれたけれど、その後の連絡がないので引き上げた』。これだけでええやないですか。あるいは、『ミナミで飲み明かして、酔い醒ましにうろうろしているうちに、夕陽丘のあたりまできてしまっていた』と、すっとぼけるとか。そう言うても怪しいのにはかわりませんけど、真っ赤な嘘やと頭から否定するわけにもいきませんよ。それを、『806号室で一夜を明かしました』やなんてねぇ」

「彼の話はフィクションではない、としても、難儀なことになりますよ」

「そこはそれ。有栖川さんにからくりを見破ってもろうて」

「信号、青ですよ」よく言うよ。「ところで、なぁ、火村」

友人は「ん？」とこちらを振り返る。

「車に乗る前に、船曳さんとこそこそやってたやろう。どんな内緒話をしてたんや？」

「指紋について」

そっけなく短い返事だった。指紋がどうしたというのか？

「806号室の指紋についてですね？」と森下が頷く。「あちらこちらに、丁寧に拭った形跡がありましたよ。部屋中を隈なくではありませんでしたから、明らかに犯人が自分の触った箇所だけ拭いたんです」

「被害者の指紋も検出されたんですか？」と私が訊く。

「いや、それがあまり出ていないみたいです。被害者はあの部屋に呼び出されて、すぐに殺害されたんでしょうね」

そうこう話しているうちに、大阪市内を抜けた。大和川《やまとがわ》を渡って、堺市に入る。目的地の浅香山《あさかやま》バッティングセンターは、浄水場からほど近い殺風景なところにあった。日曜の午後の長閑《のどか》な空気の中に、金属バットでボールを打つ堅い音が散発的に響いている。昨今のバッティングセンター事情がどのようなものか知らないが、ここはあまり繁盛しているようには見えない。立地からして、無理もないか。

　受付で森下が来意を告げると、アルバイトらしい係員は声を潜めて「こちらへ」とわれわれを応接室に通した。尻を動かすとキュッキュと鳴る安っぽいビニール張りのソファに腰掛ける。社長は遅い昼食に出ていて、もう少ししないと戻らないという。出されたお茶を啜りながら待つことにした。

　壁に掛かった写真の中で、升田尊信らしいちょび髭の男が、スーツ姿の長嶋茂雄《ながしましげお》と並んで笑っていた。すごいお友だちだな、と感心しかけたのだが、よく見ると彼らが立っているのはどこかの空港ロビーのようだ。相手の迷惑をかまわず、記念の写真をねだって成功しただけなのだろう。升田はおじさんゴルファーご用達《ようたし》のニットのスラックスにポロシャツというスタイルで、のっぺりとした締まりのない顔ではあったが、体格はなかなかに立派で、上背だけはミスターに負けていなかった。

　待たされたのは、せいぜい十分ほどだった。「お待たせして、失礼しました」と、升田は叩頭《こうとう》しながら現われた。壁の写真を撮ってから数年が経過しているのか、腹のあたりにかなり贅肉《ぜいにく》がついている。初対面の印象として当たりは柔らかいが、信用できるかどうかは深く付き合ってみないと判らないタイプにも見えた。

「電話で伺っています。こちらの火村さんと有栖川さんが山内君の遺体の第一発見者だそうですね。どういういきさつだったんですか？」

　自己紹介がすむと、升田の方から尋ねてきた。貴島朱美から持ち掛けられた依頼のこと

け言った。

から始めて、火村がかいつまんで事情を説明する。聴き終えた升田は「そうですか」とだ

「手広く事業をやってらっしゃるそうですね」

森下が挨拶の延長のように言う。

「とんでもありません。中古の分譲マンションの仲介をしている小さな不動産屋です。このバッティングセンターは、たまたま手に入ってしまっただけで。儲かりもしないけど、損もしないというだけのものです。まぁ、そんなところを任されて、山内君にすれば役不足だったでしょう」

役不足という言葉が正しく使われるのを、久しぶりに聞いた。最近は、九分九厘が反対の意味で用いられている。

「別の者がお伺いしたこととダブるでしょうが、山内陽平さんとのご関係から話していただけますか？」

升田は厭《いと》う様子もなく、身振り手振りをまじえて話してくれた。升田は山内よりも二つ年長。知り合ったのは彼が二十二歳の時。とある不動産会社で一緒になり、三年ばかりともに働いたのだという。ほぼ同じ時期にそこを退社し、その後はお互いにいくつかの職業を渡り歩いてきた。山内が七転び八起きという人生だったのに対し、升田はビジネスで首尾よく成功を収めた、という相違はあるが、交流は長く続いてきた。

「彼とは、どことはなく馬が合ったんです」と、升田は述懐した。「六年前に、山内君が

居候をしてた妹さんの家が火事で焼けてしまって、そこのご主人が亡くなるというご不幸があったでしょ。その時、引っ越し先の世話をみさせてもらったことがあります。それで、真知さんたちとも面識ができて、周参見の別荘にお招きにあずかったりもしました。それにしても、まぁ、あそこは色々とありますね。今度はこんなことになってしまうだなんて」

「山内さんが殺されたことで、何か思いついたことなどありませんか？」森下は訊く。

「日頃、一番身近なところにいらしたのが升田さんですから、何かトラブルを抱えていたらお気づきになったんやないかとも思うんですけれど」

「身近と言われても、最近はあんまりしゃべる機会もなかったんですよ。私はふだん、こっちの方に顔を出しませんし。このところ、景気が悪いからかえって、じたばたして忙しいもんで。悩みの相談を受けたり、ということはありませんでしたよ。『新しい商売を始める資金もないし、一生このバッティングセンターの面倒をみていようか』とか言って、笑ってたことがあります。それは冗談でしょうが、のんびり気楽にしてたみたいです。いつか役に立つだろう、と法律の本を読んだりもしていたな。親しくしていた女性はいなかったか、とさっききた刑事さんに訊かれましたけど、最近は艶っぽいことは皆無だったようですし。お疑いでしたら、後で他の従業員に尋ねてみてください。どうも私自身も容疑者扱いされてるようですから」

そんなことはありませんよ、と森下はなだめにかかったが、升田も子供ではない。皮肉っぽい笑みを浮かべただけである。

「容疑がかかっているから、昨夜のアリバイなんかを訊かれたんですよ。仕方がないことだと理解はしてても、あまり気持ちのいいものではありませんね。私、この齢まで独り身でしてね。三国ヶ丘《みくにがおか》の家にいました、と言っても証言してくれる家族も犬もいないんです」

「ずっと家にいらしたんですね？」

「ちょっと風邪気味だったもんで、早くに寝ました」

今朝、起床したのは八時半。日曜なので、午前中ずっとテレビを観ながら寛《くつろ》いでいた。昨夜から今日の正午前まで、近所の人間と顔を合わせてもいない、という。

「山内さんは、妹の真知さんのお世話になることが多かったようですが、いざこざはなかったんでしょうか？」

火村が質問の方向を変える。升田は慎重に言葉を選んでいるようだった。

「真知さんが『ことあるごとに甘えられて迷惑だ』とぼやいていたことがありますけど、それぐらい言われるのは仕方がないでしょうね。私が意外だったのは、世話になってた山内君の方が、庄太郎さんのことを悪し様に言っていたことです。ちょっと恩知らずではないか、と呆れました」

「それは初めて聞く話です」火村はわずかに膝を乗り出した。「どうして庄太郎さんの悪口を言ったりしたんですか？」

「居候させてもらっておいて、それはないだろう、とやんわり諫《いさ》めたりしたんですけどね。『人を小馬鹿にした目で見やがった』とか『上品ぶってるだけで、品性は卑しかった』とか、庄太郎さんが火事で亡くなったずっと後になって、つまらないことを言うんです。『いつまで居候をしてるつもりだ』などと、面罵《めんば》されたわけでもない。彼の方こそ、卑しいひがみ根性で言ってたんですよ。そんなに不愉快やったら、頭を下げて居候なんかしなかったらよかったのに。向こうさんは、それでなくても両親を亡くした姪御さんを引き取って大変だったんですからね」

どういう事情があっての発言なのか判らないが、山内は磊落《らいらく》というより、単に利己的でわがままな男だったのではないか、という気がしてくる。大の大人が他人に甘えておいて、甘えさせてくれた人間の悪口を平気で言うというのはみっともない。

「火事の後、真知さんたちの引っ越し先をお世話なさった、とさっきおっしゃいましたけれど、その時に山内さんはどうしたんですか？」

「さすがに出ていきましたよ。ちょうど、古着屋の店を出す準備が進んでいましたし、いい頃合いだったんです。真知さんらには同じ町内の賃貸マンションを紹介して、山内君のためにはアパートを捜してあげました。庄太郎さんは貯えがたくさんあったし、保険もどっさり下りたんで、金銭的には苦労はありませんでしたけど、火事の原因が原因でしたからね。皆さん、しばらく沈み込んでいましたよ。放火魔が逮捕されてたら、気持ちも違ってたでしょうに」

間が空き、沈黙が訪れた。ボールを打つ音が、途切れることなく響いている。

「二年前に周参見の別荘で起きた殺人事件について、お尋ねしてもよろしいですか？　どんな事件だったのか概要は聞いているんですが」

火村が切り出すと、升田はソファを鳴らして座り直した。緊張したのかもしれない。

「火村さんはそっちを調べるのが本来の目的でしたね。かまいませんよ。あれが今度の事件とつながっているんでしょうかね」

「可能性はあります。――事件当時、山内さんと大野さんの関係は良好だったと聞いていますが、升田さんもそうお考えですか？」

「ええ。同棲していた頃は結婚するんだろう、とみんな思ってたんですけど、すっぱり別れまして、それが双方にとってよかったみたいです。後腐れもなく、その後もたまに食事をすることもあったそうで、男女の仲というのは、おかしなもんですね」

「どちらかが未練を持っていたということもなかったんですね？」

「聞いたことがありません。周参見でも、彼らはそんなそぶりも見せませんでしたしね。二人とも、機嫌よさそうにバカンスを楽しんでたんです。それなのに、あんな事件が起きてねぇ……」

「凶事が起こる予兆のようなものは、まるでなかった？」

「いや、あ、いや、それはねぇ」

突如、升田の舌の回転がおかしくなった。答えにくいことがあったらしい。

「二年前にも、和歌山の刑事さんにお話ししたことですから、今さら言い淀むことでもないんですけどね。——ちょっと、ごたごたする場面もありました。といっても、山内君と大野さんの間でもめたんやありませんよ。別件です」

　火村は、承知している、というふうに頷いた。

「昨日、正明さんから聞きました。事件の前日に、大野さんと中村さんが口論をしていた、と」

　それは初耳だ。

「ほぉ、正明君からお聞きですか。しかし、より正確に言うと、大野さんと中村さんともう一人……えーと、六人部さんでしたかな。その三人でもめてたようです。ちょうど、他の人たちが買い出しに出たり、海で遊んでるところで、家の中ががらんとしてる時間帯でした。私が散歩から戻ったら、三人が口喧嘩をしていました。立ち聞きする気はないのに、身動きがとれないようになりましてね。しばらくじっとドアの陰に隠れてました。そのうち、六人部さんが怒って反対側のドアから飛び出していって、そこへ正明君が帰ってきたんだったかな。そういうわけですから、正明君は、大野さんと中村さんの二人の間にいさかいがあった、とお話ししたんだと思います」

「どんなことで口論していたんでしょうか？」

　当然ながら、それが気になる。升田は、さらりと髭をひと撫でした。

「詳しいことは中村さんと六人部さんに直接尋ねてください。どうも三角関係のもつれみたいでしたけれど」
「もう少し具体的なことをお聞かせ願えませんか?」
「それはちょっと……。断片しか聞き取れなかったので、責任のあることがしゃべれませ
ん。まぁ、二人の男性が大野さんを巡って争っていたんでしょう」
「えーと」とぎこちなく私が割り込む。「大野夕雨子さんは三十三歳だったそうですね。
中村さんと六人部さんは当時二十三、四でしたから、かなり年齢が離れているようです
が」
升田は髭をいじりながら「不自然なほどの年齢差ではありませんよ。それに、有栖川さ
んも大野さんと面識があったらそんな疑問は浮かばなかったと思いますよ。彼女はとびき
りの美人というのではありませんでしたが、なかなかに男好きのする女性でしたよ。若々
しくて、まだ女子大生に見えなくもなかったし。中村さんたちにしたら、魅力的な年上の
女性だったでしょう」
「大野さんの気持ちはどちらに傾いていたんでしょうね」火村が言う。「中村さんと六人
部さんが彼女を巡って争っていたということは、彼女が曖昧な態度をとっていたからでは
ないか、と想像するんですが」
「そんなところじゃないですかね。さっきも申しましたけど、当事者に訊いてください」
「そうしましょう。しかし、そんな痴話喧嘩をした翌日に大野さんが殺されたんですから、
中村さんと六人部さんは警察に追及されたんではありませんか?」

「そうみたいです。でも、しょっぴかれませんでしたよ。物的証拠も状況証拠もなかったし。アリバイもだいたい成立したからですかね。大野さんが殺されたのは翌日の午後二時から五時の間と推定されていたようですけど、その時間、中村さんは正明君たちとダイビングをしていたし、六人部さんは周参見を離れてたんです」

　アリバイもだいたい成立した、という表現が気になった。そういえば、山内のアリバイは成立したのか、と訊かれた真知は「ええ、そんなところですか」と煮え切らない返事をしていた。森下もひっかかったのか、その点についてさらに詳しい答えを求めた。

「大野さんの死がどんな様子やったのか、お聞きになっていますね？　殴打されて死亡した後、遺体の上に大きな石を落とされていました。その石が問題でして」

　升田は記憶の襞《ひだ》を掻き分けるためか、少し考えてから再び口を開く。

「大野さんの酷《むご》い遺体が崖の下で見つかったのは、午後六時でした。死亡推定時間は、さっき申したように午後二時から五時。この間に、彼女は殴り殺されたわけです。ところが、犯人が石で遺体を損壊したのは、午後五時から六時の間らしいんです。どうしてそんなことが判るかというと、彼女の遺体の上にあった石が、五時まで崖の上にあったことを証言している人がいるからです」

　状況がよく判らない。

「どういう証人なのか知りませんけど、そんなに特徴のある石だったんですか？」

「ちょっと変わった形ではありました。漬物石に最適なサイズなんですけど、焼き芋みたいな形をしていたんです。——崖の上に車を停めていた人がいましてね。その人が『五時近くに車に戻った時にも、焼き芋みたいな面白い形の石が確かにあった』と話しているんです。そんな証言を信用できるのか、とお思いかもしれませんが、実はその方は定年退職したばかりの地元の警察官だったんです。——そういうわけで、大野さんが殴殺されたのは二時から五時の間、石が遺体に落とされたのは五時から六時の間、となったんですよ。中村さんは、二時から五時までのアリバイが確定しています。一方、六人部さんは三時頃まで一人でいた時間がありますけれど、それ以降はひと足早く大阪に向けて帰ったので、電車の車掌や仕事仲間の証言があってアリバイは明白です」

「滞在していた他の方々のアリバイなども調べられたんでしょうね?」

当然そうだろう、と思いつつ私は尋ねる。

「ええ、その午後の行動を何回も繰り返してしゃべらされました。最後にはうんざりしましたけれどね。しかし、昼食の後から六時までの間、途切れることのないアリバイがある人間なんか一人もいませんでした。前日の口論にしても、どれほど深刻なものだったか判りませんしね。そんな次第で、夕焼けコンビは難を逃れたわけです」

「夕焼けコンビとは?」

森下が問い返す。

「ああ、おかしなことをつい口走ってしまいましたね。中村さんは夕陽をモチーフにした写真を撮るのがお好きだということでしたし、六人部さんも太陽信仰だか何だかのゆかりの土地を訪ね歩いていて、いずれ面白い話を本にまとめたいとおっしゃってました。それで夕焼け研究家、夕焼けコンビという渾名を私が進呈したんです」

「夕焼け研究家ですか。人それぞれですね」私が言う。「貴島朱美さんはその反対に、夕焼けが大の苦手だったそうですよ」

升田はそれを承知していた。

「そうらしいですね。あの子の方が変わっていますよ。でも、話を聞いてみたら、ご両親を亡くした時の記憶とか、火事の記憶とか、心の傷からくるものなんだそうですね。気の毒なことです。大野夕雨子さんの遺体が見つかった後も、夕焼けでしたよ。朱美さんが、窓にカーテンを下ろして部屋に閉じこもってしまったほどの、どぎついオレンジ色の夕陽が海に沈んでいきました。——そう言えば」

升田は、異物を嚙んだかのように表情を歪めて、ふと虚空を見る。

「その夕陽を、中村さんは別荘の窓から写真に撮っていました。浜では警察が大野さんの遺体を調べてる最中やというのに、こんな時にも夕焼けの写真が大事か、と苦々しく思ったもんです。……そんな情景、今まで忘れてたな」

私の脳裏にも、色んな情景が浮かんだ。まるで、つい今しがた映画で観たかのように鮮明に。

朱色に染まる海。波。空。

朱色に染まる浜。死体。捜査員。

朱色を切り取ろうとする中村満流。

朱色におののき、顫える貴島朱美。

恐ろしいほどの、べったりとものすごい朱の色。

3

升田が従業員たちを順に呼び寄せてくれたので、私たちは彼らの話を効率よく聞くことができた。しかし、重要な情報らしきものは得られず、「風采のあがらない中年男」という山内陽平の表面的な人物評が繰り返されただけだった。

バッティングセンターを辞して車に戻る前に、森下が船曳警部に連絡を入れる。少し話してから、彼は携帯電話を火村に差し出した。

「警部が、お伝えしたいことがあると」

煙草を喫いかけていた火村は無言のまま受け取り、「どうでしたか?」と問いかけた。そして、火の点いていないキャメルをくわえたまま、相槌《あいづち》もそこそこに電話に聴き入る。

火村が発した言葉は「戻って詳しく伺います」だけだった。

「進展があったんですか?」

電話を返してもらいながら森下が訊くと、火村は煙草に火を点けて、

「現場のドアの鍵穴の内部に、何かでひっかき回した痕がついていたそうです。鍵の管理に間違いはなかったそうですから、犯人はピックとかテンションという道具を用いて金庫

破りの真似ごとを試みたんでしょう」

「しかし、かつては億の値がついたマンションやぞ」私は不審に思う。「蠟《ろう》で型を取って合鍵をこしらえるてなことが簡単にできたとは考えにくいけどな」

「億ションだったのかも知らないけど、ありふれたピンタンブラー錠だった。型を取って持っていけば合鍵を造るモラルの低い業者も現実に存在していて、問題になっているんだ。警部はそっちを洗うと話していた」

森下が腕組みをして、うなる。

「これまでの状況からして、犯人が周到に準備をしてから犯行に及んだことは明らかでしたけれど、合鍵を造る苦労までしてあのマンションにこだわる理由って、あるんでしょうかね。解せません」

警部は電話で二、三分はしゃべっていた。他にも何か新事実の報《しら》せがあったはずだ。私はそれを尋ねる。

「ああ、指紋のことではっきりしたことがある」

「指紋って……806号室から六人部さんの指紋が検出されたっていうことか?」

「そうじゃない。806号室には指紋を拭き取ったような痕跡があるだけだ。俺が調べてもらっていたのは、他の部屋の指紋なんだ。もしかすると、そこに六人部氏の指紋が遺っているんじゃないか、と踏んで、警部に調べてもらうよう頼んでおいたんだけど、そっちが当たりだった。まだ、その発見について、天王寺署で事情聴取を続けている本人には伝わっていないけれど」

「ちょっと待てよ。806号室以外の部屋から六人部さんの指紋が検出されたって……それはどういうことなんや？　昨日の夜、彼が一夜を過ごしたのは別の部屋やったということか？」

「そういうことになる。彼が嘘をついていないのなら、時間か場所のどちらかを錯覚していたんじゃないか、とお前も言っていたじゃないか。それが合理的な考え方だよ。錯誤があったのは、どうやら場所の方だったらしい」

場所を錯覚ということは――

「指紋が出たのは、706号室か？」

「違う。そこには勝又という住人がいたじゃないか。空室と間違いようがない」

「……ということは、906号室？」

森下が人差し指を立てて、恐る恐る尋ねる。正解だった。

「そうです。906号室の玄関ドアを始め、各部屋のドアのノブに六人部氏の鮮明な指紋がついていました。ノブ以外にも、バルコニー側の窓ガラスに数ヵ所。調べればまだ見つかるでしょうが、これで充分でしょう。彼は、知らないうちに906号室に入っていたんです。――ちなみに、906号室の鍵穴にも、806号室と同様の痕跡がついていたそうです」

二つの部屋を取り違える、という錯覚は推理小説ではよく登場する。たいていの場合は、奸計《かんけい》を運《めぐ》らした犯人が、まったく同じようにしつらえた部屋を用意して、被害者なり証人なりを巧みに偽の部屋に導くことになっている。推理小説としての興味は、瓜《うり》二つの部屋をいかにして用意するのかという点と、いかにしてそこに誘導するのかという点の二つに措かれる。今回の場合、未入居のマンションの一室なのだから、前者については何の工夫もいらなかっただろう。問題は後者。どうすれば六人部を906号室に誘導できたのか？　六人部はまんまと謀られたのみならず、いまだにそのことを自覚できずにいる。いや、それどころか、部屋を間違えたのではないか、と問いかけられた際には、頑強に否定さえしたではないか。そうすることで、自分にかかった殺人容疑が決定的なものになるというのに。

「部屋を錯覚させた方法は判っているのか？　部屋番号を書いたプレートをすり換えておくぐらいは容易やったとしても、六人部さんはエレベーターのボタンを押し間違えたりしてない、と言明してたやないか。本人がいくら断言しても、実際は押し間違えてた、という可能性もあるけどな。しかし、彼の手許が狂うことを犯人が予期できたはずがない」

「俺の想像が当たっていれば、六人部氏はちゃんと八階のボタンを押している」

車にもたれたまま、火村はこともなげに言った。

「八階のボタンを押したのに九階で停まるようにエレベーターを改造してた、とアホらしいことは言わんやろう。ボタンに表示された数字をずらしてた、やなんていうのも無理やぞ。数字は縦一列に並んでたから、いじったらすぐにばれてしまう」

「ああ、そんなことはできなかっただろうな」

「そしたら、どうやって——」

パシンという音がした。森下が自分の額を平手で叩いたのだ。

「そうかぁ！　畜生、その手がありましたね」

「えっ」私は彼の顔を見る。「森下さん、どんな仕掛けがしてあったのか判ったんですか？」

額を赤く腫《は》らした刑事は元気よく「はい」と答えた。

「エレベーターを改造するなんて大掛りな細工ができたわけありません。もっと小さなことで、同じ効果があげられたんですよ。六人部が受け取った脅迫状にあった不合理なところも、これで納得がいきます。つまりですね——」

「あ、ちょっと待って、森下さん」私は慌てる。「もう少し考えさせて。まだ答えを言わないで下さい」

謎々ごっこをしている小学生のようなことを口走ってしまう。火村先生の助手として、推理作家としての沽券《こけん》が言わせたのだろう。森下はうれしそうに、にやにやとして「いいですよ」と応える。そんな私たちを無表情のまま見ていた火村は、煙草を喫い終わると「行きましょうか」と言った。

「警部は天王寺署に行くそうですから、われわれもそちらに回りましょう。六人部氏に質したいこともあります」

「ええ、そうしましょう。有栖川さんは、何か考えついたら発表してください」

森下は余裕綽々《よゆうしゃくしゃく》で言うが、彼の頭に飛来した解答と火村の想像とやらが一致しているかどうか判ったものではない。そして、真実はまた別のところにあるかもしれないのだ。私は車中で黙り込み、906号室に六人部の指紋が遺っていた理由について考え続けた。——黙考していると、天王寺署はすぐだった。

六人部がいるという取調室を教えてもらう。船曳と六人部は机を挟んで——チョコレートパフェを食べていた。警部は真顔で「休憩してます」と言う。

「思いがけないものを召し上がっていますね」

私の言葉に六人部が反応する。

「僕が出前をお願いしたんです。時々、これがむしょうに食べたくなるんですよ。警察に連れてこられてくさくさしてたから、よし、二度とない機会だから警察でチョコパー食べてやれ、と茶目っけを出したら、警部さんまで……」

海坊主警部は「うまいですよ」とクリームをすくった。六人部は、やれやれと言いたげに鼻から息を吐く。

「気を遣ってこんなものに付き合ってもらうよりも、早く解放して欲しいんですけれどね。同じことを何度も訊かれても、同じ答えを繰り返すしかありません。住居侵入した負い目があるから精一杯の協力はしているつもりです。僕の話に納得がいかないところがあるのなら、もっとよく調べてみてください」

気弱な素振りがなくなっていた。開き直ったのか、チョコレートパフェが元気の素なのか。

「ねぇ、六人部さん。提案があるんですよ」

火村は空いていた椅子を逆向きに引き寄せ、背もたれを股《また》で挟んで座った。

「さっき806号室に入ってもらって実地検証していただいても判明しなかったけれど、あなたはやはり、重大な勘違いをしているのかもしれない。もう一度、あの部屋に行ってみませんか？　ただし、今度は夜になってから。昼間は見過ごしたことに気がつくかもしれません」

「夜になって……ですか？」

火村が親身になって提案してくれている、と感じたのか、彼の態度はいくらか軟化した。すねたような口調があらたまる。

「自分の嫌疑を晴らすためだったら、そりゃ何でもしますよ。やりましょう。しかし、まだ夜まで時間がありますね」

「そうですね。ですから、ここでゆっくりしてもかまわないでしょう」

「勘弁してくださいよ、先生。休憩するなら、もっと情緒のあるところでさせてください。音楽が流れていて、ふかふかのソファに寝そべられるようなところとか。——冗談はやめて、いったん、自宅に帰して欲しいんですけどね」

「かまいませんよ」警部は快諾した。「シャワーでも浴びて頭を冷やしてもらった方がええかもしれません」

「おや、急に優しくなりましたね、警部さん」

六人部の顔が、ぱっと明るくなる。その鼻先に「ただし」と警部がスプーンを突き出した。

「お帰りになる前に、一つだけすかっとさせていってくださいや。脅迫状が実在したとして、それが何故、あなたを思うがままに翻弄《ほんろう》するパワーを持っていたのか釈然としないんです。手紙に書いてあったあなたの弱みというのを教えてください。ぐっと信憑性が増すこと請け合いですよ」

六人部に対して、警部は再び「あなた」と呼びかけるようになっている。

「帰してもらうための条件ですか？　それはないでしょう。現行犯逮捕された殺人犯にだって黙秘権があるんですから、僕には自分の利益に反することを語らずにすます権利があります。もう訊かないでください」

「おっしゃるとおり、話す義務はありません。私もこのスプーンをあなたの口に突っ込んで無理矢理こじ開けるつもりはない。でも、老婆心から忠告だけさせてください。後になってその弱みが明らかになった時、あなたの立場がひどくまずいものになる心配があるんやったら、この段階で吐いておくのが賢明ですよ」

六人部の態度に微かな変化が生じた。船曳の忠告に真剣に耳を傾け、どうしようか、と迷い始めたようなのだ。それを見逃さず、椅子の背もたれに顎をのせた火村が追い打ちをかける。

「うん、警部のおっしゃることはごもっともだ。まさか六人部さん、過去に人を殺《あや》めてどこかに埋めたことがある、というんでもないんでしょう？　軽犯罪ぐらいならば、自白しておいたらいいと思いますよ。時効が成立しているかもしれないし」

「いや、まだ時効では――」

言いかけて、彼は自分の口を右手でふさいだ。

「しゃべってしまおうか、という気持ちが表面張力になっていて、もうすぐこぼれそうな感じですよ。今度の事件に関係がないのなら、秘密が外部に洩れないように警察は配慮してくれるでしょう。もちろん、時効が成立していない犯罪ならばしかるべき刑事罰を受けなくてはならないかもしれませんけれど」

六人部の胸中に、ようやく葛藤《かっとう》が起きだしたようだ。後で明らかになった時にまずいことになるかもしれないぞ、という警部の言葉が効いたのかもしれない。ごくりと生唾を飲んでから、彼はつらそうに言う。

「脅迫状に書いてあった僕の弱みというのは、実は事実ではないんです」

「おや、そうやったんですか」警部はとぼけた調子で「出鱈目やったわけですか。しかし、それやったら唯々諾々《いいだくだく》と指示に従うことはなかったでしょう」

「それはそうなんですけど、そこが苦しいところで。その出鱈目が公表されたら、かなりやばいことになりそうだ、とこわくなったもので……」

奥歯にものが挟まったみたいで、苛々《いらいら》してきた。

「たとえば、こういうことですか」私がしゃしゃり出る。「二年前の大野夕雨子さん殺害事件の犯人はあなただ、という真《まこと》しやかな推理を並べてあったとか？」

「違いますよ。いくらもっともらしい推理だったとしても、証拠がないなら誰も信用しないでしょう。そっちじゃないんです」

「そっちじゃないということは——あっちの事件か」

火村の呟きを聞いた六人部は、電気に撃たれたように瞬時に背筋を伸ばした。そして、おずおずと尋ね返す。

「あっちの事件って、どんな事件だと言うんですか？」

「あなたの口から全部話してください。その方が後味がいいと思いますよ」

六人部は机を軽く叩いた。

「食えない人ですね、火村先生って。——判りましたよ、観念しました。話します。またさっきと同じことを訴えなくてはなりませんけど、僕の言うことを信じてくださいね。先生も、有栖川さんも、警部さんも」

「UFOにさらわれたことがある、というたぐいの話でなければ、私は頭から否定はしません」

火村はすました顔で言った。なかなかきびしい。私なら、UFOがらみでも信じる場合があるかもしれない。

「そんなファンタスティックな話ではありません。——六年前に、宗像さんのお宅が放火でほぼ全焼して、ご主人が焼死した事件がありましたね。馬鹿馬鹿しいことに、脅迫者は、あの放火犯人が僕だと告発してきたんです。もちろん、そんなことは事実無根ですよ。誓って、まったくの出鱈目です」

警部の顔に唾が飛ぶほどの力みようだった。船曳は「落ち着いて」と言いながら、ハンカチで頬を拭う。

「事実無根やったら、それでよろしい。あんたは放火なんかやってない。とりあえず、そう信じましょう。しかし、せやったら脅迫を無視してしもうたらよかったやないですか。というより、無視しなくてはならんかった。指示に従うということは、相手の言うことを認めてしまうことになるんですからな。だいたい、根も葉もない言い掛りをつけられたんなら、馬鹿馬鹿しい、と鼻で嗤って手紙を丸めるもんでしょう」

もっともである。六人部は、ますますつらそうな表情になる。

「根も葉もなくはなかったんです」

「どういうことです?」

「僕は宗像さんのお宅に火を点けたりしていません。しかし……他のことは身に覚えがあるんです」

だんだんと声が小さくなり、最後のあたりは蚊が鳴くようだった。警部は耳許に手をかざして、聞こえないぞ、という身振りをする。

「勉強のことやら、友人のことやらで面白くないことが重なったので、何回か悪さをしたことがあります。建築現場のおがくずに火を点けたり、コンクリート塀の脇に置いてあるごみ箱に火を点けたり。憂さ晴らしにそんなことをしてしまいました。言い訳になりませんけど、決して本物の火事にならないように細心の注意を払って燃やすものを選びました。もちろん、それでも危険きわまりない火遊びです。でも、実際、家が燃えたり人が火傷をするようなことは一件も起きなかったんです。警察か消防署の記録を調べていただいたら、それは判ってもらえるはずです」

「宗像さんの家が燃えたのは、あなたの火遊びが原因ではない、と言うんですか？」

口調は穏やかだが、警部の眼光はかなり鋭くなっている。

「はい、絶対にやっていません。先輩の家に放火するなんて、そんな恐ろしいことができるわけない。ちょくちょく遊びに寄せてもらって、おばさんや朱美ちゃんもよく知っていたんですから。まかり間違って家を燃やしてみたい、という願望を抱いたとしても、先輩の家だけは避けました。当時の記録を調べてもらったなら、僕の悪戯と宗像さんの家の放火とがまったく別の次元のものだと判るでしょう。先輩の家が燃えて、お父さんが亡くなったことは大変なショックで、それ以来、馬鹿な火遊びはやめました。深く反省していて、思い出すたびに後悔します」

彼はうな垂れながらも、上目遣いに私たちの反応を窺っていた。いかにも不安そうだ。

「脅迫者はあなたの火遊びについて知っていたわけですね？」火村が姿勢を正して問いか

ける。「『六年前に色んなところに火を点けて遊んだだろう。宗像庄太郎の家に放火をして、死人まで出しただろう。みんな見ていたぞ。それを公にされたくないだろう。沈黙が買いたかったら、これから書く指示に従え』ということですか」

「はい。『みんな見ていたぞ』だけなら、もしかしたら鎌を掛けているだけだ、と思ったかもしれないいんですけど、私が建築現場でやった悪さについて、本当に目撃したとしか思えない具体的な記述があったので顫え上がったんです。しかも、その時の写真まで同封されていたんです」

「写真は偽造されたものではなく、本物のようでしたか?」

「合成写真などには見えませんでした。あんなにうまくは造れないでしょう。写っている場所や状況は、まぎれもなく本当に僕が悪戯をしたところでしたし。そんな写真を撮られたことがある、という認識はありませんでしたけれど、誰かが物陰にいてノーフラッシュで撮ることは可能だったと思います」

「不思議やな」警部が言う。「撮影した人物は、どうしてあなたを止めようとしなかったんでしょうな。制止するはずでしょう。見逃したどころか、写真に撮って黙っていた。しかも、何年もたってから思い出したようにそれをあなたに送りつけ、脅迫をするやなんて――」

信じられない、と言おうとして警部は踏み留まったようだ。六人部は何も言い返そうとしない。

「脅迫者が何者なのか、あなたに見当はつかないんですか？」

私が尋ねた。おそらく、そいつは彼の身近にいる人間であろう。六人部が火遊びをしているところに通りかかった通行人が、たまたま携えていたカメラでその現場を撮影したとする。そして、六人部に興味を抱いてその身元を突き止めた、と考えるよりも、写真を撮った人物がそもそも六人部の顔見知りだった、とする方がまだ自然だ。

「判りません。それがとても無気味でした。その時には僕を見逃しておいて、六年もたってからおどしてくる、という執念深さがこわいし、また、そいつは僕が先輩の家に放火なんかしていないことを百も承知の上で、脅しをかけてきたとも考えられます。飛躍した想像をするなら、そいつこそが放火犯人なのかもしれないわけでしょう。ですから、僕がとりあえず脅迫状の指示に従ったのは、その相手が誰か正体を突き止めたい、という狙いもあってのことなんです」

どうだか信用しきれないが、そういうつもりも多少はあったのかもしれない。

「脅迫者は、あなたが関与していない宗像家の放火事件についても『お前がやった』と決めつけていたんですね。それこそが鎌を掛けてきたところだ」

「そうです。だから、無視するべきだったのかもしれませんけれど、とにかく敵は僕が宗像家が放火されたほんの数日前に火遊びをしていたところの写真を持っているんです。そんなものを添えてあらぬことを公表されたら、のっぴきならない状況に陥ってしまうでしょう。先輩のところの皆さんから疑いのまなざしを向けられたら、それだけでたまりません」

先輩のところの皆さん、という持って回った表現をしたのは、貴島朱美のことが念頭にあったためかもしれない。

「となると、あなたが脅迫状を破り棄てたことは返す返すも残念ですなぁ。鑑定すれば、どんな奴が書いて寄こしたのか、手掛りが遺っていたかもしれんのに」警部が嘆息する。

「火遊びをしている写真も、もちろん手許にありませんわな？」

「取っておくわけありませんよ、おぞましい」

「おぞましいって、あなた、自分がしたことやないですか」

六人部は、しゅんとなる。

「自宅に帰ってもらう前に、あなたが六年前にやった悪さについて、できるだけ詳しく話してもらいましょう。それから、脅迫状の内容についても、原文を思い出して再現してください。——失礼、森下を呼んできますわ」

警部は立ち上がって、取調室を出ていった。悄然《しょうぜん》と肩を落としている六人部と、ふと目が合う。

「まるで納得がいかない話——」

と、私が言いかけると、彼はつらそうな顔になる。

「——でもありませんでしたよ」

「そう言ってもらえると、ほっとします。——でも、本当に誰なんでしょうね、お前の若い日の悪業を今になって暴くぞ、とおどしてくるなんて。嫌な奴だ」

「嫌な奴だ、ですめばいいですけどね」火村が言う。「忘れてはいけませんよ。そいつは、あなたを自在に操って面白がったわけではない。山内陽平氏を殺害して、その罪をなすりつけようとしたんです。心当たりがあるなら、きちんと話してください」

六人部は机に両手を突いて、深々と頭《こうべ》を垂れた。

「もう隠していることはありません。すっからかんです。逆さにして振っても、どんな秘密も出てきません。これまでややこしいことばかり言って、ご迷惑をおかけしました。すみません」

火村は机に頬を寄せて、伏せた六人部の顔を覗き込む。

「今夜、昨日と同じことを再現してみませんか？」

4

天王寺署からオランジェ夕陽丘に戻って、現場を見直したり、真知や正明らの話を聞いているうちに、すっかり遅くなってしまった。真知や正明は夕方に軽いものを食べて腹がふくれているというので、火村と私は食いっぱぐれた亜紀と朱美を夕食に誘った。といっても、高級レストランにエスコートするわけではなく、行き先は私のマンションから徒歩二分のところにあるファミリー向けのステーキハウスだ。食事の席にふさわしい話題ではないが、彼女らに乞《こ》われて、絶対に他言しないことを誓約させた上で、火村は捜査の状況をかいつまんで話した。

「そんなことで六人部さんが振り回されてたなんて、びっくりしました。気の毒……というのも変かもしれませんけど、同情してしまいます」

デザートのシャーベットを食べ終えた貴島朱美は、そう言ってからナプキンで口許を拭った。その隣りで「同情してる場合かしらね」と、亜紀が煙草をふかしながら言う。

「六人部さんが白状したことって、本当かどうか判らないでしょう。洗いざらいしゃべりました、という顔をして、嘘八百を並べているのかもしれないじゃない。そりゃ、あの人は確かに他人にコントロールされやすそうなキャラクターではあるけれど、どうも話が不自然じゃないかな。頼りなさすぎるよ。――先生方はどう思いますか？」

意見を求められた。火村が横目でこちらを見るので、私が答える。

「彼が話したことは、基本的に事実ではないかと思っています」

「へぇ、どうしてです？」

亜紀はふっくらとした頰っぺたにえくぼを作って、うれしそうな顔になる。

「書店で漫画の本を万引きしたことがある、と違って、軽微な放火を何回かしたことがある、なんて嘘で告白できるものではないと思うからです。しかも、その一連の火遊び的放火の犯人と、皆さんの家に火を放って重大な結果を引き起こした犯人とは同一人物である、とみられてきたんでしょ。放火殺人の罪をかぶることになる危険を冒して、やってもいないことをべらべらしゃべりませんよ」

「でもね」亜紀は煙草をぐりぐりと揉み消しながら「『火遊びをしたのは僕です』と、子供時代のワシントンみたいに正直に言えば、『宗像さんちに放火したのは別人です』と信じてもらいやすくなるからかもしれません。――あら、私は六人部さんが犯人だったらいいな、なんて考えてこんなことを言ってるんじゃありませんよ。筋が通った話がしたいだけで」

それは判ります、と理解を示してから――

「それはないでしょう。彼が脅迫者に握られていた弱みとは、六年前の放火事件に関することだろう、とこちらが追及したわけでもないのに、彼は突然にそんな話を持ち出したんですよ。それこそ、宗像さんのお宅の放火もやっぱりお前やないのか、と疑われることを覚悟の上で。もしも、本当に放火殺人を犯したのなら、放火のほの字も口に上らせへんかったでしょう。脅迫された材料について、適当なお話は星の数ほど作れるやないですか。『実は下着泥棒の常習犯でして』とか『実は悪戯電話の常習犯でして』とか」

「変態ネタがお好きみたいですね」

作家的想像力が貧困だ、と指摘されたようでバツが悪かった。

「私は、有栖川さんがおっしゃるのが理屈だと思います。六人部さんがうちに放火したとは考えられないもの」

朱美が賛同してくれたので、私はほっとした。そうとも、私の理屈は正しい。

「でもね」と亜紀はまた言う。「ほら、朱美も聞いたことがあるでしょ？　うちが燃えて大騒ぎになっていた最中に、集まってくる野次馬と反対方向に走っていった高校生ぐらいの男がいた、とかいう目撃談。その高校生が誰なのか突き止められなかったし、犯人だという確固たる証拠もなかったから有耶無耶《うやむや》になったけれど、もしかしたら……」

「それが六人部さんだって言うの？」

「根拠はないわね。——もうやめた。私だってあの人のことが嫌いなわけでもないし、犯人扱いするのが申し訳ない気分になってきた」

自分の煙草の箱が空なのに気づいた亜紀は、火村のキャメルを所望した。「どうぞ」と言われて一服して、「きっついなぁ」と、何故かすっぱそうに口をすぼめる。「残念ですね」と微笑してから助教授は、

「走り去る男子高校生を目撃したのは、現場にいた貴島君か？」

「いいえ。ご近所の人が話していたんだそうです。私はおろおろするばかりで、こわかった、という記憶が頭に焼きついているだけです」

「放火があった時、家にいたのは庄太郎さんと貴島君だけだったと聞いたけれど、他のご家族の人は？」

「用事があって出ていたり、遊びに行ったりしていて、みんな留守でした。伯母さんはお芝居を観に行っていたし、陽平伯父さんは新しく始める仕事の準備で夜遅くまで出歩いていました。正明従兄《にいい》さんも夜遊びで遅かったんだったかな」

亜紀の名前が抜けている。

「私はこっちにいなかったんです。アメリカにホームステイに行っていたので。友人宅のパーティで馬鹿騒ぎして帰ってきたら、うちが焼けて父が死んだという電話でした。受話器を握ったまま卒倒しそうになりました」

その時のことを克明に思い出したのか、沈んだ声になった。どれほどの衝撃だったか、察するに余りある。

「嫌な想い出を掘り起こしてしまいましたね。もう、やめましょう」

火村が思いやりのあるところを見せた。大した情報は得られそうにないな、と諦めただけかもしれない。

食後のコーヒーがすんだら、もう九時半が近かった。そろそろオランジェ夕陽丘に戻らなくてはならない。結局、自宅に帰れずに、天王寺署と正明の部屋をうろうろ往復を繰り返した六人部が、船曳とともに実験にやってくる頃だ。一体、どんなことをするのか、と亜紀も朱美も知りたがった。

「奇抜なことはしません」火村は答える。「まず、六人部さんにもう一度806号室に入ってもらい、そこが一夜を明かした部屋に相違ないか確認してもらいます。昼間も同じことをやりましたけれど、夜とは感じが違っていたりしますから、念を入れて調べるんです。その後、今朝の午前一時とまったく同じ行動をとっていただいて、本当に部屋を取り違えなかったのかを検証します」

「実験してみて、六人部さんがいた部屋は806号室以外にはあり得ない、という結論になったら、その時こそあの人は逮捕されるんですか?」

亜紀はその点が興味津々のようだ。火村は首を振った。

「そうとはかぎりません。――実のところ、実験は彼にとって不都合な結果に終わらないだろう、と私は予想しています。だから、あなたが胸を痛めるに及びませんよ」

「あら、実験結果の予想がついているということは、火村先生は何か摑んでいらっしゃるのね?――さすが、噂どおりじゃないの、朱美」

「六人部さんは助かりそうなんですね?」

朱美は火村の目を見ながら尋ねる。助教授は「おそらく」と答えた。確かに、906号室から六人部の指紋がいくつも検出されたことで、彼が部屋を間違えていたらしいことは判っている。しかし、どうすればそんな間違いが生じるのかを、実験でどう立証するかについては、私は何も知らされていなかった。

勘定をすませて、てくてくとオランジェ夕陽丘に向かう。最上階の正明の部屋に顔を出すと、六人部がスタンバイしていた。ここで待っているよう、船曳警部に言われたのだという。

「警部もきているんですね? じゃあ、806号室に下りてみましょう」

「あのぅ、私も立ち会ってはいけませんか?」

正明が言うと、亜紀と朱美も口を揃えて自分もそうしたい、と訴えた。

「皆さん、僕のことを案じてくださってありがとうございます……ということにしておきましょうか」六人部が苦笑する。「面白いショーですもんね」

「本気で心配しているんですよ。見ていられないから」

亜紀がぽんぽんと言い返す。しかし、彼らの希望は火村に斥《しりぞ》けられる。

「警部が了解しないでしょう。それに、大勢でぞろぞろと移動するのは窮屈です。結果はすぐに報告しますから、ここで待機していてください。多分、三十分もしないうちにここに戻ってこられると思います」

「その時、両手首に冷たいものが嵌まってなければいいんですけれど」

六人部は自虐的な軽口をきいて、1503号室を後にした。エレベーターに乗り込むと、ボタンを押すように火村に促されて、六人部は確実に8を押した。もちろん、ケージは七階分だけ降下して八階で停止する。これから実験を始めるにあたって、エレベーターは正常に作動しているのが確認できた。――今朝からずっとおかしなところはなかったけれど。

806号室のドアは開け放たれたままになっており、中に入ると船曳と千種ががらんとしたリビングの真ん中で立ち話をしていた。

「今、呼びに上がろうとしていたんです」千種がバルコニーを片手で示して「何か気がつくことはないか、さっそく六人部さんに観ていただきましょう」

サッシの窓が開くと、冷たい風が吹き込んでチョコレートパフェ好きの男の髪を乱した。彼に続いて、私たちもバルコニーに出る。昼間はごたごたとうるさく見えた町並みがシルエットと化し、様々な灯やネオンで飾られている。

「昔はここから海が望めたそうですね」

千種の言葉に、船曳が「ほぉ、大阪湾が」と感心してみせる。地元民の私にすれば常識だが、浪速《なにわ》っ子の警部でさえ、ここ上町台地をちょっと地面が盛り上がった地域ぐらいにしか認識していなかったのかもしれない。

「このすぐ近くに藤原家隆《ふじわらのいえたか》の歌碑がありますよ。『契りあれば難波の里にやどりきて波の入り日を拝みつるかな』。波間に夕陽が没するのが拝めたわけです。淀川《よどがわ》が土砂をどんどん運んでくれたおかげで、この台地しかなかった大阪に平野ができたわけですけど、海が随分と遠くなってしまいましたね。地面に建っているものを全部なくしても、もうおそらく海は望めないでしょう」

「平安時代の歌がすっと出てくるやなんて、千種さんは教養がありますな。そんなご趣味がおありでしたか」

船曳の言葉に、警部は照れた様子で、

「すみません。場違いに知識のひけらかしをしてしまいまして。教養でも何でもないんです。ちょっとばかり歴史が好きなもので、仕事で勤めた土地土地で雑学を仕込んでるだけです。夕陽丘という地名は、何となく新興住宅地を思わせるなぁ、と思っていたら、今の古歌が由来だと聞いて驚いた、という人間です」

私が散歩の途中で寄る大江《おおえ》神社《じんじゃ》には、字は違うが『夕陽岡』の碑がある。ここにはかつて能舞台があったと伝えられているが、能は広々とした西の空を、夕陽に輝く海を背景に舞われたのに違いない。

「大阪は実は夕陽に祝福された都市なんですよ」

六人部が警部たちの会話に参加する。紀行ライターであり、升田の話によると太陽信仰に興味があるということだったから、傍《はた》で聞いているうちに口がむずむずとしてきたのかもしれない。

「特に、寺の町でもあるこのあたりは、夕陽と切っても切れないつながりがあります。台地から海に沈む夕陽を観賞したのは、ああ美しいと愛《め》でるためだけではなくて、日想観という仏教的行為でもありました。極楽往生が遂げられますように、と手を合わせ、念仏を唱えながら夕焼けを拝むわけです」

「夕焼けを拝んで極楽往生を願うというのは、つまり西方浄土《さいほう》へ祈っているわけですな」

無駄口を制するどころか、船曳は面白がっているようだ。

「そうです。四天王寺西門――鳥居のあるところ――に立って、真西を拝むというのが有名ですね。貴種流離譚《きしゅりゅうりたん》である謡曲の『弱法師《よろぼし》』、説教節の『しんとく丸』のクライマックスの舞台もあそこです。盲目になって放浪した美少年のしんとく丸は、春の彼岸にあの石鳥居で父と再会するんです。海に沈む荘厳な夕陽が拝めるそここそは浄土の東門でもあった。熱狂的な信者の中には、極楽往生をめざして西門から海に身を投げた者もいたとか。このあたりは、浄土教の聖地だったわけです」

「失礼。聖徳太子が建てた四天王寺に鳥居があるんですか？」

火村まで余談に加わった。聞き間違いか、と思ったのだろう。

「ええ、おかしなことにあるんです。それもがっしりとした石の鳥居です。日本三大石鳥居だそうで」

この界隈で育った私には、子供の頃から見慣れた風景なのだ。四天王寺には何故か鳥居がある、と本で読んで初めて、そう言えば妙だな、と思ったものだ。

「ほら、お前がうちにきた時たまにつまむ釣鐘饅頭《まんじゅう》は、その鳥居のたもとで売ってるんや」

私が饅頭まで脱線させたところで、警部が軌道修正を宣言した。

「肌寒い風が吹いてることですし、よしなしごとはこれぐらいにして、本題に戻りましょうか。――どうです、六人部さん。一日前の夜景と比べて、何か違ったところはありませんか？」

「ああ、そうですね。それが……何となく感じが違っているんです。具体的にどこがどう違うかが説明できないので困っていたんですよ」

「適当なことを言うてるんやないでしょうね？」

「意地の悪いことを言わないでくださいよ、警部さん」

「よく考えてください。幻の海よりも、昨日の夜の風景が本題です」

六人部はしばらく夜の街を見つめていたが、成功しなかったようだ。「どこか違うんだけどな」と、最後には腹立たしげにぶつくさ呟く。

「違和感がある、ということだけが収穫ですね」火村が言う。「風邪をひくまでがんばっても無為ですから、ここはひとまず切り上げましょう。次のメニューの再現実験があります」

「何だか虚《むな》しい結果になりそうだな」

六人部は悲観的だった。今朝、起きてからいいことは一つもないのだから、それも無理はないか。

「で、どうすればいいんでしょうね。いったん、一階まで下りるんですか？」

そこまで打ち合せができていなかったのか、私を除く三人は「どうします？」というように目顔で協議をして、どうせならばと下りることになった。六人部は、どうにでもしてくれ、という感じだ。

「では、また後ほどここへ戻りましょう」

火村はそっとドアを閉める。廊下には、いつからいたのか森下が立っていた。警部が「これからや」と声をかけると黙って頷き、われわれを見送るところからして、こちらは何やら打ち合せずみのようである。私だけが蚊帳《かや》の外か。しかし、それも面白い。

エレベーターに乗ると、火村はまた六人部にボタンを押させた。無事に一階に着く。

「脅迫状に指定されていたのより、三時間以上も時間が早いんですが、かくもがら空きのマンションですから、邪魔が入る気遣いはありませんね」火村が言う。「午前一時だと思って、再現してみましょう。あなたは脅迫状を懐《ふところ》にして、おずおずとここへやってきた。

エレベーターは使うな、という指令に従い、階段を昇ることにする」

「喜んで上らせてもらいましょう。今夜は付き合ってくれる方たちがいるので、張り合いがあります。——太股にきますよ」

六人部は私たちにありがたい忠告を与えてくれた。平素から運動不足を自覚している私は、まれにだが、エレベーターが故障や点検中でなくても上りに階段を使うことがある。しかし、それは七階までのこと。その二倍の十四階までとなると、六人部に言われたとおり太股に痛みを覚えた。肥満度が高い船曳は、十階を過ぎたあたりから遅れだす。火村と千種が一番平気な顔をしていた。

「二回目でもこたえましたね。——ここまで上ったところで、第二の手紙を見つけました」

荒い息をしながら、六人部が階段の壁面を指差した。十五階へ上りかけたところである。

「『ただちにエレベーターで八階まで下りて、806号室に行け』ですな?」

警部は額の汗を拭っている。

「そんなような内容です。——ねえ、火村先生。この実験はうまくいっているんですか?」

「これまでのところ順調です」

「何が順調なのか、さっぱり理解できませんけれど」

六人部を先頭に、エレベーターの前に向かった。下りのボタンを押すと、数秒でドアが開く。六人部は「ふうん」と何ごとかに納得したような声を発した。

「偶然ですかね。この前もこんなタイミングでドアが開きました。箱がすぐ上か下の階で停まっていたんですね。僕たちが階段を上っている間に、住人の人が乗ったんですね」

千種がこほんと咳払いをした。言いたいことを、こらえているような風情がある。それが何なのか、私には見当もつかなかった。

ケージに入ると、左手の壁に貼り紙があった。とあるパチンコ店の改装オープンのチラシだ。

「これは、あなたが見たレンタルビデオ店のチラシの代わりです。同じものが貼ってあることにしてください」船曳が説明する。「さぁ、いよいよクライマックスですよ、六人部さん。八階をお願いします」

彼は8のボタンを押した。すかさず火村が言う。

「あなたはチラシに気をとられていたんでしたね。どんな感じだったのか、やってみてください」

「ぼけっと見ていただけですよ」彼はチラシに視線をやり「これは何なのかなぁ。あれ、とっくに開店してる店のオープン告知じゃないか。いつまで貼ってあるんだ、こんなものを。高級マンションらしくもない——とか思いながら」

「ぼけっと見ていたんですね？」

「活字があれば読んでしまう性分なもので」

そんなやりとりをしているうちにドアが開いた。八階に到着だ。

「下りましょう」と火村に言われて、六人部はケージを出る。その真正面のドアには、806号室の表示があった。つい先ほどまでいた部屋に戻ってきた。

鍵は掛かっていない。六人部がノブをひねると、ドアは静かに開く。

「これでおしまいですね。お疲れ様でした」

「いいえ、まだです」火村は暗い奥を示す。「もう一度バルコニーに出てみましょう。何か変化が起きているかもしれません」

「まさか」

まさか——という六人部の言葉に皮肉な調子はなかった。自分が取り込まれている閉塞《へいそく》状況を打破する可能性を探るために実験を行なっていたはずなのに、そんな気味の悪い変化を目撃するのを恐れているかのようだ。

「幻の海ほどではないでしょうが、興味深い風景があるかもしれませんよ」

火村は彼の背中をそっと押す。それに従う私の頭は、かなり混乱していた。まさか。さっきと同じバルコニーに出るだけだ。どんな眺めが見られるというのだ。

風の中に立った。

何かが違う。それだけはすぐに判った。

「おかしいな」六人部はぼりぼりと顎を掻く。「さっきと何か違っていますね。驚いたな。違っているだけじゃなくて……」

ひどくもどかしそうだ。私たち二人だけが同じような気分を味わっているらしい。他の三人は、景色を眺めようとせずに、六人部にだけ注目している。

「違っているだけじゃなくて、どうなんですか?」

船曳が意気込んで問いかけた。急かしたくないのだが、急かさずにおられない様子だ。

「えーと、どうしてだろうな。……あ、あれか!」

彼は豁然《かつぜん》として、何ごとかに気づいたようだ。左手でしっかり手すりをつかみ、空いた手で彼方を指差す。

「日本橋の電気店街がありますね。J電気の大きなネオンが光っているでしょう」

他の者たちは、揃って頷く。

「その手前、少し右側にオレンジ色の明かりがあるじゃないですか。何と書いてあるのか判読できないけれど、文字だけのネオンサインです。点滅などはしていません」

すぐに判った。とあるビルの屋上のタンクの陰から、わずかに覗いている明かりだ。

「さっきはあんなもの、なかった。——ありませんでしたよね?」

六人部は私に同意を求めてきた。そう言われてみれば、あんな鮮やかなオレンジ色は記憶にない。

「なかったはずだ。——そう、そうなんだ。そして、僕が今朝までここで過ごした時には、あれは見えていた。見た覚えがあるぞ。そうかそうか。あのネオンは、つい今しがた点灯したんじゃなくて、さっきまでは、もう一つ手前のビルのタンクに隠れていたんですよ。

つまり、つまり、この部屋とさっきいた部屋とでは……」彼は生徒が教師に解答を要求するように見て「フロアが違うんですね?」

「まさしく、そのとおりです」

「やっぱり!」

興奮したように叫んだ六人部は、さらにいくつか気がついたことを並べていった。立ち木の高さが低く感じられるとか、近くのアパートの屋根の上がよく見えるようになっている、とか。

「でも、そんなには変わっていない。微妙な差ですね。景色の構図そのものはそっくりだし。ということは、一つだけ上のフロアに移動していた、ということか」

「そうです。ここは806号室ではなく、906号室のバルコニーなんです」

5

火村の答えに歓喜の笑みを浮かべた六人部だったが、じきに難しい表情になった。

「でも、どうして? 僕たちは、ちゃんとエレベーターを八階で下りたじゃありませんか。そして、806という表示があるすぐ真正面の部屋に入った。それなのに、どうしてこのバルコニーは906号室のものなんですか? まさか、いくら幽霊マンションだからって、部屋の中が四次元空間みたいにねじれているわけでもないでしょう」

「空間の歪みなんて存在しないので、安心してください。部屋の中に入りましょう。そこも906号室です」

　この場で事情が判っていないのは、六人部と私だけのようだった。この奇妙な現象の答えが早く聞きたい。

「ここが九階であることを確認していただくため、806号室へ戻りましょう」

　そう告げる警部は、満足そうであった。実験が成果を収めた、ということだろう。階段で一階分だけ下りる。と、エレベーター正面の部屋には、部屋番号を表示したプレートが嵌まっていなかった。ドアの前には、森下が待機している。部屋に入りしなに、警部はその肩をぽんと叩いた。

「どうやらうまいことといったみたいや。お前も入れ」

　森下は「はい」と答えて、破顔した。彼が実験の裏方を務めたようなのだが、どんな細工をしたのか判らない。このまま火村の謎解きに突入したら、もともと脆弱《ぜいじゃく》だった推理作家としてのプライドが、大きく損なわれてしまう。私は大急ぎで考え直してみる。

　私たちはどこでフロアを間違えたのか？

　十四階までは脚で上がったのだから、このマンション自体に巨大なからくり——どんなものかにわかに思いつかないけれど——が施されてでもいないかぎり、間違いようがない。問題はそこからエレベーターで八階に下降する時だ。最上階から八階に下りた時に、エレベーターに異状がないことは確認ずみだ。そして、六人部はさっきも確かに8のボタンを押した。であれば、着いた先は八階のはずではないか。それがどうして九階になっていたのか？　最上階から八階に下りる時には正確に作動するのに、十四階から下りる時には誤作動をして九階で停まるエレベーター。そんなものを想定しなくては、解決しそうにない難問だ。

「有栖川さん、もうお判りでしょ？」

森下が耳打ちしてきたので、「さっぱり」と囁き返した。つくづく不覚である。

「私たちが一階に下りた後、この森下刑事が806というプレートを剝がして、906号室に取りつけておいたんです。それと、もう一つ手助けをしてもらったんですけどね」

バルコニーへの窓を背にした火村は、六人部に向けて解説を始めるようだ。私も拝聴するしかない。

「部屋番号の表示をすり換えるのは簡単にできたでしょう」六人部は言う。「それは判る。でも、八階で下りてエレベーター正面の部屋、という位置は動かしようがなかったはずです。どうして僕たちは一つずれたフロアに着いてしまったんですか？　不思議です。九階のボタンなんて押していないのに――もしかして、森下さんが九階でボタンを押してエレベーターを止めたんですか？」

「それは可能でしたが、事件当夜の犯人の行動としては無理がある。九階にいたのでは、あなたがちゃんと手紙を読んでエレベーターに乗り込んだのかどうか判らない。ということは？」

逆に問い返されて、六人部は首を傾げる。私も同じ角度で傾げかけて、ようやく閃いた。

そうか、そういうことか。

「六人部さんが8を押すのに先んじて、誰かが——犯人が——9を押しておいたんやな。そうしたら、エレベーターは九階で停止する。六人部さんはドアが開いたんで、パネルの階数表示も見ずに、ああ着いたか、と反射的に下りてしまった。日常的によく経験するポカや」

「何をおっしゃってるんですか、有栖川さん？」六人部はきょとんとする。「おかしなことを言いますね。日常的によく経験するのは、こういう場面じゃありませんか。何人かが乗ったエレベーターがあった。みんなが一階へ行こうとしていて、僕が8のボタンを押した。そこへ後から誰かが乗り込んできて、9を押したのに、僕はぼけっとしていて気がつかない。やがて九階に着いてドアが開き、最後に乗ってきた人が下りる。僕はてっきり八階だと思って、その人とともに下りてしまう。こんなパターンでしょう？——今回のは全然違ってるじゃないですか。何しろ、幽霊マンションの深夜のことですから、最初から最後までエレベーターには僕しか乗っていませんでした。後にも先にも誰も乗ってこず、誰も8以外のボタンを押しはしなかったんです」

「いえいえ、そこですよ。誰かが9を押したんです。だからエレベーターは九階で停止した。理屈を積み上げると、そう考えるしかない」

「そいつは透明人間なんですか？　僕は誰の人影も見ていない」

「あなたの目に触れずにボタンを押すことは可能でした。犯人は最上階までエレベーターを呼んで上げ、9を押したんです。そして、あなたが十四階でエレベーターを呼ぶまでの間、ドアを『開く』の状態にして停めておいたとしたら？」

深い静寂に包まれた時間のことである。六人部は靴音を響かせて十四階まで上がってきて、手紙を見つけて立ち止まり、それを読み終えるとただちにエレベーターを呼んだ。十五階に待機した犯人にすれば、物音だけを頼りにタイミングを計るのもさほど難しくはなかっただろう。いや、いたってたやすいことだ。六人部がエレベーターを呼ぶため『下り』のボタンを押すよりも早くエレベーターが下降することさえ防げば、ことは足りたのだ。よほどのへまをしないかぎり、六人部が不自然さを感じることはなかった。

「誰かが最上階にいて9を押した後、エレベーターが下に向かわないよう『開く』を押し続けるか、自分の体を扉に挟むかしておくことはできたでしょうね。――しかし、そんなことはなかったんです。事件が起きた夜も、たった今の実験の際も、空のエレベーターが十四階にやってきて、僕がそれに乗り込んだ時、パネルの表示で9は点灯していませんでした。9が点灯していたなら、すぐに、気が、ついた……はず……」

六人部にもピンときたのだろう。

「そう、そこがポイントなんです。9の数字は点灯していなかった。あなたは8を押した。扉が開いたので下りたら、九階だった。あらかじめ誰かが9を押していたからそうなったんです。犯人は、9の数字が点灯しないように細工をしておいたんですよ」ここで初めて火村を見る。「そうやな？」

「そうだ」

　ほっとした。

「その仮説を最初に思いついたのは、火村先生です」船曳が言う。「先生は、午後に堺に向かう前に私にそれを話してくれました。そして、仮説が当たっていたなら、806号室の真上の空部屋で六人部さんの指紋が検出されるであろうということと、エレベーターのパネルに細工の痕跡が見つかるだろう、とおっしゃったんです。どちらも指摘どおりでした。これまで隠していましたが、警察は午後の早い段階で、906号室に六人部さんの指紋が遺っているのを検出していましたし、エレベーターのパネルを器具で取りはずして調べてみると、9のランプの上にだけ粘着テープを貼って剝がしたような痕が確認できました。黒い絶縁用テープでも貼っといたら、9が点灯しても判らなくなったでしょう。犯人は、あなたを906号室に誘導することに成功した後、手品のタネがばれないように、すぐそのテープを剝がして去ったんです」

「パネルをはずして、9が点灯したのが判らないようテープを貼っておいた。……それだけのことで、僕は906号室に誤導されただなんて、馬鹿みたいじゃありませんか。あまりにも粗忽だ。ちょっと受け容れづらいです」

「受け容れないと殺人犯人になりますよ」船曳が笑う。「それに、現にたった今、あなたは間違ったやないですか」

「そう言われると反論に窮するんですが……そんなにうまくいくものかな、と。だって、僕が8を押した後でパネルから目をそらさなかったら、階数表示が9で停まるのを見たはずです。そうしたら、このエレベーターは故障している、と思ったでしょう」

「でも、あなたはパネルなんか見なかった」火村は穏やかに言う。「パネルから視線をそらすように、これまた犯人に誘導されていたからです。何が言いたいのかご明察いただけますね？　そう、壁に貼ってあったチラシですよ。あれは、エレベーターが五階分下降する短い間だけ、あなたの目を引きつけておく小道具だったんですよ。とっくにオープンした店の開店告知チラシという、少々ひっかかりのある素材であったのも、犯人が意識的に選んだためかもしれません。周到に用意されたそんな状況下で、そのチラシに目が吸い寄せられるのは、ごく自然なことだ。一〇〇パーセント確実な仕掛けではありませんが、まずは勝てる勝負、と犯人は考えたと思います」

六人部は黙った。聞いたばかりの物語と自分の体験とを突き合わせて、齟齬《そご》はないかと検証しているのだろう。そんな彼を見守っているうちに、午前中、火村が中村と交わした会話を思い出した。ヒントを欲しがる中村に、火村は「謎の手紙の差出人Xの指示で、最も理解に苦しむ点はどこだと思いますか？」と尋ねた。それに対して中村が返した答えは「姿なきXは、六人部君が806号室で一夜を過ごすようにしむけたかったんですよね。だとしたら……第一の指令で、『午前一時過ぎに806号室に行って待機せよ』と書けばよかったのにね」であり、火村は「そのとおり」と認めた。その意味もやっと判った。犯人が仕掛けたトリックが有効に機能するためには、あのようなまだるっこしい指示がぜひとも必要だったのだ。まず、九階より上層階に彼をひっぱり上げ、そこから八階へ下降する状況を作らなくてはならなかった。必ずしも十四階まで上らなくてもよかったろうが、十階や十一階では六人部の錯覚が誘いにくいし、下手をすれば、二つ三つ下ならば階段で下りよう、ともなりかねない。そこで、トリックが成立するぎりぎりの階である十四階まで上らせたわけだ。これまで判らなかった色々なことに、今やすらすらと説明がつく。

「仕掛けをお目にかけましょう」

火村について、みんな廊下に出る。エレベーターは八階で停止していた。先ほど六人部が8を押したのだから、ここで停まっていて当然だ。火村は上りのボタンを押して扉を開く。そして、ピンセットに似た器具をポケットから取り出して、数字や文字が書いてあるパネルのカバー部分を取りはずした。

「なるほど、9にあたるところにこんなふうにテープが貼ってあったんじゃ、ランプが点灯しても見えませんよね」

仕掛けを見た六人部は、小さく肩を揺らして笑いだした。こんな児戯のために危機に陥っていたのか、と思うと、おかしくてならないのだろう。ようやく安堵できた、ということかもしれない。

「それでは、このまま十五階に上がりませんか?」彼は笑いながら言う。「先輩たちに報告しましょう。——不死身の六人部四郎、地獄から生還いたしました」

「大袈裟なことを」と千種。

十五階で下りる。

「ポイントは二つの灯でしたね」

私の呟きが耳に届いたのか、六人部が立ち止まって「何のことです?」と訊く。

「あなたは九階のバルコニーで、オレンジ色のネオンを見つけて、違和感の正体を突き止めたでしょう。九階から見えて八階から見えないというあの灯がなかったら、あなたは自分が錯覚をしていたことに納得がいかなかったかもしれません。もう一つの灯は、隠されていた9のランプです。偶然ながら、こちらもオレンジ色の灯です」

「ははぁ、本当ですね。どちらもオレンジ色だ。僕のラッキーカラーなのかもしれません。——それにしても、906号室から僕の指紋が出ていたとは知りませんでした。犯人もそれを消す暇はなかったんですね。というより、僕がどことどこに手を触れたか判らないので、消しようがなかったということか」六人部は一人で納得していたが「どうりで午後のある時点から警部さんの当たりが柔らかくなったはずだ。でも、人が悪いですね。僕にとって有利な情報は隠しておくなんて」

六人部が自力で錯覚に気づくように、わざと伏せておいたのだろう。申し訳ない、と警部は謝罪してから、

「チョコレートパフェは私のおごりだったやないですか」

1503号室では、正明たちがやきもきしながら待っていた。六人部の「地獄からの生還」に、どよめきが起きる。

「とまぁ、そんな次第です。いやぁ、災難でした。危ないところだった」

「よかったわね、六人部さん」「ほっとしました」と、亜紀と朱美の祝福を受けて、六人部はにこやかに「ありがとう」と応える。しかし、真知と正明は笑っていなかった。

「一件落着というわけにはいかないな。それじゃ、誰が伯父を殺してお前を嵌めようとしたんだ？」

正明の詰問口調に、六人部は鼻白む。

「僕にも判りません。突き止めるのは警察の仕事でしょう。それと、こちらの火村先生の役目」

火村は黙って壁に掛かった中村の写真を見ていたが、やがて真知に向かって、

「よろしければ、周参見のお宅を拝見したいんです。今度の週末にでも、どなたかにご案内いただければありがたいんですが」

真知はイエスともノーとも答えず、いきなり正明に命じる。

「あなたと朱美が先生をお連れしなさい」

「土曜日に仕事が入っているんだ。調整できなかったら、日曜日からになるけれど」

「私が行こうか」亜紀が手を挙げた。「事件について調べるんなら、現地で色々とお話しすることがあるわ。どうせ暇だし。――ねぇ、それがいいわよね、朱美」

彼女はこっくりと頷く。火村は私が同行することを提案した。そして、それを聞いた六人部が自分も、と。

「結構ですよ。別荘といっても粗末なものですが、お部屋の数だけはたくさんありますから。もしもできるなら、私も正明と一緒に日曜日に行くかもしれません」

真知は、いかにも疲れた、というように吐息をついて、額に手を当てる。

「どっちの事件も早く解決させてもらいたいわ。このままだと、いつまでもよくないことが続きそう」

それからけだるそうに顔を上げ、陽平の遺体がいつ戻り、通夜ができるだろうか、と船曳に尋ねた。

第四章　枯木灘を望む家

1

　月曜日に通夜が、翌火曜日に葬儀が執り行なわれた。葬儀に列席したのは宗像家の人々、六人部四郎、中村満流、友人としてただ一人、升田尊信、かつて仕事上の付き合いがあった数人の知人、そして、警察関係者と火村と私だけという、いずれもひっそりとしたものだった。遺影の山内陽平は唇を真一文字に結んだすまし顔で、それが最も写りのいい一枚だったのだろう。立派な紳士に見えたが、祭壇にそれが掲げられている様は、参列者の中にまぎれ込んだ殺人犯を、無言のまま告発しているようでもあった。

　山内の身辺調査、殺人現場付近での聞き込みが続けられる。事件解決に結びつく事実が明らかになることのないまま、週末を迎える。その間に、私は愛しの担当編集者殿に電話を入れて、東北への取材旅行を一週間先送りしてもらうように頼んだ。

「日程の変更は大丈夫ですけれど、また火村先生とフィールドワークですか。犯人は身近なところに潜んでいるみたいですから、気をつけてくださいよ」

　温かい言葉をかけてもらった。その後で「仕事に影響しそうだな、と心配してもいいですか？」と、やや皮肉めいた言葉もちょうだいしたが、明るい笑い声とともにごまかした。

そして、週末。

私は、世間から大幅にずれていた生活時間を数日かけて朝型に修復した。天王寺発9時22分の『スーパーくろしお7号』に乗ることになっていたからである。この電車は京都始発なので、火村と朱美にとって好都合だった。周参見には12時35分に着く。亜紀は前日の金曜日から車であちらに行っていて、掃除など準備をしていてくれるということだった。

寝坊することなく天王寺駅のホームに立てた私は、立ち食い蕎麦《そば》で腹ごしらえをしてから、指定を取った5号車の停車位置で待った。定刻どおりに電車はやってきて、火村と朱美が並んで座っているのが窓から見えた。

「おはようございます。お忙しいのに、ご無理をお願いしてすみません」

服喪を示すように、彼女は消炭《けしずみ》色の地味なワンピースの上に、同系色のジャケットをはおっていた。立ち上がって、頭を下げる。

「周参見まで三時間あるから、事件についてもゆっくり話ができる」

助教授の方はいつもの白いジャケットに黒いシャツ、濃紺のスラックス。首からは、ルーズに結んだ細めのネクタイをぶら下げていた。

座席を回転させ、私が二人に向かい合って座る。確かに、落ち着いて話すことができそうだ。ＪＲが定めた閑散期のど真ん中だけあって、車内はオランジェ夕陽丘なみに空いている。温泉目当ての行楽客も、釣り客も慌ただしく歳末を過ごしているのだ。がら空きの電車は、定刻どおりにホームを離れる。

「六人部さんと中村さんは、どうなったんですか？」

朱美に尋ねてみた。二人とも、できるなら周参見に行きたい、と希望していたのだが、どこから合流するかは聞いていなかった。

「中村さんは、夕方までに行く、とおっしゃってました。六人部さんの方は、結局、お仕事が動かせなくて、従兄と二人で——ひょっとすると伯母も一緒に——明日になるそうです」

そこまで集まるのなら、升田にもきてもらいたかったぐらいだが、正明が声をかけたところ、気が進まない、という理由で断わられたらしい。

「捜査はあまり進展していないみたいですけれど」

朱美の言葉に、助教授は「今のところはね」と応える。

「山内さんの身辺からのアプローチだけでなく、六人部さんを脅したのは何者か、という線を警察は懸命にたぐろうとしているけれど、まだ金脈にはぶつかっていない。和歌山県警に照会して、大野夕雨子さん殺害事件についても調査を始めている」

「大野さんを殺した犯人と伯父を殺した犯人は、本当に同一人物なんでしょうか？　まだ断定することはできませんね」

朱美は周囲を窺いながら、声を低めて言った。気を遣わずとも、その物騒な話は誰の耳にも届かないだろう。

「調べてみたら、まったく無関係だった、という結論が出るかもしれない。周参見に向かっているんだから、まずは大野さん殺しの犯人に嚙みついてやるさ。今回は有能なアシスタントに加えて、優秀な教え子も力を貸してくれるから、とても心強い」

教え子は頭を掻くふりをする。

「こいつは、昔からこういう嫌味な口のきき方しかできないんですよ。他の先生方や学生の評判も、さぞ芳《かんば》しくないでしょうね」

私の言葉を真に受けたのか、朱美はいえいえと慌てた。

「そんなことはありません。火村先生の講義は人気があるんですよ。採点が厳しいので有名だから、聴講だけする学生が多いんですけれど。内容が濃いだけじゃなくて、私語をするような学生は退室させるので、とてもいい授業が受けられます」

どうやら今どき珍しく生真面目な女の子らしい。いい教え子に恵まれて結構なことだ。

さらに彼女が語ってくれたところによると、火村の講義を聴きにくるのは社会学部だけでなく、法学部や文学部はもとより、経済学部や商学部の学生にも及ぶそうだ。ご盛況で、慶賀の至りだ。

「中には不真面目なのもいる」火村はクールだ。「堅苦しい専門の授業の合間に、犯罪実話の講談を聴きにきてるようなのとか。そういう学生は、何回かすれば姿を見かけなくなるけれどな」

「他の学部の聴講生が多いのは、犯罪社会学の講義の特徴ですね。中には先生個人のファンもいますよ。この前なんて、ノートに先生の横顔をスケッチしてる女子学生を見ました」

「馬鹿な話はやめよう」火村はつまらなさそうに言った。「ほら、検札がくるぞ。諸君、切符切符」

「貴島さん、その話はまた、後で」

私が言うと、彼女は「判りました」と応える。目に、楽しそうな光が宿った。二年前の未解決事件について相談したのは切実な思いからだろうが、彼女は火村のファンでもあるのかもしれない。それならば、不謹慎だなどと思わず、今回の周参見行きを少しは楽しむといい。随分とつらい目に遭ってきたそうだから、思いがけない楽しみを拾うことがあってもいい。

検札に続いて、車内販売のワゴンがやってきた。朱美と私はコーヒーを買ったが、火村は「いらない」と言う。飲むとたちまち煙草が喫いたくなるからだろう。「いい天気になりましたね」などと話していると、本来の目的を忘れて、本当に旅行に出ているような気になってきた。

「宗像家というのは、どんな家庭なんだろう。何か変わったところはないか？」

玉葱《たまねぎ》畑が点在する和泉《いずみ》平野に入ったあたりで、火村が尋ねる。朱美は、わずかに戸惑ったようだ。

「……ごく普通の、平凡な家庭です。先生がご覧になったとおり」

「君は十三歳の時に、家族に加わったんだったね。立ち入った質問だけど、苦労をしたことはなかったか？」

相手が答えやすいようにという配慮なのか、彼はぷいと窓を向く。朱美はためらわずに、「いいえ」と言った。

「とてもよくしてもらいました。伯母さんのうちが経済的に恵まれていたにせよ、大学まで進めるだなんて、思ってもみませんでした。学費は両親が遺してくれた分で何とかなっていますけれど、アルバイトだけでは賄《まかな》えないから下宿代を助けてもらったり、随分と甘えています。何の不満も感じたことはありません」

「亡くなった山内さんが居候している時は、どんな様子だった？　升田さんから聞いたところでは、彼は庄太郎さんとしっくりいってなかった、ということだった。疎んじられて、腐っていたらしい」

「表立って衝突するようなことはありませんでした。子供だったし、離れにいたから、私が知らないだけかもしれませんけど」

朱美は、はるか遠い昔を思い出すような目になっていた。たかだか六年前のことだというのに。六年の歳月が、はっきり長く重い齢なのだ。

「陽平の伯父とは、あまり話をしなかったんですが、どことなくシンパシーを感じ合っていたのかもしれません。『居候同士、気苦労が多いな』と気さくに話しかけてくるような人ではありませんでしたけれど、私だけにちらりと人なつっこい笑顔を向けてくれたりしましたし。庄太郎の伯父と合わなかったのだとしたら、人生観の相違が原因だったんだと思います。片方は、よらば大樹の陰がモットー。もう一方は、人生は浮いたり沈んだり、と決め込んでいたようですから」

「アリス、お前はどっちの生き方だ?」

おっと、いきなり質問が飛んできた。しかも愚問だ。

「俺は勤めてた会社——大樹でもなかったけれど——をやめてこの道に入った時点で、浮いたり沈んだりを覚悟した。そうでなかったらやってられん」

「もぐったり沈んだり、でなければいいけどな」

私は「ほら、こういう奴です」とおどけてみせた。朱美は微笑んでいる。もしかすると、自分は彼女の機嫌をとっているのかもしれない、と思った。オレンジ恐怖症の件を聞いて、恐ろしくナイーヴな娘だな、と腫れ物扱いをしているのかも。

しかし、時間がたつにつれて彼女の滑舌《かつぜつ》はよくなり、冗談に声をあげて笑うようになっていった。「先生」という火村への呼びかけも、軽い「センセ」に近い発音になっていく。私はそれを喜んだ。ムードがほぐれてきたので、捜査を離れて私的なことを質問したりする。

「貴島さんが犯罪社会学のゼミを取ったのは、火村に相談ごとを持ちかけるためだ、と聞いていますけれど、周参見の事件が起きたのは、あなたが大学一年の時でしたね。社会学部を選んだ理由は何ですか？」

「確固たる目的があったわけではないので言いにくいんですが、エリッヒ・フロムの本に惹かれたことが動機です。中学三年の冬に、『自由からの逃走』や『悪について』なんていう本を、貪《むさぼ》るように読みました。それで、自分にとって高圧的なだけに思えた社会を、私もこんなふうに斬り返してみたい、と考えたんでしょう」

照れ笑いで時間稼ぎをすることもなく、ただちに答えが返ってきたことに感心した。私など、法学部を志望した動機は、推理小説を書く材料が拾えるかもしれない、というお粗末なものだった。

「中学三年というと、放火事件があった年だな」

火村が指摘する。

「はい。フロムを読んだのは、その後です。家はほぼ全焼して、みんなすぐ近くの賃貸マンションに一時引っ越したんですけれど、離れだけはきれいに残ったので、私だけがそこに留まったんです。３ＬＤＫのマンションに四人は少しきつかったし、私にしても、不便はあっても一人が気楽でありがたかったから。高校はもちろん大学にも行きなさい、と伯母に奨《すす》められて、いくら何でも浪人はできないなぁ、と早めに受験勉強を始めたつもりだったんですけど……勉強に関係のない本ばかり読んでしまうんです。ストーブでうんと暖かくした部屋で、畳に寝そべって。フロイトやらニーチェやらフーコーやらも、書いてあることをあまり理解できなくても平気で、図書館で借りて読みふけりました。とても楽し

かった。孤独で不安でめろめろでも、本だけは私とじっくり対話をしてくれる、と知って
どれだけ救われたか判りません」
　どうやら十五歳の彼女を癒したのは小説ではなく、人文科学書だったようだ。そこが違
っているものの、私も同じ頃、本がいとおしくてならなかった記憶がある。――しかし、
火村は別の言葉をつかまえた。
「そんなに、孤独で不安だったのか？」
　彼女は、儚げな笑みを作った。
「私には、雨風や夜露をしのげる以上の家がありました。ひとり暮らしのお城といっても
いいような家です。きれいに洗濯された清潔なブラウスを着て、真っ白いソックスを穿《は》い
て、学校に通うことができました。お小遣いだって人並みにもらえたし、こちらが頭を下
げて頼まなくても大学まで行きなさい、と伯母は言ってくれました。それでも、やっぱり
淋しかったんです。伯母や従兄姉に可愛がってもらいながらも、愛情に飢えていました。
テレビのニュースを見ていて、よく思ったものです。大雨で氾濫《はんらん》した川の濁流が映ったら、
あそこに私が落ちたら誰か悲鳴をあげながら飛び込んでくれるだろうか、とか。あるいは、
小突き回されながら連行されていく殺人犯人を見て、私があんなふうになってもかばって
くれる人がいるかしら、とか。伯母や従兄姉にそんなことまで期待するのは無理な話です。
それは承知していながら、この世にそんな人が一人もいないことが悲しくて、泣きたくな
る夜がありました。誰かにそばで見守っていて欲しかった。ひどい淋しがり屋ですね」

彼女は続ける。

「落ち込んだ気分の時に夕焼けを見るのは、たまらないことでした。両親が死んだ日と似た空を眺めていると、すうっと死にたくなるんです。太陽が沈むように死ねばいいんだ。死ぬのはとっても簡単で、きれいなことだ、と思えて、そんなことを考える自分が哀れになったりします」

「今でも、ですか？」

私は、いいえ、と答えて欲しかった。

「時々は。——だから、見ないようにしています」

どこでしくじったのか、話がやけに湿っぽくなっていた。俺のせいか、と責任を感じる。

「世界中から石飛礫《つぶて》を浴びる犯罪者になっても、無条件にかばい、愛してくれる人間が欲しいものかな」

火村は堅い響きの声で言うのに、朱美は問い返す。

「先生は、人を殺したいと思ったことがありますか？」

私は、はっとする。彼女がどんなつもりでそんな質問をしたのか知らないが、それは火村が抱えている原罪に似たものだ。彼は何度か語ったことがある。人を殺したいと思ったことがあるから、自分は殺人者を狩るのだ、と。

「あるよ。——それがどうかしたか？」

「その時、人を殺した結果として罰を受けるのは甘んじて受けても、大切な人の愛情を失うことには耐えられない、と考えませんでしたか？」

「さあ、どうだったかな。そもそも、自分が濁流に落ちたら悲鳴をあげながら飛び込んでくれる人間なんていうのは、俺にもいなかった」

「先生はどんな高校生だったんですか？」

「君と同じだ。めろめろだったさ」彼は立ち上がる。「前を失礼。煙草が呼んでいる」

火村はデッキに去った。席を立ったのは、これが初めてだ。つまらないことを尋ねたので、うんざりして立ったのだろうか、と朱美は懸念する。

「違うんやないですか。話したくないことを訊かれただけやったら、あいつはノーコメントで通しますよ。単にニコチンの禁断症状でしょう」

「だといいんですけど」

「あなたは心配性ですか？」

「え？」と、意外そうな顔をする。「さぁ、どうでしょう。鈍感な心配性かもしれません」

「鈍感な心配性か、なるほどな。私もそうかもしれません。今度、その表現を小説で使ってもかまいませんか？」

「どうぞ。でも、そんな他愛もない言葉よりも、火村先生のフィールドワークこそ推理小説のいい題材になると思うんですけど……それはなさらないそうですね」

「しません。私が書くのは、あくまでもフィクションですから」

「すみません、私はあまり推理小説を読んだことがないんですけれど、有栖川さんがお書きになる小説でも、たくさん人が殺されるんですか？」

人聞きのよくない言い方だが、確かに連続殺人の話をいくつも書いている。

「これまでに、紙の上で、もう五、六十人は殺しています。火村は、それと同じぐらいの数の殺人犯人と接しているでしょう」

「たいていの推理小説の中で人が殺されるのは、どうしてなんでしょうか？　勧善懲悪の探偵物語なら、殺人ではない事件をテーマにしてもよさそうなのに。——ものすごくつまらないことをお訊きしているかもしれませんね。気を悪くなさったらお詫びします」

気分を害したりはしない。推理小説を嫌っていたり、関心がないと自称する人たちから、これまでに何回もされたことがある質問だ。いつもは適当にかわすのだが——

「殺人事件こそが最大の重罪だから、それを中心に据えることで、真相を解明したいという読者の切実な欲求を喚起できる、と素朴に説明した作家がいましたけれど、小説の中の殺人の真相なんかどうでもいい、と読者が思うのも自然でしょう。私が思うに……殺人事件がテーマだと、死体が登場するわけですよね。死体とは、『あなたを殺したのは誰ですか？』と問いかけても、それに答えて語る能力をなくした存在です。窃盗事件や詐欺の被害者やったら、なにがしかの情報を自ら提供してくれるけれど、殺人事件の場合にそれは期待できない。死体——死者は、こちらがいくら問いかけても絶対に答えることがない。その不可能性が鍵のような気もします」

「不可能性が強い分だけ、物語が緊張して面白くなるということですね？」

「ええ、そうなんですけど、推理小説が持つ独特の切ないような興趣というのがあるんですが——いや、ここは主観的にしゃべっていますから、考え込まないでください——、その魅力の説明としては不充分でしょう。殺人事件を扱った推理小説の不可能性というのは、換言すると、いくら問いかけても答えないものに語らせること、ではないかと思うんです。問いかけても答えないと確信しているものに、答えてくれないと確信しながらなお問いかけるというのは、切ない行為だと思いませんか？」

朱美は曖昧に頷いている。

「そして、これほど人間的な行為もないかもしれない。人は、答えてくれないと判っているものに必死で問い続けます。その相手は、たとえば神です。何故《なぜ》、世界はこのような有様で『ある』のか？　人はどこからやってきて、どこに行くのか？　その短い旅の意味は何なのか？　またあるいは、問いかける相手は運命です。何故、私はこのような不運に見舞われなくてはならないのか？　どこで道が分かれていたのだ、と。あるいは、失われてしまった時間に問いかけます。耶馬台国《やまたいこく》はどこにあったのか？　ぼんやりと幻のように残る大切な記憶をどうしたら取り返せるか？　死者にも問う。私を本当に愛してくれていましたか？　私を赦してくれますか？　泣いても叫んでも、答えはありません。相手は決して語りません。それでも、また問うてしまう。——そんな人間の想いを、推理小説は引き受けているのかもしれません」

「だから、人が死んで——」

「謎は解け、真相が引きずり出されるんです」

轟々という音をたてて、列車は鉄橋を渡る。紀《き》ノ川《かわ》だ。

「だから、推理小説は人を殺すんですか。お話を伺うまで、推理小説がそういうものだとは知りませんでした。探偵は巫女《みこ》になって神の声で語り、象徴的に世界に意味を与えてくれるんですね?」

私は慌てなくてはならなかった。ただの思いつきです、と弁明はしないが、これはあくまでも私個人の雑感にすぎない。推理小説を知らない、という彼女にいきなり鵜呑みにしてもらっては困る。

「火村先生はどんな想いでフィールドワークをなさっているんでしょう。やっぱり、語らないものに語らせようとしているんでしょうか?」

「違うでしょう。そんな感傷的でロマンチックなものではないと思いますよ。彼が引きずり出したいのは――」

火村は、どこか彼方にあるものに問いかけているのではない。問うているのは、引きずり出したがっているのは、彼自身の奥底でとぐろを巻いている、何とも得体の知れないものだ。

まもなく和歌山に着くというアナウンスが流れ、火村が戻ってきた。

「俺《おれ》がはずしてる間に話が弾んでたみたいだな。くしゃみが何回も出たぞ」

火村という名前が何回も出はしたが、ここは否定をしておくべきところだ。

「先生、それは自意識過剰というもんや。君の噂話より、ずっと高尚な話をしてたんやからな」

「へぇ、どんな話題かな。俺も交ぜてくれよ」

「ええけど、もう結論に達しかかってる。昼飯は車中ですませることにした。俺が推薦するのは、白浜《しらはま》名物の紀州てまり弁当。円形のプラスチックケースに入った全国的にもユニークな駅弁や。高崎《たかさき》の達磨《だるま》弁当と同じで、ケースを持って帰ったら貯金箱として再利用できる」

朱美がくすりと笑った。火村は、瞬時、考えてからボールを投げ返してきた。

「君たちはそれでいいのかもしれないが、俺は反対だな。紀勢本線に乗ったら、鯛寿司《たいずし》だろうが」

2

九時に起床するだけで、私にとって早起きなのだから仕方がない。有田川《ありだがわ》を過ぎたあたりで、うとうとと眠ってしまった。だらしのない寝顔を正面の朱美に見られたのではないか、と悔やむ。三十分ほど眠ったのだろう。目が覚めたのは、紀伊田辺《きいたなべ》の手前だった。ここでかなりの乗客が下りる。正午を過ぎたので、車内販売で駅弁を買い込むことにした。あいにくなことに紀州てまり弁当は売り切れていたため、火村が言った鯛寿司を三人で食べることになる。駅弁なんて小学校の頃に食べて以来です、と朱美は大袈裟に感激していた。南紀観光の中心である白浜に着くと、さらにたくさんの乗客が下り、ますます車内は空いてくる。駅は観光スポットから離れていて、海は見えない。大阪育ちの私は、臨海学校や家族旅行で何度も訪れたことがあるので、懐かしく感じる駅だ。札幌生まれの火村は、ここから先は行ったことがない、と言う。白浜までは何年か前のゼミ旅行できたことがあるらしい。案外、付き合いがいいではないか。それを聞いた朱美が、今年はどこに行きましょうか、と訊くと、気が向かなかったら行かない、と気難しいピアニストのように意地の悪い答えをしていた。

同じく温泉町の椿《つばき》を過ぎ、いくつかのトンネルをくぐって紀伊日置《ひき》を過ぎると、もう次は周参見である。アナウンスを聞きながら、網棚の荷物を降ろす。勝浦《かつうら》や新宮《しんぐう》に行く時に通過しているが、周参見で下車するのは初めてだ。同じ車両の端に乗っていた釣り客らしい中年の男が、荷物をまとめながらこちらを見ていた。あの三人組は何が目的なのだろう、と訝しんでいるのかもしれない。

跨線橋《こせんきょう》を渡って、改札をくぐる。待合室の高いところに、全長一メートル四十センチを超すクエの巨大な魚拓が掲げられていた。重さ四十四キロだの、釣人の氏名も添えて書いてある。ひっそりとした駅前に出ると、右手には喫茶店と渡船の受け付けをする店。さすがは磯釣りのメッカだ。駅の柱にイノブータン駅というプレートが掛かっていたが、何かの符丁だろうか？

歓迎の看板の脇に、真っ赤な車が停まっていた。タートルネックのセーターを着た亜紀が手を振って、こちらに歩いてくる。出迎えにきてくれていたのだ。

「遠くまでお越しいただいて、ご苦労様です。ろくなおもてなしもできませんけど、どうかよろしくお願いします。私と朱美が作りますから、特に今晩の料理が申し訳ないことになると思います」

「お世話になります」と言ってから、私は柱のプレートを指して「あれはどういう意味なんですか？」

「あれって……ああ、イノブータンの意味ですか？」亜紀は笑う。「お悩みになるようなことじゃありません。観光客を呼び込むために採用されたお遊びです。周参見町は、イノブータン王国と自称しているんです。ほら、昔、井上ひさしさんの『吉里吉里人《きりきりじん》』という小説がベストセラーになったのをきっかけに、あちこちに冗談めかしたミニ独立国が誕生したじゃありませんか」

そんなことがあったっけ。最近はあまり話題にならないが、山陰にはカニカニ王国とか何とかいうのがあったのを覚えている。それなどは、蟹《かに》を食べに泊まりがけでいらっしゃいというアピールなのがすぐに判るが、イノブータン王国のコンセプトは名前を聞いただけでは定かでない。

「イノブタっているじゃないですか。父親が豚で、母親が猪の。周参見はその産地で、いわばイノブタの里なんです。それを面白おかしく表現して、イノブータン王国。五月の三日には、生後三ヵ月のイノブタのダービーなんていうイベントもあるんですよ。ころころしたのが押し合い圧《へ》し合いして、もう、たまらなく可愛いんです」

あ、それはちょっと見てみたい。

「はぁ、そうですか。しかし、いいんでしょうかね、イノブータン王国なんて名前。実在するブータンとまぎらわしいし、それに確か、ブータンも王国だったような気が」

「ええ、ですから『国開き』の時に外務省から待ったがかかったそうです。ブータン王国に対して失礼にあたるのではないか、と。それで、イノブータンを略してイブ国と呼ぶことにしたらしいんですけど、それじゃ面白みが出ないからか、結局はイノブータン王国で通っています」

外務省もなかなか神経が細かいな、と感心した。

「では、イノブータン王国のメインストリートを抜けて、目的地までご案内しましょう」

亜紀がドアを開いてくれた車に乗り込む。朱美が助手席につくと、車は人気のない駅前の通りを海に向けて発車した。メインストリートとは洒落《しゃれ》にすぎず、その長さは百メートルほどで、途中には商店もなかった。海岸通りに出る手前で亜紀は車を一旦《いったん》停止させて、右手に見える二階建ての小さな建物を指差す。それこそが、かつて大野夕雨子殺害事件の捜査本部が置かれた串本《くしもと》警察署すさみ幹部交番なのだそうだ。後ほど、私たちはそこを訪問する予定になっている。警察の場所を伝えてから、彼女は車を左折させて国道42号線に入った。

夏場は賑わうであろう海水浴場が見えている。家並みはたちまち途切れて、短いトンネルを抜けると、道は起伏に富んだ海岸線に沿う。海の色は、青みの中にエメラルドグリーンが溶けていて美しい。シェルターのような覆いをくぐる時に、それが波除《なみよ》けであることを朱美が教えてくれた。天候がいいので穏やかそうに見える海だが、荒れだすと海草や石混じりの波濤《はとう》が国道を洗うのだそうだ。

「『紀伊続風土記』によると、周参見の由来は『荒《す》さぶ海』らしいですから」

朱美が言う。では、どうして『周参見』などと表記するのだろう?

「『周参見』は当て字です。難しい上に無意味ですから、四十年ほど前、周辺の町村と合併した際に平仮名の『すさみ』になりました。駅や字《あざ》の名は漢字のままですけれど」

「中村さんは、夕方四時を過ぎて着く特急でくるそうです」

亜紀はちらりとルームミラーの私たちを見て言う。

「お二人に会うのを楽しみにしてるそうです。六人部さんがだまされたトリックについて話したら、悔しがっていましたよ。そうか、どうして見破れなかったのかって」

面白がっていたのか。今度は解いてみせるから、もう一問出してくれ、と言い出しそうだ。六人部のことを真剣に案じていたのではないのかもしれない。

「中村さんと六人部さんの関係というのは、どういうものなんですか?」

私が尋ねる。正明を仲介しての知り合いなのは承知しているが、互いに相手をどう思っているのか、よく判らない。かつては大野夕雨子を間に鞘《さや》当てをしていたらしいが、もうそんなことは遠い過去で、何のわだかまりもないのかどうか。

「どういうものって」亜紀は左の肩をすくめて「二人とも兄の友人、というだけです。兄と中村さんは大学時代からの付き合いです。どっちかとミナミで遊んでいる時にどこかの飲み屋でもう一方とばったり会って、それで面識ができたんでしたっけね。中村さんがスキューバに凝っていて、面白いからやってみないか、と兄と六人部さんを誘って、ちょこちょこ海へ行くようになったみたいです。うちの別荘を何度か三人で利用したりして」

「はぁ、三人でね。——大野夕雨子さんも含めて四人だけで、ということはなかったんですか?」

「大野さんと四人? いいえ、それは聞いたことがありませんね。大野さんはスキューバに興味を持っていませんでしたし。でも、二年前の春先に、その四人を含めて大勢で別荘に行ったことはありますよ。三月頃だったわよね、朱美?」

朱美が「そう」と答えた。

「梅の季節でした。毎年、年が明けて少ししたら、JRがさかんに南紀のコマーシャルをするじゃないですか。ポスターに菜の花なんかあしらって、ひと足先に春がきています、という感じで。それに同調するみたいに、春にはこっちによくくるんです。あの時のメンバー、覚えてる?」

私が確認したかったことを、亜紀が尋ねてくれた。朱美は指を折りながら数える。

「私が大学に入った年だから、合格祝いのパーティーをしてくれた年よ。行ったのは伯母さん、従兄《にい》さん、従姉《ねえ》さんでしょ。それから、大野さん、中村さん、六人部さん。全部で六人」

「おっちょこちょい。自分も入れて七人じゃないの。——ところで、兄や大野さんの四人だけで別荘に遊びにきたことはないか、だなんて、どうしてそんな組合せを想像なさったんですか、有栖川さん？」

　ミラーの中の亜紀が、こちらを見ていた。これから二年前のことを掘り返すのだから、自分が何を知っているか隠すこともないだろう。私は、升田から聞いた口論のことを話す。亜紀は、「ああ、それで」と納得した。

「すこーし、いざこざがあったようにも聞いています。そうか。その三角関係が形成された場がどこかであったはずだ、と考えたんですね？　だとしたら、それは二年前の三月にここへきた時だと思います。そこで見初めてしまったんでしょう」

「誰が誰を？」

　そこが肝心だ。

「それが込み入っているところで——あ、大野さんの遺体が発見された現場は、あそこの崖の下です」

　私の質問をはぐらかすつもりはなく、そちらの方がより重要だと思ったのだろう。亜紀は右手の前方を指差した。木立の間から、まばらに雑草が生えた小さな岬が海に向かって突き出しているのがちらりと覗く。火村と私は首を伸ばしてそちらを見たが、すぐに隠れてしまった。

「国道からは死角になってよく見えないんです。そうでなければ遺体はもっと早く発見されたでしょうし、そもそも犯人はあんな場所で犯行に及ばなかったかもしれません。――現場を崖の上からご覧になりますか？」

火村が「お願いします」と答えた。

五百メートルほど走って右折し、岬に入る。岬と呼ぶのが雰囲気には合うのだが、幅がおよそ十メートル、高さ七、八メートルの土手と言うのが実体かもしれない。前方に海が広がり、左右には粗末な木の柵《さく》が続いている。ところどころにバレーボールぐらいの石が転がっているのをかわしながら進んだ。このような石の一つが、大野夕雨子の頭上に落とされたのだろう。先に行くほど、海に向かってなだらかな下り勾配《こうばい》になっているようだ。これ以上は進めないことを示す柵の手前で、亜紀は抱いていた幼な子を降ろすように、そっと車を停めた。

外へ出ると、風が吹きつけた。じっと立っていたら頰が冷たくなりそうだ。気温はさほど低くないのに、海から吹く風は冷たい。

「枯木《かれき》灘《なだ》です」

亜紀は風に向かって立っていた。

中上健次《なかがみけんじ》の小説やら、黒潮の波間に揺れる流木のイメージが浮かぶ。文字も音の響きも好きな地名だ。白浜から串本にかけて、熊野《くまの》枯木灘県立自然公園に指定されているのだそうだ。

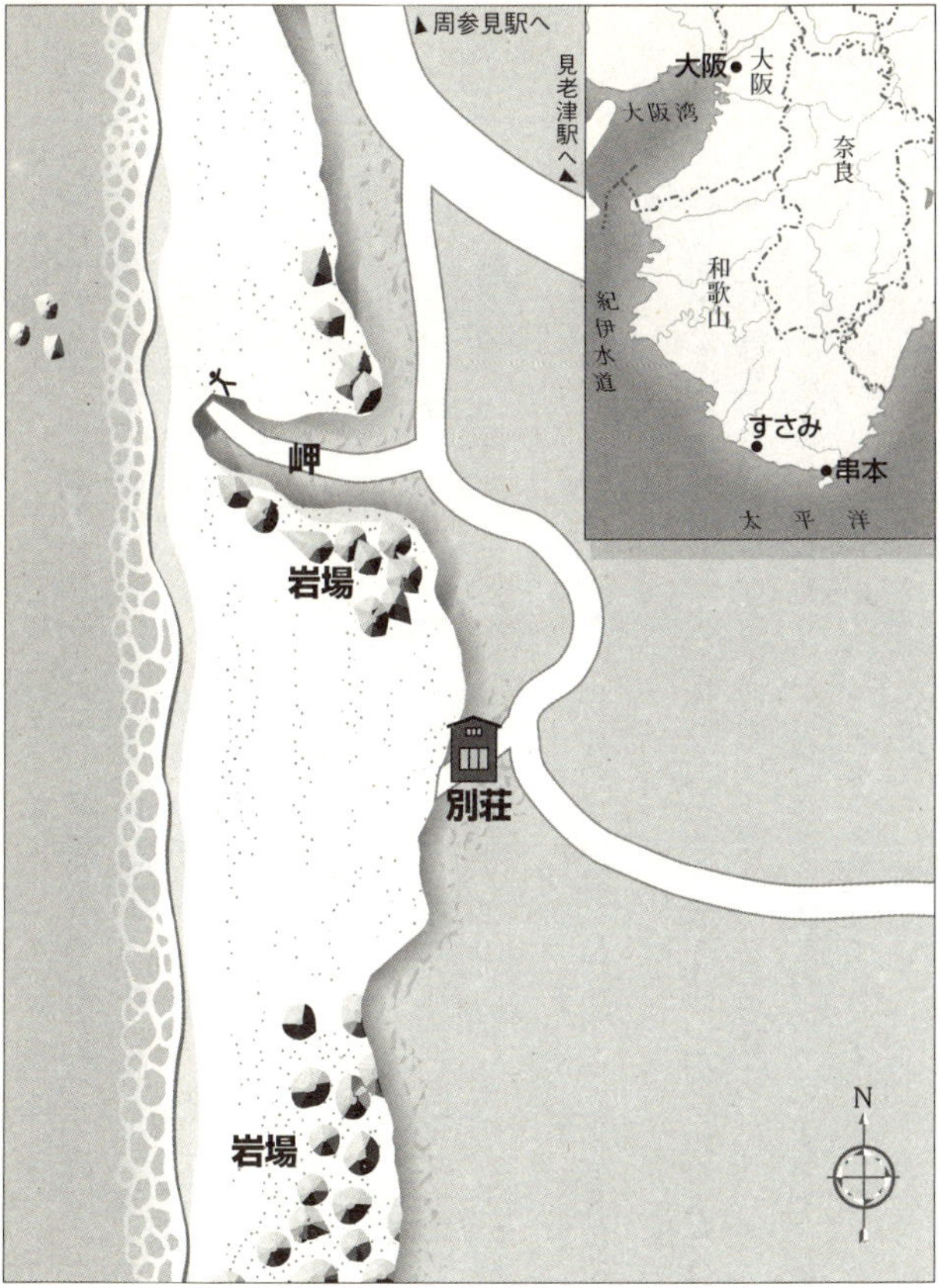
周参見駅へ
見老津駅へ
大阪
大阪
大阪湾
奈良
和歌山
紀伊水道
すさみ
串本
太平洋
岬
岩場
別荘
岩場
N

「私たちの別荘はあれです」

彼女は左手に見えているロッジ風の建物を指した。潮騒《しおさい》に包まれた海辺の家。ここから直線距離にすれば百メートルほどだろうが、ここから浜に下りる道はついていないので、いったん岬から出なくてはたどり着けないようだ。とりあえず、現場付近の位置関係はざっと呑み込めた（図参照）。

「私、ここ、こわいわ」

肌寒さのためか、それ以外のもののせいか、朱美がジャケットの前を掻き合わせて背中を丸める。

「だって、大野さんを殺した犯人は間違いなくここに立ったんでしょ。ここにやってきて、適当な大きさの石を選んで、抱え上げて、それを落とした。すごく在《あ》り在りとその情景が目に浮かんでしまう。ここに立ったのは初めてだけど、こわい」

「あら、ここへきたことなかったっけ。そうだったの」亜紀は私たちに「下を見てみますか？　大野さんが倒れていたのは、そこです」

亜紀は別荘とは反対の右手の柵に寄り、少し伸び上がって覗き込んだ。火村と私はもちろん、こわがっていた朱美も下の浜を見下ろす。崖は、ほとんど垂直だった。

「崖の真下から一メートルほど離れたあたりで、大野さんは横たわっていました。私は事件の直後に警察の人と一緒にここにきたので、とてもよく覚えているんです。ちょうど正確にこの下ですよ。柵のここのところだけ横木が折れているでしょう。二年前からこうなんです」

白い砂に倒れた死体を思い描く。その傍らには、血のついた石が転がっていたであろう。ここから落とした凶器が。ここから落とした……待てよ。

「高さ五メートルほどのところから犯人は石を落とした、とは聞いていましたけれど、実際に現場に立つと、想像していたのと違いますね。被害者の頭の上に立って石を掲げ、手を離して自由落下に任せたらそれで命中する、と思っていたんですが、そう簡単なことでもなさそうです。被害者は崖から一メートルほど離れていたんやとしたら、犯人は心持ち前方へ石を投げなくてはならなかったでしょう。そのやり方だと、必ず命中するという保証はありません。ゲームで的に当てるのなら気楽にやれそうですけど、殺人なんて犯人も命懸けでやるわけでしょ。私なら、うまくやる自信はありません」

それが現場を踏んだ第一印象だった。

「どう思う？」

火村に訊いた。彼は足許に落ちている石を爪先で突きながら、

「一発必中でやれ、と言われたら確かに冒険だな。犯人が投じた石が一投目で被害者の頭に命中したのは、たまたまだった、とも考えられる。もし、はずしたら二つ目三つ目を続けて落とす用意があったと考えるのが自然かな。凶器になりそうなのは、いくつも転がっている」

そうかもしれない。しかし、やはり私ならこんな殺害方法は採用しない。

「確認しておくけど、アリス、大野夕雨子さんはここから投じられた石で殺されたんじゃないぜ。石を頭に落とされるよりも前に、別のもので殴打されたのが死因だった」

「それは覚えてる。殴打して殺した後で、何故《なにゆえ》か石を落としたんやったな。犯人は、被害者が絶命してることを承知してたから、一発目がはずれても彼女がびっくりして逃げ出すことはない、命中するまでいくつでも石を落としてやろう、としたわけか？　それもまったくもって変な話やな。そんな残酷なだけで無意味なことをする理由は思いつきそうにない。狂気の沙汰《さた》や」

ここにくるまでは、もしかしたら、崖の縁に転がっていた石が何かのはずみでバランスを崩し、落下したのが偶然、遺体の頭の上だった、ということもあるかもしれない、と思っていた。しかし、それならば崖から一メートルも離れたところまで飛び出したりするはずはない。やはり、アクシデントではなく、石は人間の手で落とされたのだ。

しかし、どうして？　一つ思いついた。

「うん、これはどうかな」

他の三人がいっせいに私に注目する。

「犯人は、石を投げ落とすこと自体が目的やったのかもしれん。遺体の頭に当たったのは、偶然にすぎない」

「石を投げ落とすこと自体が目的って……」亜紀がこちらをまじまじと見つめて「かえって判りません。大野さんにぶつけるつもりでもないのに、犯人はどうして石を投げなくてはならなかったんですか？」

「いや、それは私にもまだ判りません」

「はぁ？」彼女の口がぽかんと開いた。「何かさっそく推理が飛び出したのかと思ったら、話が一段とややこしくなっただけじゃありませんか？」

そう言われれば、そうなのだが。フィールドワークの最中は、思いついたことを何でもすぐ口にするのが私の癖なのだ。火村はおかしそうに、にやにやしている。

「石を処分したかったのかも……いや、それやったら、どこかよそに運んで棄てますね。海に棄てるとか」

「石を処分する、というのも判りません。棄てるも何も、最初から落ちていたものでしょ？　そんなものを処分する理由というのは、たとえばどんなことですか？」

駄目だ。首尾一貫した推論を期待している亜紀に、思いつきをしゃべることは慎もう。火村は——こいつ、いつまでにやにやしてるんや。

「先生はどうお考えですか？」

亜紀はせっかちに火村の推理を求める。先生は、「まだ何とも」とだけ言う。そんな答え方をするのが常だ。最後に彼が正鵠《せいこく》を射る推理を開陳したとしても、それまでに私が何がはずれなのかを示している功績を忘れて欲しくないものだ。

「ただ、色んなことが想定されます。たとえば、大野さんを殴打して殺した人物と、彼女の遺体に石を投げ落とした人物は別人かもしれません。そうだったとすると、犯人が殺害後に崖の上に登り、とどめの意味もないのに遺体めがけて石を落とした、という不合理な現象は解消します」

「あ、そうか」

私はそんなことにも思い至らなかった。それは道理だ。

「殴って殺した人間と石を落とした人間が同一人物でないということは……」朱美が眉をひそめて「石を落とした人物も、大野さんを殺そうとしていた、ということですか？　彼女を殺したかった人間が二人いて、同じ日の短い時間のうちに実行に移したことになりますね。不自然じゃないですか？」

不自然ではある。亜紀もそう思ったようだ。

「そうね。殺人犯人が二人もいただなんて。後の方の犯人は、崖の上から浜にいる大野さんに石を落とす時に、彼女が頭を割られて死んでいることに気がついたはずでしょう。判らなかったのかしら、先生？」

「気がついてもよさそうなものですが、石を落とされる前の挫傷《ざしょう》の様子が判りませんから、断定的なことは言えません。傷口は髪の毛で隠れていたのかもしれないし。これはあくまでも一つの仮説であって、私自身にもピンときません。二人の人間の殺意に、ほぼ同時にスイッチが入ることはあったとしても、わずか数時間のうちにどちらもがそれを実行する、というのはひっかかります」

亜紀は、やれやれと言いたげだった。

「もしもそんなことがあったんだとしたら、殺人犯人を二人捕まえなくっちゃならない。一人の犯人も捕まらないのに、もう一人いるかもしれない、なんてねぇ」

「この仮説が的中していたとしたら、石を落とした方の人物は殺人の罪に問われません」

「あら」と亜紀が訝る。「どうしてですか？」

「石を落とした対象は死体だった。死体を殺すことは不可能ですから、殺人罪は成立しないんです」

「でも、落とした人物は、大野さんが生きていると信じてやったんなら、人殺しでしょう。結果的に実現しなかっただけで。倫理的におかしくありませんか？」

「亜紀さんの道徳観を否定はしませんけれどね。死体に対して殺害を企てるといった行為は不能犯といって、無罪です。丑《うし》の刻参りや黒魔術で人を呪い殺そうとしたのと同じで、本人は悪事を働くつもりがあったとしても絶対にできないことをやろうとしただけだから勘弁してやる、という理屈です。ただし、攻撃を加えた際に、死体が常識人の目から見てあたかも生きているような状態であれば、殺人未遂の構成要件を充《み》たします」

「そうなんですか。――ところで、当たり前ですけど、法律ってオカルトを微塵も相手にしていないんですね。私が人を呪い殺す術をどこかで覚えてきて実行しても、セーフなのか」

「いくらでもおやりになってください。『呪ってやる。お前は死ぬ』と、脅迫する行為は処罰されるかもしれませんから、藁《わら》人形に五寸釘を打つなりして黙って殺せばいいんです。

その後で『呪い殺してやった』と公言しても、法律家は欠伸をしながら無視してくれます。私も欠伸をしてあげますよ」

「先生はそんなことをおっしゃいますけど」朱美が真面目な顔で「オカルトを馬鹿にしているのに、どうして研究室の本棚に黒魔術だの呪法《じゅほう》の関連書が置いてあるんですか？　隅の方に何冊か固まってありました」

　火村の研究室にそんなたぐいの本があったかどうか覚えていないが、本当だとしたら迂《う》闊《かつ》なように思う。同僚の目に触れたら誤解されて、人は見かけによらないな、とからかわれるかもしれないだろうに。

「オカルティズムとはどんなものなのか、ひと頃調べたからさ。闇を覗こうとする人間の想像力の射程距離に興味があったんだ。ああいうものを繙ってみると、人間の思考の癖みたいなものが仄見えたりするのが面白い。妖しく人を誘うレトリックに感服した本もあったけれど、大部分は、こましゃくれた屁理屈を並べる幼児みたいな言説、文芸になりそこねて敗者復活に賭けているような貧弱な物語だ。そんなものを信じて呪いをかける人間は、嗤うべきで罰するに値しない」

「はい……そうですか」と、朱美は叱られたように細い声で応えた。彼の蔵書から、火村先生はアトランティスの伝説を夢想したり水晶球占いを信じるロマンチストなのかも、と想像していたのなら、残念でしたと言うしかない。その話は、ここらで打ち切ろう。

「大野さんを殴殺した人物をX、遺体に石を落とした人物をYとしましょうか」

「あら、さすがは有栖川さん。推理小説っぽい表現ですね」と亜紀。

「面倒くさいからそう呼ぼう、というだけです。――このうちYの方は、大野さんめがけて石を落としたつもりはなかったのかもしれません。石はたまたま命中してしまっただけなんです。ここに車を停めていた人がいたそうですね？」

「ええ、吉本《よしもと》さんといって」

「退職した巡査長さん」

亜紀と朱美がすぐに答える。

「そう。その人がYだった、という可能性はないんでしょうか？　車を動かすのに邪魔な石があったから、何の気なしにぽいと投げ棄てた。それが、大野さんの遺体に当たってしまった。本人はそれを後で知ったけれども、言い出しかねているうちにとうとう話せなくなってしまった、とか」

「それはありませんよ」亜紀はためらうことなく言う。「いかにも謹厳実直そうな人で、嘘をつくようには見えませんでしたもん。だいたい、運悪くそんなアクシデントがあって遺体を傷つけたとしても、誰も吉本さんを非難しないでしょう。言い出しかねて、黙ってしまうのは変じゃありませんか。まして、元警察官ですからね。つまらないことを隠し立てして、殺人事件の捜査を混乱させるわけないと思います。ちなみに、私たちが知るかぎり、吉本さんと大野さんの間には利害関係はもちろん、面識さえありませんでした」

堂々たる反論だ。再反論する気になれなかったのだが、彼女はさらに駄目押しをしてくれる。

「それから、吉本さんは立ち去る際に、遺体の上に落とされた問題の石がこのあたりに転がっていた、と証言しています。もしも、彼がYだったとしても、石を投げたことに悪意がなかったのなら、そこまで積極的に嘘をつくことはなかったと思いますよ」

「ごもっともです」それより他のことが気になった。「ところで、吉本さんはこんなところに車を停めて何をしていたんですか？　近くにあるものといったら宗像さんの別荘ぐらいなのに。浜に下りていくのなら、こんな岬の先まで車で乗り入れる必要はなかったでしょう」

「絵を描いていたんですよ」

「写生をしていたんですか？」火村が言う。「ずっとここで」

「ええ、イーゼルを立てて水彩画を描いていたんだそうです。ずっとって、一日中じゃないですよ。午後の数時間です。何時からいたのかは覚えていませんけど、五時までここにいた、と言っていました。その時に、車を停めてあった近くに——それがここです——大きな目立つ石があったんだそうです。それが大野さんの上に落とされた石だということは、警察に実物を見せられた吉本さんが断言しています」

「それは聞いています。だから、Yの犯行は午後五時以降である、とされたんでしたね。——午後、何時間か写生をしていたのなら、吉本さんがここにいる間に五メートル下の浜で大野さんが殺された公算が大ということになる。彼は、悲鳴だとか何か不審な物音を耳にしなかったんでしょうか？」

「全然聞いていない、ということでしたよ。というのも、車を停めたのはここですけれど、実際に絵を描いていたのは離れたところだったんです。岬の中ほどで、私たちの別荘の方を向いて絵筆を走らせていたので、大野さんがよほど大声で叫んだのでないかぎり、何も聞こえなかったのも無理はありません。おまけに、その吉本さんという方、まだ六十半ばだったんですけど、少し耳が遠かったようです。――詳しいことがお聞きになりたかったら、吉本さんがどちらにお住まいなのか知っていますよ」

きわめて重要な証人だ。火村はもちろんのこと、彼から直接に話を聞くことを希望した。後ほど、電話を入れてから訪問をしてみることにする。

「だいたいあたりの様子はお判りいただけたかと思います。ここは、もういいですか？」

亜紀が、火村と私を等分に見ながら訊く。火村が「結構です」と答え、われわれは車に戻る。亜紀は達者なハンドルさばきで苦もなく方向転換をした。

「先生は殺人現場で霊感を感じたりすることはありませんか？――ああ、そんなオカルトじみた言い方はお好きじゃないみたいでしたね」ミラーの亜紀はぺろりと舌を出す。「でも、名探偵なんでしょ？　そういう人って、ご本人無自覚なまま、殺された方の声を聴いているのかもしれませんよ。無念をはらして欲しい、という黄泉《よみ》からの声。そんな気がするなぁ」

火村は苦笑してすませるのかと思いきや、丁寧に応える。

「現場を浮遊する被害者の霊魂が囁いてくれた、と感じたことはありません。この世にいない被害者は沈黙したままで、答えを見つけるのもその横を素通りしてしまうのも、私自身です。ですけど、何かが囁くのを聞いた気分になることが、まったくないわけではありません。ただし、囁いてくれるのは、無念の想いを抱いた被害者ではありません。犯人の方です」

助手席の朱美がこちらに横顔を向ける。

「犯人が囁くというのは、つまり、犯人自身が犯行現場に思念の残滓《ざんし》みたいなものを置いていって、先生がそれをキャッチする、ということですか？」

「思念の残滓ね。香水の残り香と同様に人の想いが実体のように留まる、ということはないだろう。思念や感情なんてものは、脳の中の電気信号なんだから。——私が犯人の囁きを聞く、と言ったのは、あくまでも比喩《ひゆ》表現だよ。夢のない言い方に翻訳すると、犯人はしばしば現場において不手際を行ない、自分がやったと白状するに等しい状況なり痕跡なりを残している、ということだな」

「……今の岬にも、そんなものがありましたか？」

「もちろんあったよ。どうも合点がいかない、とあそこでみんな口々に話しただろ？　その合点のいかなさが、犯人の囁きというものさ。犯罪の声と言い換えてもいい。そいつは、しゃべりたくてうずうずしている」

「『犯罪に口はない。しかし、それは不思議な器官をもってしゃべろうとする』」

私がぼそりと言うのに、さすがは小説家だと亜紀が感心してくれたのだが、あいにくなことにオリジナルではない。エラリー・クイーンの『Yの悲劇』の巻頭エピグラムにもなっているこの有名な言葉は、『ハムレット』に登場している。

「やっぱり探偵は巫女ですね」

朱美が私に言った。私たちの電車の中での会話を聞いていない火村は、少し怪訝そうだった。

国道に戻ってすぐ右側に脇道があった。浜に向かって下っていくと、別荘に到着だ。ロッジは二階建てで、南国らしい棕櫚《しゅろ》の植込みで囲まれていた。最近、足が遠のき気味で手入れが行き届いてない、と亜紀は恐縮していたが、そんなふうにも見えない。これほど海に近いのに、よく補修されているのか、目立った傷みなどない。玄関の扉の脇にぶら下がった呼び鈴がわりのカウベルに錆《さび》が浮いているぐらいだ。

軋《きし》るドアを開いて入ると、吹き抜けのあるリビングダイニングだった。装飾はあまり施されておらず、とても簡素な感じだ。高級そうな広いテーブルと壁際のアップライトピアノが目を引く。

「そうか、亜紀さんはピアノを弾くんでしたね」

私の言葉に、彼女は唇をすぼめる。

「もうだいぶ弾いていませんから、指が動かなくなってるでしょうね。こんなところにまでピアノが置いてあるから、さぞやがんがん弾くのでは、と思われたかもしれませんね。

グランドピアノを買った時、アップライトを処分しかけたんですけれど、母がもったいないと言ってここに運ばせたんです。その送料や調律代がいくらかかったことやら」

「二年前には、大野さんがみんなに弾いてくれました。亡くなる前の夜は、ミニコンサートみたいになって」

朱美はピアノのカバーをめくり、蓋《ふた》を開けようとした。「やめとこうよ」と亜紀はやんわり止めて、私たちに向かい、

「まず、荷物を置いていらっしゃいますか？　階上の方が落ち着けるだろうと思って、二階にふた部屋ご用意してあります。一番手入れのいいお部屋を選んだらツインとシングルになってしまいました。行き届かなくてすみません。――朱美、お願いね」

亜紀はキッチンに立ち、コンロに火を点けた。朱美は「いいよ」と答え、私たちを案内してくれる。急な階段の途中の窓から、ついさっきまで立っていた岬が見えていた。

「この家の玄関は東を向いているんですか？」

朱美に尋ねる。わりと方角が気になる質《たち》なのだ。

「はい、そうです。お部屋はまともに西向きです。この季節だから平気でしょうけど、夏場は西日がたまりませんよ」

「夕陽が苦手なあなたには、二重に具合が悪い部屋ですね」

「いつも窓が違う方角を向いた部屋にしてもらいます。でも、西向きの部屋は海が見えますから、眺めがとてもいいんですよ。夕陽の時間以外なら、私も西向きの部屋がいいんで

すけれど」

ツインの部屋を火村に譲り、その隣室のドアを開ける。ベッド以外には、壁にハンガーと鏡が掛かっているだけだった。めいめい荷物を置いて、すぐに朱美とともに階下へ下りると、ダイニングテーブルにコーヒーカップが並んでいる。シャワーを浴びたければどうぞ、と亜紀が勧めてくれたが、私たちは二人とも宿に着いたらまずシャワー、というタイプではなかった。

「狭くて殺風景で、独房みたいな部屋だったでしょ。期待していたのとかけ離れていたと思いますけど、がまんしてください」詫びながら亜紀がコーヒーを淹れてくれる。「部屋数を多くした分、ひと部屋ずつが窮屈になってしまって」

部屋は階下と階上に三つずつの、計六部屋ということだ。シングルが三部屋と、ツインが三部屋。九人まで宿泊可能というわけだ。二年前に大野夕雨子が泊まっていたのは、階下の奥の部屋だという。階下のもう一室のシングルには真知。ツインには亜紀と朱美。

「二階の東側のツインには、従兄さんと伯父さん。火村先生がお泊まりになる西側のツインは中村さんと六人部さんの部屋、有栖川さんのシングルは升田さんの部屋でした」

朱美が当時の部屋割りを説明してくれた。

「納得がいくな。西向きの部屋を、二人の夕焼け研究家に提供してあげたわけですね？」

「夕焼け研究家、ですか。升田さんがあの二人をそう呼んでいましたね。中村さんがその呼称にご満悦でしたよ」

亜紀は砂糖を入れずに、熱いコーヒーをくいとひと飲みする。火村先生には、とてもできない芸当だ。猫舌の反対にも呼び名はついているのだろうか？　亜紀はカップを置いてから、

「名前が出たので思い出しました。升田さんもこちらにいらっしゃるそうです。正午前に電話があったんです。楽しいことでもないから遠慮したい、と言っていたのに、気が変わったそうです」

「じゃあ、お部屋を用意しないと」

どうして心境が変化したのかよりも、朱美は反射的にそれのことが気になったようだ。

「いいの。泊まっていってくださいって、お誘いしたんだけど、ホテルを予約したんだって。私たちに世話をかけたくない、と気遣ったのが半分。後の半分は、殺人現場の近くだとぐっすり眠れない、というところかな。——精神的に無理をしてまでこちらにくるのは、火村先生の捜査にできるだけの協力がしたいからだ、と言っていたわ。事件の前に撮ったビデオを持ってきてくれるって」

「どういうビデオなんですか？」

火村は煙草を喫いながら、まだコーヒーを冷ましている。

「升田さんは、二年前にこちらにいらした時、ホームビデオを持ってきました。ハンディタイプのごくありきたりのものです。ゴルフのフォームをチェックするのに買ったそうなんですけど、大勢でわいわいやっているところを撮ったら面白いだろう、と思って持ち込

んだんです。そのおかげで、事件の前日と当日の昼過ぎぐらいまでの映像が記録されたんです。ただし」と人差し指を立てる。「大したものは写っていませんから、あまり期待なさらない方がいいと思います。みんながダべっているところとか、浜や岩場でカメラに手を振っている場面がだらだら並んでいるだけだし、升田さんも途中から邪魔くさくなったのか、時間にして十五分ぐらいしかありません」

「十五分もあれば、まとまった長さですよ。事件の当時、そのビデオは警察に提出されたんですか？」

期待するなと言われても、火村は当然のごとく強い関心を抱いたらしい。

「もちろん、升田さんがすぐに差し出しました。でも、今も申したとおりあまり内容のあるものじゃなかったから、参考にならなかったようですよ。あそこに事件解決の鍵が隠されているようなものじゃないわよね、朱美」

「そう思うけど、先生なら何か判るかも」と教え子は助教授を立てる。「ビデオの中で、犯人が囁いてるかもしれない」

警察だって精査しただろう。犯罪の微かな声を聞き取ろうと懸命に耳を澄ましただろう。火村が簡単に犯人の囁きを聞けるかどうかは判らない。亜紀はお手並み拝見、というように一笑した。

「まさか、そのビデオに大野さんの遺体は写っていないでしょうね？」

捜査の材料として写っていて欲しい、と願って訊いたのではない。警察がくる前に升田が生々しい惨事の現場を撮影していたなら、ちょっと神経を疑うと思ったのだ。やはり、升田はそこまで非常識なことはしていなかった。ビデオに収まっているのは、遺体発見の一時間ほど前までだという。

冷めかけたコーヒーにやっと口をつけた火村に、これからどうするのか、と朱美が尋ねる。

「まずは崖の下の現場を観てみる。それから、警察に行って話を聞く。大阪府警から私のことを伝えてもらっているので、手筈《てはず》は調《ととの》っているんだ。巡査部長の武智《たけち》さんという人に会う」

「あ、覚えてます」

「そうかい。何せ二年が経過しているので、捜査本部はとっくに解散している。串本署に行けば数人の専従捜査員がいるそうだから、必要が生じたらそちらまで出向くことになるかもしれない。まずは、武智巡査部長の話を伺う」

船曳警部の話では、私たちの訪問を快く受け容れてくれることになっている。

「ああ、そうだったんですか。それなら、警察の方が吉本さんに連絡をとってくださるかもしれませんね」

「お願いすればね」

「じゃあ、あちこち移動しますね。私もご一緒します」

亜紀がそう言い出したのは、足の便を慮《おもんぱか》ってくれたのだろう。タクシーを使うつもりだった火村が断わると、それなら車を貸そうか、と言う。その提案は採用させてもらうことになった。

チンと、甲高いが柔らかい音が響いた。ピアノの上の壁に掛かった時計が、一時を告げたのだ。

「のんびりしている時間はありませんから、出ましょうか。——ごちそうさま」

火村が立つ。亜紀はカップ類を流しに運びながら、朱美に案内するように言った。まめまめしく動くのが、性に合っている様子である。外に出て朱美にそう言うと、彼女の見方は違っていた。

「従姉《いとこ》は、いつもてきぱき家事をこなしますけれど、コーヒーを淹れたり洗いものを早くすませようとするのは、先生と有栖川さんのお相手はあなたに任せたわよ、という意思表示なのかもしれません」

「警察へ車でご一緒しましょう、と言ってくれましたけど」

「それは私が運転免許を持っていないからです」

「ああ、そうか。けれど、亜紀さんは、とても協力的な態度で接してくれていますよ」

「もちろん、事件解明のためには協力を惜しまないでしょう。でも、まだどこかでひっかかっているみたいなんです。私が火村先生に捜査をお頼みしたことを。そんな依頼をするなら、事前に家族に相談するべきだった、と言われたら、返す言葉がないんですけれど」

「どうして、ご家族への相談を飛ばしたんですか？」

「家族を裏切ったつもりはないんですけれど……」

浜に向かう朱美と肩を並べて歩く。火村の足音が、少し遅れてついてきていた。

裏切ったつもりはないけれど、に続く言葉を待ったが、朱美は口をつぐんだままだった。電車の中の会話を思い出す。彼女にとって宗像家は、どれだけ庇護《ひご》してくれようとも、どこかよそよそしい場所でしかないのかもしれない。

別荘のそばにプライベートビーチのように砂浜が広がっている、と想像していたのだが、きてみると浜辺はつつましやかなもので、現場に向かうまでにはごつごつとした岩場をよろけながら横切らなくてはならない箇所もあった。浜が痩《や》せているのは、満ち潮のせいもあるようだ。沖合にも岩場があるようで、波が盛大に砕けて散っている。私の視線に気づいたのか、朱美もそちらを見て、

「あれは三つ石という名前がついた岩場です。三角形に岩が頭を出しているところに波が当たるから、あんな複雑な飛沫《しぶき》が上がるんです」

確かに、右に左に上にと、予測がつかない運動をしている。波が情熱的な即興の舞踏を踊っているかのようで、複雑系科学を扱っているサンタフェ研究所の学者に観察してもらいたいほど面白い眺めだ。

直線距離にして百メートルくらい歩くと、先ほど車を停めた岬のところまでやってきた。その先端を通って、遺体が見つかった裏手に回り込む。当然ながら、別荘は視界から消えた。国道も見えず、まばらに走り去る車の音が遠く聞こえているだけ。岬の上に人が立つ

こともめったにないであろうから、まるで個室に入ったようなものだ。ほっとできる空間ではあるが、何者かに襲われても誰も気がついてくれない危険な場所でもある。現に大野夕雨子は、白昼、ここで殺害されたのだ。

「大野さんがいたのは、このあたりだったね」

火村が足許を指す。崖から一メートルほど離れたところ。彼の頭上には、横木が折れた木の柵が見えている。朱美は迷わず頷いた。

「ちょうどそのあたりです。間違いありません」

「椅子に掛けていたそうだけど、それは別荘から運んできたのか？」

「はい。ディレクター・チェアだったんですけれど、アルミ製でとても軽い椅子でした。指一本で持てるぐらい。背もたれが高くてゆったり座れたので、昼寝をするのにも快適だ、と大野さんは気に入っていました」

「彼女はここに昼寝にやってきていたのかな」

「うとうと昼寝をすることもあったでしょうけど、眠りにきていただけでもないと思いますよ。大野さんは、ここからの景色が大好きだったそうです。海を見ながら何時間もぼんやりしていると、幸せな気分になれる、と言っていました。文庫本を読んだりもしていました。遺体の傍らにも、文庫本が落ちていました。井上靖《いのうえやすし》の『楼蘭《ろうらん》』でしたっけ」

「『楼蘭』？」と私は訊き返してしまう。「それはまた、初夏の南紀の浜辺で読むのには似合わない本ですね。古代中国の砂漠に埋もれた幻の都市を描いた壮大な叙事詩、とは」

「いいえ、それがそうでもないんです。大野さんが読んでいたのは、多分、その本に収録されていた『補陀落《ふだらく》渡海記』という短編小説でしょう。中村さんが話題にしたことがあったので、私も知ったんですけれど。——補陀落渡海というのをお聞きになったことはありませんか？」

話題が小説だからか、彼女は私に尋ねてくる。ぼんやりと聞き覚えがあった。海の彼方に極楽浄土があると信じて、舟で海へ漕ぎ出して祈ることだったような。

「そうですそうです。南方の補陀落浄土に向かって祈るだけじゃなく、そこへたどり着こうと舟出するのが補陀落渡海です。このあたりじゃなくて、もっと南の那智《なち》で行なわれていた信仰ですけれど、枯木灘と熊野灘はつながっていますから、ここの海を眺めながら読むのにふさわしい小説だと思います。南無阿弥陀仏《なむあみだぶつ》と染め抜いた帆を張った小舟で太平洋に流されるんですから、もちろん、生きて帰れるはずもありませんから、そうやって極楽往生を遂げるんですね」

「ああ、そんな自殺行為やったんですか」

不信心者ゆえ、つい自殺などと口走ってしまったが、そう呆れるのが一般人の反応だろう。生きながら地中に埋められ、即身仏になろうとした羽黒山《はぐろさん》の信仰と種類を同じくした、殉教《じゆんきよう》だったとは知らなかった。何とはなしに、海上で祈るだけのことと思い込んでいた。そんな究極の宗教儀式であったたか。先日、千種警部から聞いた四天王寺の日想観の話を連想する。今は大阪の中心部であるその寺の東門までかつては難波《なにわ》の海が迫っており、夕陽に念仏を唱えながら幾人もの僧や信者が断崖から入水《じゅすい》したという、あの話を。夕陽の海に身を投ずる者たちのシルエットが、はるかな波間に消えていく小舟の帆柱が、私の脳裏に浮かぶ。凄絶で恐ろしいような、それでいてどこか心惹かれる夢のような光景。

後に、その『補陀落渡海記』という文庫本にして三十ページの短い小説を読んでみたところ、渡海についてこのように要約された文章があった。

〈船底に固く、釘《くぎ》で打ちつけられた一扉すら持たぬ四角な箱にはいり、何日間かの僅《わず》かな食糧と僅かな灯油を用意して、熊野の浦から海上に浮かぶことは、勿論《もちろん》海上に於《お》ての死を約束するものであった。しかし、それと同時に息絶えたものの屍《しかばね》は、その者が息絶えると同時に、丁度川瀬を奔《はし》る笹船のように、それを載せた船と共に南方はるか補陀落渡山を目指して流されていく。流れ着くところは観音の浄土であり、死者はそこで新しい生命を得てよみがえり、永遠に観音に奉仕することができるのである〉

読んだのは大阪に戻ってからのこと。その場では、どのような小説なのか朱美に簡単に説明をしてもらった。時は永禄《えいろく》年間。渡海を司《つかさど》る補陀落渡寺に、金光坊という住職がいた。彼は、いつの日かそのような心境に至れば自分も渡海をしないものではない、と考えていたのだが、周囲の強い思い込みに動かされて、心の準備が調わないままに渡海を宣言してしまう。それからというもの、渡海を執り行なう八ヵ月の間、彼はこれまでに見てきた幾人かの上人たちの様子を思い起し、覚悟を決めようとする。

「上人たちの旅立ちは、みんな様子が違っていました。補陀落に着けずに死ぬことを悟っていたある上人は浜で泣く老若男女に手を振りながら供の舟に曳《ひ》かれていき、また生きて補陀落に到達できると期待していたある上人は、準備された舟が小さいことに不機嫌になったとか。ふだんから水平線に補陀落山が視える、と話していた別の上人は渡海に際して、今日は補陀落山が特によく視える、と言って舟に乗りました。その上人の舟は、沖で同行の舟と別れると、綱でひっぱられるようにぐんぐんと黒い波の彼方に進んでいったとか」

金光坊は、それら上人のいずれのようにもなりたくない、いや、なれはしないと苦悩したまま渡海の日を迎える。そして、生への執着を断ち切れないまま無残な形で海へ流されるのだ。

「恐ろしいような、哀れなような話です。それが、とても端麗な筆致で書いてあるんです。……あの小説、大野さんが最後まで読めたのかどうか、誰にも判りません」

私は朱美の話に聞き入っていたが、火村はあまり興味がなさそうだった。大野夕雨子の遺体が見つかったという場所と崖の垂直の斜面との距離を歩幅で測ったり、浜を歩き回って付近の様子を確かめている。気がついたら、崖に沿って三十メートルほども遠くに行っていた。

「先生はいつも現場であんなふうなんですか？」

「あんなにうろうろ歩き回るのか、ということですか？　いえ、そうでもありません。事件が発生してから二年も経過しているという現場に立つというのは、あいつにとって珍しいことです。犯人が遺した重大な証拠物件が、今さら落ちているはずもないから、付近の地形を頭に叩き込むことに専念しているんでしょう。もしかしたら、そうやりながら犯罪の囁きが聞こえないかと耳を澄ましているのかもしれません」

「そんな囁き声が事件の直後なら微かに聞こえたとしても、二年もたつとなくなってしまっているかもしれませんね。先生に無理難題を背負わせてしまって、やっぱりよくなかったのかも……」

朱美は三つ石に砕ける波の方を見やっている。自分がしたことに自信が持てなくなっているようだ。私は、気にするには及ばない、と火村に代わって応えた。

「犯罪社会学者をフィールドに案内してやったんですから、あなたが彼から感謝される側なんですよ。――ところで」訊いてみたいことがあった。「不躾なことを伺ってもいいですか？」

そう言われただけで「駄目です」と拒絶する人間はいない。

「どんなことでしょう？」

「中村さんと六人部さんに対して、あなたはどんな感情を抱いているんですか？　恋愛感情かそれに近いものを持っているかどうか、をお訊きしたかったんです」

「あの……すみません、失礼して尋ね返しますけれど。そのご質問と、大野さんの事件の捜査と何か関係があるんですか？」

「ちゃんとあります。――車の中でも話が出ましたけれど、大野さんを中心にして中村さんと六人部さんが鞘当てをしていたそうですね。私には、それが意外だったんです。大野さんがどれほど魅力的な女性だったのかは知りません。男性二人がぶつかるのは珍しいことでもないでしょう。ただ、六人部さんはあなたに好意を寄せている、と思っていたんです」

彼女は、ほんの少しだけ右に首を傾げた。

「どうして有栖川さんがそんなことをおっしゃるのか判りません。従兄さんのお友だちとして六人部さんと会ってから何年にもなりますけど、そんなことは考えたこともありませんん」

「そうですか。気にしないでください。私の思い過ごしかもしれません」

──好きでしたよ。ほのかに、ね。

六人部は私にそう言った。

──朱美ちゃんに求愛する資格はないな、僕には。『若きウェルテルの悩み』が愛読書の僕とは釣り合わない。

とも。

そんな彼の想いを、私がべらべらと告げ口するつもりはない。立場が反対だったら、して欲しくないことだろう。

「とてもいい方ですよ。六人部さんも中村さんも。六人部さんは優しいし、中村さんは頼りがいがありそうだし。でも、恋愛感情とは別物です。なんていうことを、私が言うのも口幅《くちはば》ったいですね。お二人からしたら、私なんて面白味もない子供にしか見えていないと思いますよ」

　彼女がまだ子供なのだとしたら、四つ五つ年上の彼らだって似たようなものだ。無邪気に夕焼け研究にいそしむ男の子にすぎない。

「大野さんを巡る三角関係が事件の動機じゃないか、と有栖川さんが疑ってかかるのはよく判ります。詳しいことが知りたければ、従姉さんにでも中村さんご本人にでも後でお尋ねになったらいいと思います。きっと、ありのまま正直に答えてくれるでしょう。でも、私の目に映ったかぎりでは、その三角関係というのは殺人事件に発展するような深刻なものではありませんでした。大野さんの両腕を二人が摑んで力まかせにひっぱり合ったりしていなかったんですから。中村さんが大野さんに好意を寄せて誘いをかけた。大野さんはそれに適当に応じながら、六人部さんを誘惑するようなことをした。それで中村さんが自尊心を傷つけられて大野さんを詰《なじ》って、六人部さんにも抗議をした。抗議なんて言い方をしたら、スポーツの試合みたいでおかしいですね。どんなやりとりがあったのかは知りませんけど、決闘をするほどのことではなかったはずです。事件前日のいさかいだって、それを直接目撃した升田さんと従兄さん以外の人は気がつかなかった程度のことです。夕食の席でも、その後でも三人は普通に談笑していましたし」

「そんな様子もビデオに映っているかもしれないな」

　不意に背中で火村の声がした。

「おったんかよ。忍者みたいに気配を消してたな、先生。もう現場検証はすんだんか？」

「ああ、もういい」

「波音の向こうから犯罪の声は聞こえたか？」

「いいや」と彼は首を振る。「潮がやかましくて、犯罪の声も、海底に沈んでいく坊主の念仏も聞こえやしない。――そろそろ車を借りて、出かけよう。のんびりしてたら日が暮れちまう」

まだ二時過ぎだ。太陽は南西の空高くにある。

「よく晴れていますね。雲が見えてませんから、目玉焼きみたいに見事な夕陽が見られそうですよ」

朱美が手をかざして、遠い海を眺めながら言う。

「水平線についた瞬間に、ジュッて音がするような夕陽。あの日と同じような……ぞっとするような……」

その夕陽を目指して、死出の舟旅に出た僧侶《そうりょ》らのことを想う。人は何故、そこまでして祈りを捧げるのだろう？

祈ること。それは、探偵が真相を求める情熱に似ているか？

3

亜紀に教えられたすさみ幹部交番は、警察署といういかめしさに無縁のこぢんまりとした建物で、私が知っているとある小出版社と似たたたずまいをしていた。国道沿いに標示が出ておらず、脇にパトカーが停まってもいなかったなら見過ごしてしまいそうである。初めて間近で見た和歌山県警《わかやまプリフエクチヤー・ポリス》のパトカーには、WPPというイニシャルとWをデザイン化したロゴマークが入っていた。よその地方では、そんなマークなんて見た記憶がない。

受付で来意を告げていると、それを耳にしたのか一人がすっくと立ち上がった。薄くなった頭髪をなでつけたその年嵩《としかさ》の男性こそ、私たちの相手をするべく待っていてくれた武智巡査部長だった。もう定年まで片手で指折って数えるぐらいの年齢ではなかろうか。頬や口許の肉がたるみ気味の、ややのんびりとした風貌に、私はひと安心した。露骨に迷惑がられては、気が引けてしまう。

武智巡査部長は——垂れたような上唇と首を突き出した感じが誰かに似ている——丁重に迎えてくれた。素人がよけいなことに首を突っ込んできやがってと不愉快に思いもしなければ、仕事の手を止められることを疎ましく感じているふうでもない。もちろん、船曳警部がしかるべきルートで話を通してくれていたからだろうが、「行き詰まっていますから、風穴を開けるような助言をいただければ幸いです」という挨拶は、彼個人の本音のようだった。事件解決が長引いた場合、捜査本部は解散しても所轄署に特別捜査本部が残る。武智は、和歌山県警本部の捜査一課の担当刑事とともに大野夕雨子を殺害した犯人を追い続けているのだ。

私たちは二階に案内される。まずはここの長にご挨拶か、と身構え直したのだが、彼の上長は公務で県警本部に行っていて不在とのことだった。それなのに私たちをここに通したのは、どっしりとしたデスクの前に応接セットが備わっているためらしい。私たちをソファに掛けさせると、武智は「資料を取ってきますわ」と出ていく。彼を待っている間に、事務員らしい女性がお茶を出してくれた。それを啜っているところに、三冊のファイルを抱えて巡査部長が戻ってくる。

「事件の概要についてはご存知でしょうし、ここでこれだけのものに細《こま》こう目を通すのもできんでしょうが、一応、お持ちしました。先生方は宗像さんのところからいらしたんでしょう。それやったら、こんな調書を読むまでもなく、関係者らにじかに話を聞けるわけですわね。そういうところは措いといて、まぁ、このファイルに綴《と》じてある写真などご覧ください」

私と火村は顔を並べて、現場写真に見入った。場所は、まごうかたなく、つい二十分ほど前まで私たちが立っていたところだ。背景になっている崖の岩肌や瘤《こぶ》の様子にははっきり見覚えがある。二十分前に見た光景と違っているのは、そこに大野夕雨子の遺体が転がっていることだった。遺体はうつ伏せになって、砂に顔を突っ込むようにしており、両腕両脚はてんでんばらばらの方向に投げ出され、花柄のスカートの裾がまくれ上がっている。赤みがかった茶色に染められた豊かな頭髪も、五本の指を思い切り開いたような形で砂の上に広がっていた。後頭部の髪の間から裂傷が覗いているが、目をそむけたくなるほど惨《むご》たらしいものではない。被害者の髪の量感や色、ヘアスタイルのせいで傷が隠れているからそう感じたのだろうが、火村のフィールドワークに立ち会ううちに、こんな写真にかなり慣れてしまったせいかもしれない。崖の上から落とされた焼き芋形の石は、被害者の腰の左脇に転がっている。遺体が掛けていたディレクター・チェアは崖に対して四十五度ぐらいの角度になっている。遺体が崩れ落ちる際に、ずれて向きが変わってしまったのだろう。右下隅、被害者の右手のそばに何か落ちているな、と注目すると、文庫本らしい。裏表紙しか見えていないが、『楼蘭』なのだろう。

二枚目の写真は、角度を違えて被害者の全身を写したもの。三枚目も同じく。その次は、頭部の破裂傷を接写したもの。愉快ではないのをこらえてよく見ると、同じような大きさの傷が重なるように二つついているのが判った。やはり彼女は、二度殺されたのである。次の写真は、その傷の原因となった例の石だ。その表面にはわずかな血痕が遺り、長い髪の毛が数本付着していた。二十枚近い写真をすべて見終えて火村がファイルを置くまで、武智は右手に湯呑み、左手に茶托《ちゃたく》を持って黙っていた。

「二つの傷の形状は少し違いますね。下になっている方、つまり被害者を絶命に至らしめた第一の傷の方は丸みを帯びた石なんかではなく、細長い棒状のものでできたように見受けられるんですが」

火村はさすがによく観察していた。

「おっしゃるとおりです。検視の結果もそうでした。凶器は発見できないままですけれど、付近に落ちていた流木のたぐいやと私たちは見てます。犯人はそいつを海に投げ棄ててしもうたんでしょう」

「傷口から木片が検出されたんですか？」

「ええ、微量ですが。それだけでなしに、もう一つ根拠があるんですわ。——事件当時、滞在客の中にビデオカメラで色んなものを撮影していた人物がおったんです」

「升田さんですね。今夜、その時のビデオを持ってこちらにきます」

「ああ、そうでしたか。では、ビデオをよーく観てみてください。被害者がこの世に遺した最後の姿が写っています。升田氏が『ご機嫌よう』とか言って彼女と別れる場面がありましたね。その時、西瓜《すいか》割りに使うのにもってこい、というふうな流木がちらりと写るんです。彼女がいた場所から南西方向に六、七メートル離れたあたりでした。それが、遺体発見時にはなくなっているんです。潮は引いていましたから、波にさらわれたわけはない。野良犬がやってきてくわえて持っていった可能性もまずないので、犯人が凶器に使った後で処分したとも思われます」

「そんなものが凶器だったとすると、かっとなって発作的に行なわれた犯行のように聞こえますね」

　私が感想を述べると、武智は頷いた。

「計画殺人には見えませんな。断定はできませんが」

「被害者は後ろから殴られている」火村は自分の後頭部を軽く叩く。「座っていた彼女の背後に犯人がそっと回り込み、凶器を振り下ろした、というのは不自然な状況ですね。彼女が掛けていた椅子と崖の岩肌とは一メートルほど隔たっていますが、岩が突き出していて足場が悪い」

「肩を揉んであげよう、とでもいう口実で後ろに立ったのかも」と私が言うと、

「どうかな。激情に駆られて発作的に殴った、という感じじゃなくなるぜ。それに、長い棒を振り回すには、そんなところに立つのは窮屈すぎないか？」

「としたら、被害者が後ろを振り返った瞬間に殴打したのかも」

「その方がしっくりくるんだけど……」

　火村は語尾を曖昧にして資料に目を戻す。ページを規則的なペースでめくりながら、速読しているらしい。器用なことに、目玉を猛スピードで左右に動かしながら、武智に質問を投げていく。

「傷は二つだけですね？」

「二つです。流木で殴っておいてから、とどめに石を頭にぶつけた、と最初は思うたんです」

「とどめを刺すのなら、流木で繰り返し殴ればすむことだ」

「わざわざ凶器の流木を石に持ち換えるのも妙ですからね。しかし、もっと妙なことは、その石が現場の近くに転がっていたものではのうて、崖の上にあったものやということです。――そのへんのことは、お聞きですね？」

「はい。吉本さんという退職なさった警察官の信頼すべき証言があるということですね。

崖の上であの特徴のある形の石を確かに見た、と」

「犯行が浜で行なわれたことは疑問の余地がありませんから、犯人は流木——これが凶器だというのは推定ですが——で被害者を殴り殺した後、崖の上に上がって石を調達したことになります。現場を検分なさったら判ることですが——」

「行ってきたところです」

「ああ、そうですか。なら、お判りでしょうが、犯行現場から崖の上によじ登ることはできません。道もない。いったん、宗像さんの別荘まで戻り、そこから国道に上がるしかないんです。崖の上と下とは、直線距離にしたら五メートルそこそこしかありませんが、ぐるっと迂回《うかい》するとなると、足場が悪くて起伏の大きな道をざっと二百メートルは歩かなくてはなりません。時間にしたら、五分以上はかかるでしょう。とどめを刺す石を探しに、犯人が崖の上に行ったとは考えにくいことです」

その問題について、ここで討論をしても益がないとみたらしく、火村は深入りを避ける。

「被害者は即死に近い状態だったんでしょうか？」

「多分、即死であったろうということです」

「それなのに、とどめですか。判りませんね」火村はページをめくり続ける。「ああ、ここに吉本さんの証言が載っていますね。石の件については、随分とはっきりしたことをおっしゃっている。不審な物音を聞いたこともないし、不審者を目撃してもいない、か。付近でも不審者の目撃証言はなかったということですね？」

「皆目ありませんでした。密入国者の線を言う捜査員もおったんですけれどねぇ」

　火村が顔を上げる。「密入国者とは？」

「このあたりには、ちょくちょく中国からの密入国者が出没するんです。それだもんで、大野夕雨子さんにまずいところを見られたその関係者が彼女をとっさに襲ったんではないか、というわけです」

「中国からの密入国者が、こんなところから上陸してくるんですか？」

　意外だったので、思わず問い返した。日本海や九州の沿岸なら判るが、大陸からわざわざ四国沖を通って紀伊半島までやってくるとは知らなかった。

「きますとも。監視事務所が設置されているぐらいですよ。ここから上陸して、大阪方面に向かうんですな。ちゃんとルートも段取りも決まってるんでしょう。沖合まで船でやってきて、泳いでくるんですよ」

「しかし、彼らは白昼に堂々と遠泳をして上がってはこないでしょう」火村が言う。「事件があったのは、晴れた昼下がりです。密入国者のしわざとみるのは無理がありませんか？」

「事件のひと月前に十人ほどのグループが検挙されたんです。その後やったんで出た説ですよ。被害者が密入国の現場を目撃したことはないだろうけれど、それを手引きしている人間が不審なことをしているのを見てしまったのではないか、という想像です。しかし、その線からは何も浮かんできませんでした」

火村は二冊目のファイルを手に取る。

「外部犯行説も検討された、ということですね。それが消し込まれたとなると、やはり当時、別荘に滞在していた人間の中に犯人がいるという見方が固まったわけですか？」

「そういうことになります。皆さん、そんな事情を察して、捜査には協力的な態度で臨んでくれましたよ。まぁ、先生ならよくご承知でしょうけれど、真犯人が容疑の網の中に入ったら、後は丁寧に根気よく調べていけば解決にたどり着けるもんですわね。それがそうならんかったんです。どうにも絞り込むことができなくて」

武智は哀《かな》しみをたたえた表情をして、首をゆっくりと左右に振った。彼が誰に似ているのか、はたと気がついた。それは人ではなく——海亀だ。

「誰かに目をつけるところまではいったんですか？」

「いやぁ、目をつける手前ぐらいでしょう。多少、臭いと見られていたのは山内陽平ですかね。六人部、中村を怪しむ声もありました」

大野夕雨子の別れた恋人であった山内に、殺人の嫌疑がかかったことは正明や升田から聞いていた。六人部と中村についても、三角関係に起因しているらしい前日の喧嘩が疑惑を招いた、と升田が話していた。

「しかし、結局はその三人のうちの誰かが真犯人であると決めつけることはできませんでした。事件当日の彼らの行動には空白の時間帯があって、アリバイを完全に主張できる者はおらんかったんです。けれど、凶器を筆頭に物証が出てこないことには逮捕状なんか取れたもんやありません。三人と被害者の関係には摩擦が生じていたようではあるものの、殺害の動機としては薄弱でもあった。山内陽平は被害者と円満に別れ、その後も友人として親しくしていたということでしたし、六人部や中村との喧嘩もちょっと大声で口論をした、というだけのようで、ただちに殺しに結びつけるのはためらわれました。そんなふうで、犯人逮捕の端緒《たんしょ》がつかめんかったんです」

武智は再び、産卵する海亀のような哀しげな顔になっていた。そんな表情を作るのが癖になっているらしい。冠婚葬祭の葬向きだ。

「大野さんと山内氏は円満に別れ、その後もいがみ合ったりしている様子はなかった、という話を私たちも耳にしています。それなのに、彼が疑わしく思われた根拠はあるんですか？」

「アリバイ……ということですかな。彼は、午後五時から遺体発見の後までのアリバイが立証できませんでした。それがひっかかるんです。というのも、五時に吉本さんが崖の上から去る時に、問題の石はちゃんとそこにあった、と言明しているからです。当然、われわれは五時以降のアリバイについて重大な関心を寄せました」

「中村さんにも五時以降のアリバイはなかった、と聞いているんですが」

「ええ、そうでした。ただ、中村の場合は山内と違って、五時からずっと姿が見えなかった、というんでもなくて、アリバイがないのは、十分ほどの間のことなんです。十分では、岬の方まで行って石を落として戻るのにはぎりぎりの時間です。不可能ではないが、なかなかきつい」

「山内氏は、その間どこにいたと話していたんですか?」

「気分転換に一人で車に乗って、見老津《みろづ》の先まで散歩に行っていた、ということです。見老津というのは、国道を南に十分ばかり走った隣りの町です」周参見の次の駅である。

「江須崎《えすざき》に展望台と日本童謡の園という公園がありまして、そこで一服して引き返した、と言うんですけれども、残念ながら裏は取れていません」

「彼がそんな時間にふらりと車で散歩に出たことを、不自然だと言う関係者はいませんでしたか?」

「いや、それはありません。彼は出る際に『ちょっとぶらぶらしてくる』と、何人かに声掛けていて、『夕食は七時だから、ごゆっくり』と真知さんに言われてもいました」

「山内氏の話がここに載っていますね。『江須崎では童謡の歌碑を見て回り、ベンチで半時間ほどぼんやりしていました。別荘に戻ったのは、六時五分過ぎです。夕雨子の遺体が発見されていて、大騒ぎになっていました。信じられない思いで夕雨子の亡骸《なきがら》のもとへ走っている時、パトカーがやってくるサイレンの音が聞こえました』」

「私が乗ったパトカーです。現場で見た彼は茫然《ぼうぜん》自失といった体でしたが、それも自然な反応ですから、特に変わった様子でもなかった」

火村はしばらく黙って、三冊目の資料を読み進んでいった。明るい窓の向こうから、潮のざわめきが聞こえている。浜辺で見た時よりも、太陽は低くなってきていた。その光を背中で受けてる武智は、剝製《はくせい》――海亀の？――になってしまったかのようにぴくりとも動かず、火村の次の質問を待っていた。が、やがて長くなった沈黙を破る。

「しかし、その山内陽平が大阪で殺されたとなると、どう考えたらええんでしょうなぁ。二年前の殺しの犯人の手に掛かったと見るべきなのか、二年前の犯人だった彼が誰かに仇《あだ》を討たれたのか。はたまた何の関係もないのか」

中国からの密入国者のしわざでないことは確かだろう。

犯罪学者は応えず、一冊目のファイルに手を伸ばして現場写真を見返す。武智は「必要な分だけでも、コピーを取りますか？」と親切に言って、火村は「では、遺体が写っているものを全部」と申し出る。どうやら彼にとって、その写真がここでの最大の収穫のようであった。

最後に武智は、吉本元巡査長に電話を入れてくれた。

4

定年退職後の吉本は、インテリア用品店を経営する長男夫婦とともに暮らしていた。その店舗兼住まいは、紀勢本線の線路に沿って少し大阪寄りに戻ったところにあり、警察署から車でものの二、三分しかかからなかった。狭い町なので迷うこともなかっただろうが、吉本は律儀に店の前に立って私たちを待っていてくれたのに恐縮する。

「武智さんからように聞いてます。狭苦しいところですが、どうぞ」

はきはきと大きな声を出す。ちょっと変わった雰囲気のご隠居だった。聞いていた話からすると、年齢は六十二、三のはずだが、もっと高齢に見える。しかし、単純に老けているというのではなく、皺は深いが肌の色艶はいいし、にこっと笑った顔などは童《わらべ》のように無垢《むく》な感じもする。元警察官といういかめしさや険しさは微塵もなく、仙境に入りかかっているかのごとき面立ちだった。

二十坪ほどの店内には籐《とう》製品やら観葉植物が雑多に陳列されていたが、どれも長い間店《たな》晒《ざら》しになっている商品ではない、と何とはなしに察せられる。息子夫婦の商売は順調のようだ。壁には、インテリア吉本という名入りのカレンダーが掛かっている。ご隠居は籐椅子を脇によけて通路を確保し、店の隅の接客用丸テーブルの方へ私たちを導いた。

「息子も嫁も配達に出てますんで、ここで失礼させてもらいます。まぁ、お客もこないでしょうが、店を無人にするのはどうも気色が悪うて」

申し訳なさそうに言いながら、お茶を淹れてくれた。礼儀として口をつけたが、喫茶してばかりいるような気がする。

「高校を卒業してすぐ警察に奉職し、四十余年、お世話になりました。若い頃は交通課におったんですが、三十代四十代はずっと外勤です。駐在所勤めを十年やりましてな。まだ家内が元気だった時分です。定年間際は串本署の生安課にちょこっとおりました。表彰状には無縁でしたが、まずは大過ない警察人生でした。今の楽しみは孫と遊ぶこと、下手な絵を描くこと、たまに警友と会って飲み語らうことぐらいですか」

吉本は福々しい笑みをたたえて、のんびりと話しだす。おそらく、出世を目指してがむしゃらになることのない警察人生だったのであろう。生涯一巡査長ということからも、それが窺える。

「しかし、楽隠居をしているだけでもありませんよ。店番もすれば、車で配達をすることもあります。いたって元気ですから。退職前からだんだんと耳が遠くなってきたことだけ、ちっと不自由に感じてるんですがね」

彼の声が大きいのは、耳が遠くなっているせいなのだろう。

「二年前に浜で女性が殺された事件について調べておいでだそうですね。知っていることは何でもお話ししますよ。と言うても、大したことはしゃべれないと思いますがの」

「ありがとうございます。——事件の当日、吉本さんは殺人現場のすぐ近くで写生をなさっていたそうですが——」

質問が終わらないうちに、元巡査長は「はいはい」と頷く。

「そうなんです。巡査をしておった時に扱うたのは、夫婦喧嘩の仲裁や密猟者の取り締まりやらばっかりで殺人事件は一件も扱わんかったのに、辞めてからそんなものに関わるとは、判らないもんです」

吉本は当日のことを、順を追って語ってくれた。午前中、彼は籐の衣裳《いしょう》ケースと椅子を串本市内まで届けた。周参見から引っ越していった古い馴染み客の注文だった。風邪気味なのを押して息子が行こうとするのを止めて、ドライブがてらに配達を彼が引き受けたのだ。串本までは片道三十分ほど。正午前に荷物を届け、駅前近くで昼食をとり、商店街をひやかしてから周参見へと戻る。しかし、まっすぐに帰宅するつもりは最初からなく、かねて目をつけていた岬で車を停めて絵を描くことにしていた。そのつもりで、「夕方頃に帰る」と嫁に伝えていたし、イーゼルと水彩画の道具も積み込んでいた。

「岬に着いたのは、二時前です。この時間は正確か、と何度も尋ねられましたけれど、三時間描いて切り上げたら五時やからちょうどええ時間かな、と思ったのでよく覚えとります」

「岬の先端近くに駐車したんですね?」と、火村は確認する。

「はい。行き止まりで停めました。それから画材を持って、構図のええところを探しました。イーゼルを立てたのは、三十メートルほど引き返したところです。南を向いて、宗像さんの別荘——その時は持ち主の名前など知りませんでしたけど——を入れた絵を描くことにしたんです。岬の真ん中あたりですね」

「殺害された大野夕雨子さんは、その時にもう崖の下にいたかもしれないんですが、お気づきになっていましたか?」

「いいえ。下を覗き込んだりしませんでしたから」

「物音や声を聞いたりもしなかったんですね?」

「何も聞いていません。もっとも、先ほど申したとおり耳が遠くなっていますから、その点はお含みくださいよ」

「そうします。――それから五時までの三時間、吉本さんはずっと動かず絵を描いていらしたんですか？」

「はい。時々、筆を休めて海を眺めたりもしましたが、同じところにいました。暑かったんで、喉が渇くことを見越して、缶ジュースなども途中で買い込んでいましたしね」

その三時間の間、岬には彼一人きりだったという。野良犬一匹、ふらふらと迷い込むこともなく。めったに人が立ち寄る場所ではないのだ。

「耳が遠くなっとっても、それだけは自信を持って言えます」

彼は強調したが、それはさして重要なポイントでもない。問題なのは、遺体の上に投下された石が五時まで崖の上にあったという証言の方だ。こちらについても、彼は太鼓判を捺《お》す。

「実物を見せてもらいましたけど、あれは間違いなく私の車の脇に転がっていた石ですよ。五時になって帰る時にも、ちゃんとありました。視力は確かです。それに、こう言うのは面映《おもは》ゆいんですが、これでも日曜画家ですからね。見たものの形をきちんと捉える目は持ってるつもりです」

その目を尊重するのに、やぶさかではない。写真で見た凶器の石は、なるほど印象的なフォルムをしていた。

「私の証言は大きな意味を持つことになったようですね。犯人が遺体の上にそいつを落としたのは、五時よりも後やということになったそうで。その件については、元警察官ながら捜査員からうんざりするほどしつこく問い返されました。今も返事を改める気はありませんよ」

「この事件が解決した時、吉本さんのその証言がいかに貴重なものだったか明らかになるでしょう」

火村がそう言うと、彼は満足そうに頷いてみせた。気をよくしたのだろう。

「ところで、別荘の方を向いて絵をお描きになっていたのなら、そこに滞在していた人たちの姿を見かけたりなさったんではありませんか？」

「ええ、少しは見ましたよ。釣り竿《ざお》を担いで出入りする人や、車で出入りする人やら。しかし、詳しいことを覚えていませんよ。絵に没頭していましたから。それに、別荘の向こう側は死角になって見えませんでした」

「遺体が見つかった方角から別荘に向かって、誰かが戻ってくるという場面はご覧にならなかったでしょうか？」

「そんな怪しげな奴を記憶してたら、いの一番に警察に話してますよ。私は見ていませんね。もっとも、そんな人間は絶対におらんかった、と断言するつもりはありません。キャンバスやパレットに目がいっている時に、誰かが岬の陰から現われて砂浜をひょこひょこ横切った、ということもありうる。それは否定しません」

火村は人差し指で、下唇をそっとひと撫でした。

「その日、吉本さんが岬で写生をするのを事前に知ることができた人物はいますか？」

「おりません。画材を車に積むのを見ていましたから、写生をしてくることぐらい嫁には判ったでしょう。しかし、どこで描くかは私の心の中だけにあったことです」

「では、あなたが岬で写生をしていることに、別荘の人たちは気がついていたんでしょうか？　あなたから彼らが見えたのなら、彼らもあなたを見ることができた道理ですよね」

「見えていたでしょうな。ま、それについては、別荘にいた方たちにお確かめになってください。少なくとも、手を振ってあちらの方にご挨拶したようなことはありません」

「密入国の関係者のしわざではないか、という説も出たと聞いていますが」

「それはないでしょう。お天道様《てんとさま》がぎらぎら照ってる昼日中に、密入国を企てる人間がいるもんですか。よしんば、下見をしにきたのがおったとして、それを被害者に見られたんやとしても、何も手荒なことをする必要はないわけですしね。もちろん、私はそれらしい人間を見たりしていませんよ」

　火村が繰り出す質問は、これまでに間接的に聞いていたことを確認するものがほとんどで、意表を衝《つ》くような気の利いたものは出てこない。吉本の答えも、ほとんど既知のものだ。私はもどかしく感じたが、かといってユニークな質問を思いつきもしなかった。

　結局、私はほとんど口を開くこともなく、二十分ほどで訪問を切り上げた。ご隠居、いや、店の手伝いをなさるそうだからそう呼ぶのは不適当か――元巡査長は、「訊きたいことがあったら、お気軽に連絡してください」と電話番号を教えて、送り出してくれた。

「やっぱり、二年も前の事件を調べるのは容易なことではないな。まして、警察の捜査が暗礁に乗り上げてるような難事件となると」

　私は助手席でシートベルトを締めながらこぼす。火村は成果の乏しさに落胆というふうでもなかった。

「まあ、出だしはこんなものだろう。現場を踏んで、写真を見たおかげで違和感の輪郭が明瞭《めいりょう》になってきた」

「違和感の輪郭が明瞭になるというのは、いよいよわけが判らなくなってきた、ということやないのか？」

「大いに違うね。——さて」エンジン・キーをひねって「中村満流氏が着くまで、少し時間があるな」

「観光にきたわけやないけど、ぐるっと回ってみるか？　そうや。事件があった時、山内さんが行っていたという童謡の園とかいうところへでも」

「決定」

　見老津の先だというから、国道を南に向かえばいいのだろう。ドアポケットに道路地図が入っていたので見ると、案の定、一本道だ。駅前を通り、海岸に沿って別荘の方へ戻った。吉本が絵筆を走らせていた岬と別荘を通り過ぎる。道は上りになっていて、海の見晴らしがよくなっていった。〈イノブータンランド・すさみ〉と書かれた瀟洒《しょうしゃ》な建物があったので、少しばかり道草をする。王城に見立てた道の駅だった。地元の観光案内や特産品の販売をしているのはいずこの道の駅とも同じだったが、貴賓室なる一室に大王と王妃の人形が鎮座しており、壁には王国の誕生から現在までを紹介した新聞記事の切り抜きやら、王国の歌、年度行事の一覧などが飾られていた。なかなか楽しい。ツチノコを捕まえた方に王国から賞金、というポスターまで貼ってある。あの手この手で観光客を誘致しようとしている努力が窺える。風光明媚《めいび》で海の幸に恵まれ、マリンスポーツにも適した周参見町だが、白浜と串本という二大観光地に挟まれて、ここはここで苦労が多いのかもしれない。ツチノコを生け捕りしたら賞金百万円とイノブタ一頭、死骸発見者には五十万円、脱け殻だと三十万円、か。めったなことでは出ない賞金と判断しているみたいだ。しかし……畏《おそ》れ多くないのか、王国の臣民がイノブタを副賞にして？

酒のつまみやおやつになるものを売店で買い込んで車に戻った。畜産試験場を左手に見て、トンネルを抜け、少し走ると今度は展望台とレストランがあった。時間があるので、また停車する。もっとも、運転者が意地汚く何でも観たがる私だったなら、あまり時間がなくても、車を停める。〈婦夫波《めおとなみ》観潮・恋人岬〉という、大きな木の看板が立っていた。道の駅の観光案内ビデオで紹介されていたスポットだ。ここにしかない変わった波が観られるところだとか。

海に突き出した展望台には数人の見物人がおり、カメラのシャッターを切っている。眼下を見下ろすと、なるほど、珍しい景色があった。展望台の真正面には陸の黒島と呼ばれる岩だらけの島が浮かんでおり、ここ恋人岬の鼻先との間に、幅百メートルばかりのささやかな海峡ができている。そこに右と左から静かに波が寄せているのだ。人の字の形を描いた二つの波は、中央部でぶつかって白く泡立つ。水の透明度が高いので、清々《すがすが》しい眺めだ。

「いったい、どうしてここでみんな記念撮影をするんだろうな」

二時間ぶりぐらいに煙草をふかす火村は、周囲の見物人に聞こえないように小声で言った。

「どうしてって、景色が素晴らしいからやないか。ここの場合は、珍しいという要素も加味されている。遠出をした記念に写真を撮るんやから、何の変哲もない崖やら公衆トイレを背景にする奴はおらん」

「いや、そういうことじゃないんだ。記念写真をパチパチ撮るっていう趣味は俺にはないけど、それがごく自然な楽しい行為だということぐらい理解できてる。今立ってるここが、撮影ポイントだってのも了解できる。ただ、ふと思っただけさ。ここに展望台があって、〈婦夫波〉なんて看板が出てるからこそ、みんなシャッターを押すんだろうな、と」

「悪いか?」

「悪かないさ。ここが見所ですよ、見逃しては損ですよ、という親切心から看板を立てているんだろうから。しかし、こういうものがまるでなかった方が、あの波と向き合った時の喜びが大きい、と想像することもできるだろう?」

明媚な風景に対する火村の理解は、浅いと言わざるを得なかった。そういうものではないのだ。

「美しい景色、驚くような眺めを自分自身で発見する自由が欲しい、というわけやな。なるほど、言いたいことは判る。けれど、そんな自由は無限に保障されてるやないか。雑草の葉にのった朝露にでも、砂浜に半分埋もれてるビール瓶の欠片にでも、路地に生えてる苔《こけ》にでも、きれいやと思えばごく個人的な絶景になって、自由に感嘆できる。感受性の鋭敏な人間ほど、そんな極私的絶景をたくさん持てるやろう。ここで記念写真を撮りましょう、と提案された観光名所は、それとはまた別物や。観光名所の景色には、万人に訴求するエネルギーが必要になる。極私的絶景から抽出された多様な美意識が、器が大きくて懐が深い景色に投影されたところに名所が成立する。名所となったら、大勢の人間が遊山にやってきて歓喜の声をあげる。文人墨客《ぶんじんぼっかく》が歌に詠み、絵に描く。凡俗な観光名所見物なんて低級なことは真っ平ごめんや、という人間はパスしたらええけど、名所見物というのは、あてがわれた美を喜ぶだけの貧しいもんでもない。エネルギーのある風景をみんなでおだてて寿《ことほ》ぐ、という行為を楽しむものなんやから。——うーん、大学の先生に講釈たれるっていうのも気持ちええな。観光社会学者とか名乗って、日本中フィールドワークして回ろうかな」

火村はくわえ煙草のまま私の顔を見ていた。呆気にとられているようだ。

「まいったな。原稿用紙一枚分以上しゃべりやがった」

「一万円分しゃべったわけか」

「嘘つけ、お前の稿料そんなにするか。——斬新《ざんしん》な見方を提供してくれて感謝するよ。京都に帰ったら、さっそく市内観光バスに乗ってみるわ」

いい心掛けだ。しかし――ここの観光名所については不満もある。婦夫波はいいとして、恋人岬はきついだろう。江戸時代からそう呼ばれている、というのなら文句はつけないが。ネーミングはいいとして、〈ここへ小便するな〉と、でかでかと書いた看板を何枚も掲げることはないだろう。望遠鏡の脇の、〈釣り人の昼下がりの情事が見える事もある〉に至っては、過剰にロマンチックな岬の名前とのギャップに言葉を失う。また、〈LOVER'S CAPE〉なる大きな看板が立っているが、英語がからっきしの私の目にも、そこに書かれた英文は大胆なまでにヘンテコに思えた。――観光地をかばうのも、ほどほどにしよう。

「じゃあ、童謡の園とやらを寿ぎに行くか」

火村は苦笑しながら、煙草を灰皿に投じた。

フェニックスロードという愛称がついた道を南に下る。フェニックスの並木が続く右手の下の方に紀勢本線が走っているらしく、ガタガタと線路が鳴っていた。奇岩が多い入り組んだ海岸線が、別荘のあたりからずっと連続しているのが見えている。鉄道がトンネルに入るところで、道路は線路を乗り越えて再び海側になり、下っていくと見老津の小さな駅があった。二車線の国道を挟んだ正面はすぐ海。これほど海に近い駅は、紀勢本線の中でもあまりないだろう。通り過ぎざまに見ただけだが、どうやら南紀枯木灘海洋生物研究所なるいかめしい名前の施設が、駅と一体となっていた。おそらく、そんなことも鉄道マニアの間では有名なのかもしれない。

さらに五分ほど走って、右折する。亜熱帯植物をこんもり繁らせた江須崎という陸続きの島へ続く道だ。日本童謡の園は、島へ渡る橋の手前にあった。駐車場も広く、よく整備された公園だ。緑豊かな園内には、青い海を背にして、童謡をモチーフにした十のモニュメントと詩碑が点在していた。歌は『赤とんぼ』『うみ』『鳩ぽっぽ』『七つの子』『てるてる坊主』など、日本人ならみんなが愛唱したことがあるものばかりだ。童心を甦らせてほっとする場所ではあるが、男二人でやってくるにはあまり似つかわしくない。――まぁ、恋人岬よりはましか。

ひと回りして、別荘に帰ることにする。陽は傾き、西の空は茜《あかね》色に、海上のちぎれ雲は紫色に染まりだしていた。気がつくと、もう四時半を過ぎている。

「犯人は、大野夕雨子の背後に回って凶器を振り上げたんじゃない」

海の方を眺めていたら、火村が呟いた。独白らしいが、無視できない。

「ああ、それは俺にも判る。すぐ一メートル後ろが崖で、おまけに岩だらけで足場が悪かったから、犯人が彼女の背後に回るのは不自然や。回れたとしても、長い棒状の凶器を振り回す空間がなかった。ということやな。そこから、被害者が後ろを振り返った時に殴ったのではないか、と推測できる。発作的な犯行らしいから、被害者と犯人は口論をしたのかもしれん。それで、被害者が『とっとと失《う》せなさい』とか言って、くるりと振り返ったところを一撃した」

どさりと、砂に顔を埋めて昏倒《こんとう》する大野夕雨子の姿を思い浮かべる。

「……待てよ」

私は、額に手を置いた。それではおかしくないか？　考え込む私を見て、火村はにやりと笑う。

「お前の想像は正しい。殴られた時、被害者がどんな姿勢をとっていたか不明だ。ただ、ちょっとそっぽを向いたところを殴打したぐらいだったら、後頭部にあんな傷はつかない。立ち上がって口論していて、『とっとと失せなさい』とでも叫んで、ぷいと振り返ったところを一撃されたんだと思う。そして、被害者はその場に倒れた。――しかし、それだと辻褄《つじつま》が合わないことになるよな」

「ああ、そこまではええとしても、後がおかしいな。椅子に掛けている被害者の頭めがけて、何者かが崖の上から石を投げ落としたと思うてたのに、そうではなかったことになる。崖の上の何者か――以前、俺が使った表現でいうとY――は、絶命して砂浜に倒れてる被害者の頭を狙って石を落としたことになる……のか？」

「違うな」

「それは難しい、と？」

「難しいだけじゃなくて、写真で見た現場の状況と合致しない。倒れている遺体の頭にうまく石が命中させられたとしたら、石は頭部のすぐ近くに転がるだろう。ところが、写真ではそうじゃなくて、石は腰の左脇にあった。どうやって説明をつける？」

私は窓を向いて考える。フェニックス並木の間から望む落日の海が美しい。

「腰の左脇か。椅子に掛けている被害者の頭に石が落とされたんやとしたら、そのあたりに転がるのも自然やな。つまりこういうことか。犯人Xは、被害者が立って振り返ったところを殴殺した後、遺体を椅子に座らせておいた。そして、人形のように椅子に掛けさせられた被害者の頭めがけてY——これはXと同一人物である可能性もある——が石を投げ落とした」

「よくできました。俺もそんなイメージを浮かべている」

「それはどうも。となると、どうしてXは被害者を椅子に座らせたりしたのか、という渋い謎が残るな」

「そう、渋い謎」

「宿題か」

別荘に帰り着くと、亜紀と朱美は「朱美、そっちの味、みた？」「みたけど、判らない」「何でよ」とか、賑やかに言い合いながら夕食のしたくをしていた。どちらかが不慣れなのか、あるいは流儀が違っていて混乱しているのか判らない。どうやら、パスタを茹でているようだ。

「あら、お帰りなさい。調査はいかがでしたか？」

スパゲティトングを手にした亜紀がこちらを向く。火村は「順調ですよ」と答えた。

「それは結構ですね。期待しています」

彼女は晴れ晴れとして言う。調査の成果が実った時、ごく近しい人間が殺人犯人として名指される公算が大きいことは承知しているはずだろうに。今は考えないようにしているのかもしれない。

「ついさっき中村さんがお着きになりました」朱美が言う。「部屋に荷物を置いたら、さっそくカメラを持って出て行きましたけれど」

火村は車のキーをテーブルに置いて「どこへ？」と訊く。

「岬と反対側の浜です。『すごいぞ。今日のもおいしい』と喜んで、夕焼けを撮りに。もうすぐ先生と有栖川さんがお帰りになりますよ、と言ったんですけど、夕陽の誘惑が勝ったみたいです」

「じゃあ、夕焼け見物がてらに、こちらからジョン・レノン氏に挨拶をしにいこう。南の浜だね？」

「はい。岩場が多いので、注意してください。ねんざしたり、転んで手を切ったりしますから」

朱美の忠告を受けて外に出ると、景色が燃えていた。

第五章　朱色の悪夢

1

空は炎のように映えている。鮮烈なオレンジ色の中に、瑠璃《るり》色とも竜胆《りんどう》色とも白緑《びゃくろく》ともつかない色が溶けだし、見たことのない色彩になっていた。天空はこの世で最も壮大な抽象画になり、のしかかってきて私を圧倒する。水平線のわずか上にまで降りてきた太陽に照らされた海は、心をとろけさせるような黄金色だ。波間では銀河の星をぶちまけたような無数の光が瞬く。

夕映えの下に長髪の男の姿があった。ひたひたと打ち寄せる波に靴の先を洗わせながら水平線に向かい、背中を丸めて盛んにシャッターを切っている。中村満流だ。私たちの足音が耳に届いたらしく、彼はカメラを構えたまま声をかけてきた。

「どうです、これ。この世の終わりがきたみたいでしょう」

「そうですね」と、答えながら、十日ほど前に自宅から眺めた夕景を思い出す。あの時、電話で話していた片桐に、私も同じような言葉を伝えたはずだ。

——まるで、世界の終わりみたいですよ。

「あの落日の下には補陀落がある、と信じてみたくなるじゃないですか。四方から波濤が打ち寄せる大きな巌《いわお》の広大な台地。限りなく静かで美しいところ。枯れない植物が繁り、汲《く》めど尽きない泉が湧き、朱く長い尾をした鳥が群れ集い、永遠の命を得た人々が仏に仕えながら遊び戯《たわむ》れ、幸せに暮らす浄土。きっとそんな地がある。あって欲しい、と人々が願ったのも無理のないことです」

陶酔したような調子だ。さらに何枚か撮ったところでフィルムが切れると、中村はようやくこちらに向き直った。眼鏡のレンズに夕陽を反射している。

「人間って、哀れです。信じて、願ってしまうんですよ。実際は補陀落なんてあるわけもない。この海の向こうは……」

フィルムを巻き取る音が、潮騒の中に異物となって聞こえている。

「徳島県の海部《かいふ》あたりだろうな。夢のないことに、外国にもたどり着けない。そのずっと先は、緯度でいうと桜島《さくらじま》でしょう」

「あなたが波打ち際で写真を撮っているところは、遠くから見ると高僧が祈ってるみたいでしたよ」

私の言葉に、中村は照れたように笑い、佐佐木《ささき》幸綱《ゆきつな》の歌を教えてくれた。

——黄金の岸打つ波の波音を聞きて立つらん人かげ一つ

華やかな静謐《せいひつ》さに満ちた歌だ。

「私なんて、まだカメラマンとしてほんのひよっこです。それは正明も似たようなもんだけど、彼みたいに裕福じゃないから、好きなところへ好きな写真を撮りに行くのもままなりません。本当は、世界の果てまで夕焼けを追っていきたいんですけれどね」

「どうしてそんなに夕焼けにこだわるんですか？」

火村が、やや突《つ》っ慳貪《けんどん》に尋ねる。そう問い掛ける真意は判らないが、夕景などというセンチメンタルで歯応えのない対象を同じように切り取り続けて面白いのか、と批判的な感想を抱いているのかもしれない。

「夕焼けしか撮らないってわけじゃないんですよ。――どうしてこだわるのかというと、叔父の影響かな。三重の片田舎にある寺の坊主だったんですよ。数年前に叔父が死んでからは無住になったような小さな寺でしたけど。小学生の頃、毎年夏休みになるとその叔父のところに遊びに行っていました。山で甲虫《かぶとむし》を採れたし、川で泳げたし、叔母は優しかったし、とにかく楽しいところだったんです。日が暮れると、近所に民家がないのであたりは真っ暗になって、ぞっとするような感じになるんです。裏には墓地もありましたしね。だけど、こわがりながら楽しみもしました。叔父は、夜になると私を本堂に呼んで色んな話を聞かせてくれましてね。主に、仏教説話のようなものです。お釈迦《しゃか》様のこと、極楽のこと、地獄のこと。その時の極楽の話が、西方浄土幻想として刷り込みになっているんだろうと思います」

「素直な小学生やったんですね」

私が言うと、中村は長い髪に指をからませながら、

「叔父はお話が滅法うまかったんです。芸人になっても、食っていけたかもしれないな。――ある時、仏教の宇宙観について話してくれました。ご存知でしょう？　虚空の中に風輪という空気の層があって、その中央に同じ円周をした水輪と金輪《こんりん》が載っている。金輪の中央に須弥山《しゅみせん》がそびえ、七重の山脈と八重の海がそれを囲み、さらに外側の海の水がこぼれないよう鉄囲山《てっちせん》が金輪を取り巻いている。われわれ人間が生きているのは、外側の海に浮かんだ四つの島の一つである瞻部洲《せんぶしゅう》。初めて耳にするイメージに仰天して、『それが本当だったら、学校ではどうしてそんな大事なことを教えないの？』と、尋ねたら『これは大昔のお坊さんが想像した宇宙なんだよ』と言う。『何だ、昔の人の想像か』と失望する私に、叔父はすかさずこう言いました。『風輪の直径は阿僧祇由旬《あそうぎゆじゅん》ある。一由旬は、だいたい十キロメートルだ。一億というのは、一の次にゼロを八個つけた数だけど、阿僧祇というのはゼロが六十四個もつくんだ。だから、昔のお坊さんが考えた風輪はとんでもなく大きい。現代の天文学者が言っている宇宙の大きさよりもずっと大きいんだ』。仏教の宇宙は、学者が考える宇宙よりもはるかに大きいと聞いて、十歳そこそこだった私は愕然としました。素直に叔父の話を聞くようになったのは、それから後ですよ。私は仏門に入ろうと思ったことも、本気で仏に帰依《きえ》しようとしたこともありませんけれど、仏教的な幻想に惹かれるようになったんです」

そうであれば、夕陽にカメラを向けた彼を見て、高僧が祈っているようだと私が感じたのは、あながち的はずれでもなかったわけだ。

に釘づけになる。

彼は眩しそうに手をかざして、水平線を見る。落陽は欠け始めていた。私の目は、それ
「ほら、沈みますよ」

「車で十分ほど走ったところ。見老津に童謡の園という公園があるんですよ」

中村が唐突に言い、行ってきたところだ、と私は応えた。

「そうですか。あそこに『夕やけ小やけ』の碑があったでしょう。ある人が、面白いことを言っています。あの歌は、日本人の浄土への憧れを顕わしている、と言うんです。お判りになりますか？　あそこで歌われているのは、もう日が暮れるからみんなで手をつないで帰りましょう、という情景ですね。どこへ帰るのか、歌詞には目的語がありません。日が暮れるというのを、往生すなわち死ぬことの暗喩《あんゆ》だと解釈してみます。そうすると、みんな手をつないで帰ろうとしているところとは、死後にわれわれを迎えてくれる浄土を指している、とも採れるわけです。私たちは皆、死んだら無明《むみょう》の闇に儚《はかな》く消え去るのではなくて、同じところへ向かう。その先は見知らぬ場所ではなく、私たちが元いた場所、生を授かる前にいた懐かしい場所だと考えることは安らぎになるし、この世で生き抜く力を与えてくれるでしょう」

彼は同意を求めるように、私と目を合わせる。

「なるほどね。指摘されてみると、そんなことを歌っているような気にもなります」

火村は両手をポケットに突っ込んだまま、黙っていた。乱れた前髪が、両目にかぶさっ

ている。風が冷たさを増してきたせいか、唇を堅く結んで歪めていた。

みるみると陽は没し、浄土の門がゆっくりと閉じていく。夕陽を賛美する中村の語り口が巧みだったせいもあって、寂寥感《せきりょうかん》が込み上げてきた。

「あなたも、死んだら浄土に帰るつもりですか？」

首を振ってかぶさる前髪を払い、火村が尋ねる。中村は、きょとんとした表情をして、わずかに首を突き出した。

「帰らせてもらうつもりでいますけど、いけませんか？」

「いいえ、お帰りになればいい。あなたが善き人ならば、信じたそこへたどり着けるでしょう」

「どこを切っても善良というわけでもありませんが、まずまず真面目に生きているつもりです。私が浄土に行けないとしたら、世の中の人間の四割ぐらいはアウトでしょう。——この先、何かの間違いで人を殺すようなことでもあれば、地獄行きに回されるでしょうけれどもねぇ」

大野夕雨子を殺したのも、山内陽平を殺したのも、自分ではないぞ、と念を押しているように聞こえた。

「極楽浄土行き、地獄行きというのがあったとしたら、それはどのぐらいの比率なんでしょうね」私は、ふと疑問に思う。「よほど悪いことをした人間だけが地獄に堕《お》ちる、というのなら、びくびくしません。でも、もしも当落の確率が五分五分やったら、きつくありませんか？　私は自信がありません」

「五分五分はないんじゃないですか。偏差値五十で切られたりしたら、私も地獄に堕ちそうだ。聖人の暮らしをして、うんと徳を積んで、これまでの失点を取り返さなくちゃならない。閻魔《えんま》の庁の審判には、極楽行きの合格ラインをあらかじめ公表しておいて欲しいもんですね。人殺しは地獄行きだけど、窃盗ぐらいならセーフとか」

太陽が退場するのを待ち構えていたごとく、にわかにあたりに薄い闇がしみ出してきた。先ほどまで黄金色に輝いていた渚《なぎさ》は、灰汁《あく》を浮かべたようにくすんでしまった。もう引き上げた方がよさそうだ。

温かそうな明かりが灯る家に帰りかけながら、火村がまた、中村に問いかける。

「死後の世界があり、かつ極楽行き地獄行きという選別があると仮定して——人殺しは地獄に行く、と決まったわけじゃないでしょう。みんなでお手々つないで懐かしい場所に帰るのなら、殺人者も一緒でいいんじゃありませんか？」

「ほぉ」と中村は驚いたように「火村先生って、思いがけないほど寛大なんですね。殺人というのは、ともに生きている他の同胞《はらから》の存在を抹殺してしまう行為ですよ。極限の大罪じゃありませんか。そんな大罪を犯した人間でも浄土に行けるのなら苦労はない。苦労はないのだけれど、それでは納得がいきませんね。非常に不公平なように思えます。先生は深い寛恕《かんじょ》の精神からそうお考えなんですか？　それとも、悪業を積んだ人間こそ真っ先に阿弥陀如来に救われるべきだ、という親鸞《しんらん》上人の悪人正機《しょうき》説をお採りになっているんでしょうか?」

こんな議論を交わしたことはないが、火村がどう答えるのか、私には見当がついていた。犯罪学者はきっぱりと言う。

「理由はいたってシンプルです。殺人を犯した科《とが》で捕まった者は、法律によってその有責性を量られて罰せられます。この世で犯した罪をこの世で償った者が、どうして死後にまた裁かれ、地獄に堕ちなくてはならないんです? 理不尽と言わざるを得ません」

予想どおりの答えだ。

「そういうことですか」中村は苦笑した。「これまで考えたことがなかった理屈ですけど、一理ありますね。でも、先生、天網恢々疎《てんもうかいかいそ》にして漏らさず——これは道家《どうか》の老子の言葉ですが——と言いながら、残念なことにこの世で逮捕もされず、罰を免れてしまう殺人者もいるでしょう。ほら、完全犯罪というやつです。警察に殺人事件だと気づかれずに人を殺す人間もいるだろうし、迷宮入りになってしまう殺人事件もたくさんある。そんな完全犯罪を犯した人間だけが、地獄行きになる仕組みなのかもしれない」

「ならば、すべての殺人者はこの世で裁いてやるべきですね。それが慈悲ではありませんか。この世で裁きを終えれば、地獄に堕ちずにすむ。善き人たちと手をつないで、美しい夕映えの向こうにある懐かしい浄土に行くことができる」

「素晴らしい。いいですね。夕雨子さんを殺した犯人もぜひ突き止めて、浄土行きを約束するクーポン券を渡してやってください。そうすれば、そんな善根を施した先生も、極楽往生間違いなしです。探偵は犯罪者の救世主だったんですね。私はこれから推理小説やドラマで名探偵が犯人の正体を暴くシーンを見るたびに、五色の雲にのった阿弥陀如来の来《らい》迎《ごう》図を思い出すかもしれません。先生はお優しいんだ」

いや、それは――

「違います」火村の口調が、どこか酷薄なものに変わった。「私は、地獄も極楽もこれっぽっちも信じていないだけです。そんなものは、現世の不合理不条理から目を背けるための方便として仮構されたフィクションにすぎない。極楽も地獄もない。街角で『悔い改めよ』というプラカードを掲げたキリスト教徒が訴える最後の審判も、もちろんありはしない。そんなことは直観的に自明だから、東洋にも西洋にも、いや、どんな共同体にも刑罰が存在するんです。もしも、死後に神の裁きが待っているのなら、人間が人間を裁くことは僭《せん》越《えつ》であるばかりか、犯罪的に傲《ごう》慢《まん》です。この世には人間しかおらず、あの世は存在しないから、犯罪者は人間の手で裁かれるべきなんです」

中村は閉口したのか、すぐに言葉を返さなかった。やがて、残念そうに、

「優しいというのを撤回します。先生は、恐ろしいことをおっしゃる」

「薄ら寒く聞こえるかもしれませんが、矛盾はしていない。地獄はありません。地獄に堕ちて永遠に業《ごう》火《か》に焼かれろ、と思うほど呪わしい悪党も、この世で罰を受けるだけです。私は――地獄があればいいのに、と希ってたこともある」

「そんなに犯罪者が憎いんですか？」

「いいや、地獄に堕ちろ、と希った人間は、私が警察の逮捕に協力した犯罪者ですらありませんでした。——これはまた別の話です」

「ならば先生に伺います。神も仏もないのなら、この世でその代理を務めるのは、警察官や検察官や裁判官ですか？　そして名探偵？」

「質問が矛盾を含んでいます。いないものに、代理はありませんせん」

その後は別荘に着くまで、私たちは無言のままだった。

2

「二人でもたもた作りました。大したものはありませんけれど」

亜紀は謙遜した言い方をしたが、夕食は心尽くしのうれしいものだった。このあたりの旅館なら、予算にあわせた舟盛《い》りが出てきそうだが、彼女らが用意してくれたのは、いかにも新鮮そうな海の幸を活かしたイタリア風の料理だ。前菜にサーモンのマリネとサラダ。メインディッシュは、漁港から調達してきたらしい伊勢海老《いせえび》やイカがふんだんに入った蕎麦のようなパスタで、タリオリーニ・ティンバニというのだそうだ。それにリゾットとパンが添えられていて、ボリュームも満点である。中村が手土産の白ワインの栓を抜き、乾杯して豪華な夕食が始まった。客たちが味を褒《ほ》めると、亜紀と朱美は、喜ぶ以前に安心した、と笑う。当人たちにすれば、計算違いがあって落ち込んでいたのだそうだ。

「とんでもない。これだけのものが作れるんなら、レストランを開業できるよ」中村が重ねて絶賛する。「すごく贅沢な気分になれるなぁ。きて得しちゃった」

「朱美ががんばったからね。献立も彼女のアイディアだし」亜紀は、従妹に花を持たせる。

「先生たちに変なものは出せない、と発奮したもんねぇ」

「へぇ。朱美ちゃん、二年前には正明とお皿を洗うだけだったのに、目覚ましい進歩だね。後で今夜の料理の作り方を教えてもらおうかな」

朱美は「簡単なものですよ」と言いながら、うれしそうだった。かなりプレッシャーを感じていたのかもしれない。

二年前という言葉が会話にのぼったが、事件については誰も触れず、食事は進んだ。その間、最も能弁だったのは中村だ。行政改革、金融不安といった政治経済時事ネタから、アジア映画の現状、二十一世紀に待ち受けているウィルスの恐怖、打ち上げ花火の作り方と、目まぐるしく話題が変わっていく。ふだんから口数が少なくないタイプの上に、アルコールが入ると舌の回転がますます滑らかになるようだ。

「ところで、火村先生や有栖川さんは、ダイビングなんてなさらないんですね。日常の憂さを晴らすのには、もってこいですよ。別世界を体験できるんですから。今回は用意がありませんけれど、次の機会があれば一緒に潜ってみませんか？　装備や器材はみんな借りられますから、タオルと水着だけあればオーケーです」

南紀のリゾート開発状況から、マリンスポーツに話題は展《ひろ》がってきた。

「私は足が届かないところで泳ぐのがいまだにこわいので、ボンベを背負って海の底まで潜る勇気はありませんね」と私はお誘いを断わってから「周参見の海は、思っていたよりずっときれいでした。潜ったら、さぞきれいなものが観られるんでしょうね」

リゾットをすくいながら、中村は大きく頷く。

「このあたりは楽しいですよ。水温は一年中、十六度より低くならないし、漁業組合がダイバーと共存共栄を目指してくれるようになって、とても潜りやすいのもありがたい。海底には五、六メートルほどある巨石がごろごろしていて、ケイブやトンネルなど変化に富んだ地形をしているのが、まず私の好みです。カラフルなハードコーラル、ソフトコーラルが群生していますしね」珊瑚《さんご》にも堅い柔らかいがあるらしい。「それに黒潮の影響で、ギョエイガコクテいい」

「は？」一瞬、考える。「ああ、魚影が濃くていい、と。なるほど、魚がたくさんいる方が面白いに決まってますね」

「数が多いだけじゃなくて、種類も豊富だし、一匹ずつが大きい」小さくて貧弱ではつまらないわけか。「チョウチョウウオやスズメウオといった熱帯魚もいれば、ブリやカンパチといった回游魚も観賞できます」

どちらも好物なので「そいつはうまそうですね」と、相槌を打つ。

「ええもう、生《い》け簀《す》の中を泳いでるみたいなもんです。いいですよ。ダイビングは恐ろしくなんかありません。沖へ出てボートから飛び込んで、二十メートルも三十メートルも深く潜ると思うから、こわいんでしょう。そんなことをしなくても、私たちがさっきいたところの南の岩場あたりから、ビーチエントリーで潜っても充分に楽しめますよ。私や六人部君や正明も、そうやって遊んでいたんですから。夕雨子さんにも勧めてたんですが……」

晩餐《ばんさん》が始まってから、初めて大野夕雨子の名前が出た。事件の話は食事がすんでからにしよう、と避けていたのだが、ちょっと接近してみるぐらいはいいだろう。そろそろ、メインディッシュの皿も空になりかけていることだし。

「浜から海に入って潜るのを、ビーチエントリーというんですか。別荘から本当にすぐ近くでダイビングを楽しんでらしたんですね。――事件があった前日も？」

「ええ。午後に二時間ほど、写真も撮らずに三人で泳ぎ回っただけですけれど」

「あ、写真を撮ったりもするんですか」

「一応、カメラマンですからね」と彼は自分の胸を指す。「どこへ行くのにもカメラを離さない人間が、海の中に入るのに手ぶらではすみません。正明も撮っていましたよ。私の方がずっと熱心でしたが」

「奥の壁際に飾ってある写真は、みんな中村さんが撮ったものです」

朱美が言った。棚に写真立てがいくつも並んでいるのは気がついていたが、近寄ってみなかったので、何が写っているのかも知らなかった。彼が水中で撮った作品だったとは。後でゆっくり拝見することにする。

「さて、どうしましょう。このあたりで本題の、夕雨子さんが亡くなった時の話に突入しますか?」

朱美が、ガタリと椅子を鳴らして立ち上がった。

「デザート、お出ししますね。食後のお飲み物はコーヒー、紅茶、どちらがよろしいですか?」

緊張を振り払うように、明るい声を作っているようだった。そのことについて検討しにやってきたのだが、いざ本題に移るとなると、やはり空気がこれまでと違ってくる。真っ黒な海から漂ってくる波の音も、胸騒ぎを煽《あお》るようだ。

「升田さんがいらしてからでもいいんじゃないの、中村さん」全員の皿を引きながら、亜紀が言う。「ホテルで食事をすませてからこっちにくる、と電話で言っていたから、そろそろじゃない?」

チンと鳴って、時計が八時を告げる。それにつられたか、中村は自分の腕時計を一瞥して、

「ちょび髭の升田さんか。この前、お葬式の時に会ったけど、元気そうだったね。葬式の席で見て元気そうはおかしいか。何だか、さばさばしたような顔に見えたけれどな」

「さばさばなんて、それは不適切な表現じゃないかな」

流しの前で振り返って、亜紀がたしなめる。

「おっと、撤回するよ。そんなふうに見えた、というのは主観だし、悪意や敵意がこもってる、と誤解されたらまずいものね」

「悪意と敵意をこめて言ったんじゃなかったのかしら。大野さんや六人部さんと口論したことを、升田さんに告げ口されたでしょう。そのことを、まだ怒ってない？」

「怒るわけないでしょ。あの人は善良な市民として警察の捜査に協力するべく、事件前日のハプニングについて語っただけなんだから。しかも、二年以上も前の古い話だ。それをまだ怒ってたら、疲れて仕方がないでしょう」

「怒っても人情としては自然だと思ったのよ、私。だって、あれで中村さんは警察にマークされたんだから」

「マークというのは大袈裟。口論が殺人の原因じゃないか、と疑われたんだとしても、その嫌疑は六人部君と分け合ったわけだしさ」

「六人部さんの嫌疑は薄かったと思う。だって……。思ったままのことをしゃべらせてもらうわよ。大野さんは六人部さんに誘いをかけていた方だったでしょ。年上の美人に言い寄られて、彼もまんざらではなかったはず。もしも、迷惑だったとしたら拒絶すればいいだけで、殺すなんて筋が通らないでしょう。その点、中村さんは――」

「おい、待ってよ。嫉妬《しっと》に狂って殺しかねなかったって？　きついね」

　彼は両手で頭を抱えてみせるが、まだ目が笑っている。

「ごめんなさい。ごめんね」亜紀は謝る。「中村さんが犯人だなんて、これっぽっちも疑っていないわよ。警察が考えそうなことを、想像しているだけなんだから。――でも、升田さんの証言で不利な立場になったのは中村さんよ。それなのに、怒っていないとは、心が広い」

「ごまかすなぁ。まるで、褒められたみたいじゃないか」

彼のわざとらしい笑い声が途切れた時、車がこちらにやってくる音が聞こえた。亜紀が窓から外を見て、「升田さんだわ」と言う。いいタイミングでのご来場だ。

「まだ食事中でしたかね。これからコーヒー？　ああ、ちょうどよかった。私にも一杯めぐんでいただきたいな」

入ってきた升田はまず第一声そう言って、私たちに「どうも」と頭を下げる。亜紀が駈け寄って、コートを預かった。

「デザートも召し上がってくださいよ。ホテルなんか取らずに、こっちにお泊まりになったらよかったのに」

「遠慮深いのは、昔からの癖です。ええと、火村先生のお隣りに座らせてもらってよろしいですか？」

「もちろんです、どうぞ」と、助教授は椅子をずらす。「ちょうど、二年前の事件前日の話をしかけていたところです」

「私と六人部君と大野さんの口論について――」

中村が言いかけた途端に、升田は神妙な顔になる。

「あの節は、思いもよらずご迷惑をおかけしてしまい、後悔しとります。私は誰かが疑わしい、と示唆するような言い方は決してしていないのですが、結果としてああなってしまったことについては――」

「迷惑なんて思っていません。それを繰り返し、強調していたところなんです。もちろん、冤罪《えんざい》で刑務所に入れられてでもいたら恨んだでしょうが、このとおり自由に暮らしていますからね。後になっておかしな噂を流されるよりも、早い段階で疑われた方がよっぽどよかったと思っています」

わだかまりなど持っていないことを中村は伝えるのだが、升田の表情は冴えない。

「早く疑われた方がよかった、ですか。一回きりの掃除当番なら早くすんだ方がいい、と言えるでしょうが、この件については当て嵌まらないでしょう。真犯人は捕まっていない。『あなたがやったんじゃないのか？』と、警察に猜疑《さいぎ》の目で見られる嫌な役は、この先、誰に何度回ってくるかもしれませんよ」

中村は真顔になって「きついな」と呟く。

「私もそんな状態が続くのが嫌だから、打ち切りにしたいんです。火村先生と有栖川さんが事件について調べると聞いて、初めはいい気がしませんでしたけど、もやもやしたものを振り払ってもらうために協力しなくては、と思い直してやってきたんですよ。と言っても、段ボール箱の奥にまぎれていたビデオテープを捜し出して持ってきただけですけれども。――朱美さん、これ、おいしいですね。レア・チーズケーキというんでしょう？」

「いいえ、パンナコッタっていうんです。それにメロンソースを掛けてみました」

升田は「何のこった？　難しいな」と笑う。

「このケーキもうまいな」と火村はぼそりと呟いてから「わざわざビデオテープをお持ちいただいて、ありがとうございます」

「宅配便でお送りしかけたんですが、周参見に行くとおっしゃっていたでしょう。それなら、いっそお持ちしよう、と思い直したんです。亜紀さん、朱美さんや他の皆さんにも一緒にご覧いただいたら、記憶違いや見当はずれなことを先生にお話しするのも避けられるだろうし。——しかし、こいつの内容について、あまり過度に期待なさらないでください。写っているのはスナップ写真も同然の映像ばかりで、事件に関連していそうな場面は一切ありません。現に、警察はこれを観ても犯人を逮捕できなかったばかりか、何も有益な情報をつかめなかったんですから」

それは違うだろう。武智巡査部長に聞いたところでは、ビデオから凶器を推定していた。そんなことは、事件の関係者らにも伏せてあるらしい。

「かまいません。生前の大野夕雨子さんと山内陽平さんが写っているというだけで、ぜひ観てみたいので」

亜紀が「何だか観るのがつらそうね」と、独りごちた。そんな気分も判る。

デザートとコーヒーが終わり、食卓がきれいに片づいたところで、中村がゲームの提案のように号令をかける。

「さぁ、ではビデオの上映会を開始しましょう。そのために公私ともに忙しい皆さんが参集してきてるんですから」

「そうね」と亜紀がテレビを点ける。バラエティ番組の最中だったのか、いきなりけたたましい爆笑の声が飛び出したが、それもビデオ入力に切り替えられるまでの一瞬のことだった。

私たちは椅子を移動させて、扇の形になってテレビを取り囲む。升田が鞄からビデオテープを出して装塡《そうてん》する時、朱美が神経質そうな咳払いをした。中村は落ち着きなさそうに膝をゆすっているし、亜紀は両手の爪を擦り合わせている。火村はゆったりと椅子にもたれて足を組み、顎を右手にのせていた。

画面がぱっと明るくなる。

今、私たちがいる場所が現われた。写っているのは、亜紀、朱美、正明、中村、六人部。椅子に掛けていたり壁際に立って談笑していたところに、ビデオカメラを片手にした升田が闖入してきたところ、という図だろう。五人の男女は、あれ、という顔をしてこちらを向き、微笑みながら手を振った。当然のこと、みんな初夏のいでたちをしているし、髪型が少しずつ違っているせいもあって、えらく昔の映像のように見える。中でも、十九歳から二十一歳という特別な時間を経た朱美の印象はかなり違っていた。この二年間で心持ち身長も伸びたのか、画面の中にいるのは彼女の妹みたいに思える。「若いね、朱美ちゃん」と、中村がからかい、「中村さんこそ」と逆襲された。ジョン・レノン風にしてまだ間がなかったのか、顔がヘアスタイルに馴染んでいないところを衝いたのだろう。これが殺人事件の調査でなければ、平和で和やかなホームビデオ鑑賞会なのだが。

『いいのを買いましたね』

『うん。ゴルフのスコアアップの新兵器にしようと思ってね。でも、せっかく買ったから、美人も撮らないと損だろうと思って』

六人部と升田のやりとりだ。カメラが亜紀と朱美に寄る。後方の時計の針が一時前を指しているのが見えた。「ここに着いてすぐに撮った場面ですね」と、升田が説明する。

『ほらほら、お嬢さん方。記念撮影みたいに黙ってポーズをとらず何かしゃべってみてよ。せっかくビデオなんだから』

升田に促されて、亜紀がまくしたてる。

『ビデオ撮影にあたっては、脇をしっかりと締めてカメラを構え、手ぶれしないように注意しましょう。落ち着きなくカメラを動かさないよう。うろうろと行ったり戻ったりするのは、みっともないので不可です。動くのは被写体で、カメラではありません。それから、画面はちゃんと水平ですか？　斜めになっていませんか？』

『はいはい、判りました。——朱美ちゃんも、ひと言』

『ひと言って……何言おうかな。あ、じゃあ、物真似します。——もう、パパ、いいかげんにしなさい』

『誰よ、それ？』

『天才バカボンのママ』

画面の片隅で中村と六人部が派手にのけぞる。確かに、ちっとも似てなかったが、朱美の別の貌《かお》を見ることができた。火村の手前か、本人は恥ずかしそうに顔を伏せている。

　画面が変わって、真知と陽平の兄妹が登場する。二人は家の前に出した椅子に腰掛けていた。陽平が目尻に皺を寄せて穏やかな笑みを浮かべているのを観ると、おかしな気分になってくる。幽霊マンションの一室でその変わり果てた姿と対面しているだけに、あの遺体とこの男性とが同一人物だとは到底思えないのだ。生きている死んでいるの違いは措くとして、二年のうちに彼は少々太ったようである。

『撮らないでください。今、髪の毛くしゃくしゃでしょ』

　真知が抗議したので、『失礼しました』という升田の声がして、また違う場面になる。窓の外は真っ暗だ。テーブルを八人が囲み、にこにこしながらカメラを見ている。時間が一気に跳んで、夕食の後の団欒《だんらん》のひと時のようだ。亜紀と六人部に挟まれて、赤茶色の髪をした女性が唇を弓形に曲げて微笑していた。ノースリーブのワンピースに身を包んでいて、露出した肩がまぶしい。大野夕雨子だ。

『升田さん、替りましょう。他人を写してばかりじゃつまりませんよ』

　正明が手を差し出しながら、腰を上げる。その傍らで真知が、

『そうですよ。この子はカメラマンなんだから、使えばいいのよ』

『ビデオは専門外だよ』

『すみません、お願いしますか』という声とともに、升田が画面に現われた。そして、あらたまった口調でカメラに語りかける。

『それではここで、今宵《こよい》の素敵なプログラム。大野さんにピアノの演奏をしていただきましょう』

拍手が起こり、大野夕雨子は腕時計とブレスレットをはずしながら立ち上がった。升田が思いつきで口にしたのではなく、予定されていたことらしい。立った夕雨子は申し分のないプロポーションをしていた。身長は一メートル七十近いだろう。彼女が猫のように足音をたてずにピアノに向かうのを、カメラは滑らかな動きで追いかける。

『大野さん、あれを弾いてくれませんかね。ほら、ヘプバーンの何とかいう映画のテーマ曲だった何とかいうの』

升田がひどく曖昧なリクエストをするので、陽平が笑う。カメラは、すかさず二人の方に向き直る。

『何の曲か当ててやろうか。「ティファニーで朝食を」で流れた「ムーンリバー」だろう？』

『ああ、それだそれ。よく判ったな』

『俺の知識の方が、君のそれよりひと回り大きいだけのことだ』

『勘弁しろよ。——それです。お願いできますか？』

正明はカメラを夕雨子にパンする。ピアノの前に着席した彼女は、肩に掛かった髪をさばいて背中にやり、『「ムーンリバー」ですね。ええ、いいですよ』と応じる。落ち着いた低い声だった。

　正明がピアノに近寄り、彼女の右側面に立つ。長い指がゆっくりと鍵盤《けんばん》の上を這《は》い、誰もが耳にしたことのある美しいメロディが流れ始めた。音量が豊かで、堂々と歌い上げるような演奏だ。撮影されてたその場所でそんなビデオを観ているると、まるで、大野夕雨子がここにいて本当にピアノを弾いているような錯覚に陥る。ひょいと後ろを振り返ったら、ビデオと同じ恰好をした彼女が、ビデオと完全に同調して『ムーンリバー』を弾いているのではないか、と怪談めいた場面を思い浮かべてしまった。

　画面に変化をつけるために、正明は立ち位置を変えてピアニストの後方から撮ったり、横顔のアップにしたり、あるいは夢見るようなセレナーデに聴き入る者たちの様子にカメラを移したりしていた。聴衆はみんな満足そうだ。

「これは、八時過ぎだろうな。私と彼女と六人部君の間で、ささいな口論があったおよそ五時間後です」画面の外の中村が注釈を加える。「私たちの表情を注意して観ていてください。不機嫌そうだったり、傷ついて悄然としたりしていますか？　そんなことはないでしょう。いたって、楽しそうです。大野さんだって、リクエストも受けて気持ちよくピアノを弾いてくれています。昼間の口論は、殺人事件に発展するどころか、夜まで尾を引くようなものですらなかったんです」

　アピールしながら彼は火村を見る。犯罪学者はこっくりと頷いたが、それは、了承したという意味ではなく、言いたいことは判ったから黙っていてくれ、という意味だったのかもしれない。

演奏が終わり、夕雨子が立ち上がって深く一礼したところで場面が転換した。同じく夜。全員で浜に出て、夏を先取りするように花火に興じている。朱美や亜紀の顔が、手にした花火で青や緑に染まっているのがきれいに撮れている。やがて、正明と中村が連発式の打ち上げ花火を始めると、みんなは無邪気な歓声をあげた。和やかな雰囲気が伝わってくる。

次の場面は、一夜明けた午前中のようだ。背景に小さく映っている別荘から、どうやら私たちがさっき日没を眺めたところのさらに南であることが判る。ウェットスーツを着てレギュレータを背負った正明、中村、六人部の三人がマスクを着け、手を振りながら海に入っていく。『気をつけていってらっしゃい』という升田の声に、中村は水中撮影用らしきカメラを振って応えた。ここでまた、その当人が解説をしてくれる。

「ここに映っているのは、翌朝の九時ぐらいだったと思います。六人部君が午後になったら先に帰る予定だったので、ひと潜りしようということで。ほら、カメラをあんなアクリル製の防水ケース——ハウジングって言うんですが——に入れて潜るんです。突き出したアームについてるのは、水中ストロボです。海の中はとにかく光量が不足していますから」

「午前中、ずっと三人でダイビングを楽しんだんですか？」

火村が初めて質問をした。

「ええ。十一時半ぐらいまで、一緒に潜っていました」

彼らが海の中に消えると、升田は渚や水平線を写して、いったん録画をやめたようだ。

山内の顔がアップで現われる。カメラが徐々に引いていくと、彼は釣り竿《ざお》の点検をしていた。そして、カメラ目線で語りかけてくる。

『今日は大物が釣れそうな予感がするなぁ。魚拓を周参見駅に貼り出してもらえるような、とんでもないのが掛かりそうな予感がしてる』

『決定的瞬間を撮ってやろうか？』と、升田が訊く。

『ああ、それはいいなぁ。頼むよ。当たりがきたら叫ぶから、飛んできてくれ』

他愛もないやりとりから、突然、場面が変わる。亜紀と朱美が足を引きずるように浜を散策しているのを、倍率を上げて、二階から俯瞰《ふかん》で撮ったようだ。途中で亜紀が気づき、子供のようにアカンベーをしてみせた。

「次に映るのが、生きている大野さんの最後の姿です」

升田が乾いた声で告げた。

先ほどの山内の時と同様に、彼女の顔がまず画面いっぱいに映る。アップで見ると、やや厚く肉感的な唇がなかなか魅力的だ。そんな口許のセックスアピールに弱い男性は多いだろう。もしかすると、赤い唇だけをアップでとらえたい欲求を撮影者は自制したのではないか、と勘繰ったりする。

『ハロー、ご機嫌はいかがですか、升田さん？』

夕雨子が心持ち上目遣いに問いかける。升田は、椅子に座った彼女の前に立っているらしい。

『快晴で、実にいい気分です。昨日も今日もお美しいですね。きっと、明日もそうなんでしょう』

媚《こ》びるような調子で、升田が言う。歯が浮きかけたが、夕雨子は婉然《えんぜん》と微笑んだ。

『ありがとうございます』

「ねぇ、美しいですね、と男性から言われて、真顔で『ありがとうございます』って言える?」

亜紀が朱美に尋ね、朱美は首を振る。

「言われたことがないけど、多分、あんな余裕たっぷりには言えないと思う」

「大野さんならでは、よね。——どうですか、升田さん?」

「あの人は特別だよ。そんなことを言うのが様になっているでしょう」

実のところ、彼女の顔はよく整っているものの、道ですれ違う人々が瞠目《どうもく》して振り返るほどの美貌をしているわけではない。そのプロポーションと自信ありげな表情、立ち居ふるまいが美人と遇されるのがふさわしい、と周囲に思わせるのだろう。

カメラが引いて、バストショットになる。警察の現場写真で見たとおりの、花柄のワンピースを着ている。右手には文庫本を持っていた。

『これから読書ですか?』

『そうです。でも、ここ、気持ちがいいから眠ってしまいそう。正明さんたちは、また潜りに行ってるんですか?』

『そうみたいですよ。六人部さんは、仕事があるから帰るそうですけれど。——ちょっとばかりインタビューしてもいいですか？　海と山、どちらがお好きですか？』

『海です』

『太陽と月のどっち？』

『太陽』

『犬と猫では？』

『どっちも』

『好きな色は？』

『情熱的な色。たとえば、原色の赤』

『今度生まれ変わったら、男、女？』

『男』

『ははぁ、美男子に生まれ変わってみたいんでしょう』

『いいえ、顔や容姿はどうでもかまいません。でも、恋人は美女がいいですね』

即座に迷いのない答えを返すのが、印象的だった。そう、おそらく彼女は現在の自分をすべて肯定しているから、頭に浮かんだことをそのまま言葉にすることにためらいがないのだろう。男に生まれ変わりたい、というのは意外な気もしたが、それも美女を恋人にするためだと言う。彼女にとって、〈女性〉性はいとおしいものなのだな、と解釈できる。

『午後はこの岬の陰を自分の部屋にして過ごすって言ってたね。読書の邪魔をしてはいけないから、このへんで失礼するとしますか。——では、ご機嫌よう』

画面の左隅に、撮影者の手が映った。升田がひらひらと左手を振ったらしい。夕雨子も何の飾りもない左手を立てて、人差し指と中指だけを小さく動かした。升田はカメラをすっと引いて、座った彼女の全身を収めてから、くるりと海の方にパンする。朱美が教えてくれた三つ石に波がぶつかって砕けていた。しばし、その波濤に焦点を合わせてから、カメラはゆっくりと上を向いていく。そして、画面が青い空に支配されたところで、カメラはまた浜に戻った。三、四十メートルほど向こうから、六人部が歩いてくる。

『ああ、彼だ。帰る前にご挨拶にきたのかな』

升田の声が入ったかと思うと、ビデオはぷっつりと切れた。亜紀がリモコンの停止ボタンを押したところからして、これで全巻終了らしい。時計を見ると、十五分が経過していた。

「ここまでです」升田が言う。「六人部さんは『もう少ししたら帰りますので』と言いました。外にちらばったみんなに声をかけて回っていたそうです。私は『お気をつけて』と彼と別れた後、岩場で釣りをしている山内のところへ行きました。しかし、『ろくな獲物がかからないから、撮らなくていいぞ』と彼が言ったもので、何も写していません。——あらかじめお断わりしておいたとおり、誠に無内容でお粗末なビデオですが、いかがでしたか?」

火村はそれに応えず、少し巻き戻して欲しい、と亜紀に頼む。

「ほんの十秒ほど前まで戻してもらえればいいんです。大野さんが指を軽く振っている場面から、カメラが海へと移動するでしょう。その部分が観たい」

亜紀はビデオを再生にしてから、巻き戻し始めた。青空から三つ石の波濤へ、と映像が逆回転していく。海から夕雨子へ、と。

「ここでストップして、進めればいいですね?」

確認する亜紀に、火村は「できれば、スローモーションで」と言う。画面で微笑みながら指を振る夕雨子の姿がいったん静止してから、スローで動きだした。カメラが左回りに振り向き、海に移る途中で、「ストップ」と火村が命じた。画面には、中途半端な構図で浜辺が映っている。

「誰も映ってない場面ですよ。こんなところで停めて、どうしたんですか?」

中村が訝るのも無理はない。しかし、画面をよくよく観てみると、私には火村がここで静止させた理由が判った。夕雨子の椅子から数メートル離れた砂浜の上に、黒っぽくて長いものが落ちていた。それを確認したかったのだろう。火村は、私が予想していたとおりのことを一同に伝える。

「ここに転がっている流木について、警察からお聞きになっていませんか? 話してもいいだろうな。――不鮮明ながら、野球のバットを長くしたような形状のものが映っているでしょう。警察は、この流木こそが大野さんを殴殺した凶器ではないか、とみています。何故ならば、彼女が遺体で発見された後、浜からこれがなくなっていたからです。犯人が凶器として処分しでもしないかぎり、流木に脚が生えて逃げることはない、というわけですね」

「初めて聞きました。そうだとすると、私が撮影したビデオは捜査のお役に立っていたんですね」と、喜びかけた升田だが「いや、そうでもないか。落ちてた流木が凶器だと推定できたって、そこから犯人像が導かれるはずもない」

「先生、ご覧になってどうでした？」

亜紀はビデオのスイッチを切ってからリモコンを置き、火村にコメントを催促した。助教授は、そのリモコンを取ってテープを巻き戻しにする。

「大野夕雨子さんと山内陽平さんを映像で観られたことがよかった、と思っています。直接、事件の真相解明につながりそうなものには気がつきませんでしたが、繰り返し観てみたいと思います。どこにどんな手掛りが隠れているかもしれません。このビデオを――」

火村が最後まで言う前に、升田が「どうぞ」と応じた。

「気がすむまでご覧になって下さい。差し上げられたらいいんですけど、大野さんの最後のピアノ演奏が収まっていますからね。あの『ムーンリバー』が惜しいので、返してください」

「もちろん、ご返却します。数日だけお借りします」

「期待していますよ、先生方。私はね、大野さんが殺されたことに憤りを感じています。不謹慎でしょうけど、あんな魅力的な女性を殺すなんてけしからん、という思いなんです。

ぜひとも、仇《かたき》を討ってください」

確かに不謹慎に響いたが、率直にしゃべるとそんな表現になるのだろう。

時計が、チンと鳴って九時を告げた。

3

事件があった日のことについて、火村や私がしつこく質問するのを厭うことなく、升田は根気よく丁寧に答えてくれた。車で来ているから、とコップ一杯のビールさえ飲まず、しゃべり続けて渇く喉をジュースで潤しながら。そして、話がほぼ尽きた十時過ぎに、「また明日きます」とホテルに帰っていった。「升田さん、やけにあのビデオにこだわっていましたね。『差し上げられたらいいんですけど』。『返してください』。大野さんのファン、か。ファンね」

自分が持ってきたワインの最後の一杯を飲み干して、赧《あか》ら顔の中村はさも愉快そうに笑う。升田が夕雨子に憧憬《どうけい》に似た感情を抱いていたことを知って面白がっているのだ。あんな女、という想いが言葉の裏にあるのか、あんなおっさんが、と嘲《あざけ》っているのかは判らないが、あまり感じのいい笑いではない。

「そうだ、大野夕雨子に乾杯しよう。朱美ちゃん、もうワインはなかったかな。ああ、そこに見えてるね。あれ、開けようよ」

中村が目敏《めざと》く棚のボトルを見つけて指差すので、朱美が取りに立った。

「あんまり強くないんだから、酔っ払ってしまわないでね」亜紀が忠告する。「今回は、遊びにきているんじゃないから」

「判ってます。先生たちもいらっしゃるしね。みっともないことにはなりませんって」

電話が鳴った。近くにいた朱美がボトルを置いて、受話器を取る。真知か正明が明日やってくる時間を報せにかけてきたのだろう、と思ったのだが、そうではなかったようだ。

「六人部さん？」朱美はきょとんとした顔で訊き返す。「……ええ、それは大丈夫です。あと三十分？　白浜近くまでいらしてるんですか。はい、伝えます。じゃあ、お待ちしています」

彼女が電話を置くなり、中村が「六人部から電話って──何なの？」と尋ねる。

「びっくりした。白浜近くまできてるそうです。それで、突然で申し訳ないけれど、これから行ってもかまわないか、と。部屋は空いてるから『大丈夫です』と言ったんです」

彼女としては、当然、そう答えるだろう。空いた部屋がたくさんあることを知っているからこそ、六人部もそんな電話をかけてきたのだろうが、それにしても唐突だ。亜紀も呆れたように、

「本当に突然ね。いつもの六人部さんらしくないわ」

「仕事の都合で、明日くることになっていたでしょう。それが、和歌山市内で旅行雑誌の取材をしてたそうなんだけど、思っていたより早く片づいたんで、今日のうちにこっちにきたくなったんだって」

「いいじゃないの、賑やかになって。しかし、着くのに三十分もかかるとなると、俺がそれまで起きていられるかなぁ」

「ほら、中村さん、睡ようとしてる。ほろ酔いで気持ちよく眠るのもいいけど、風邪をひくからちゃんとベッドに入ってくださいよ」

「亜紀ちゃん、それは約束する。男子に二言はない」

へらへらしながら大袈裟なこと――ベッドで睡るだけのことで――を吐く中村に、亜紀は仕方がないわね、というふうに肩をすくめる。

「升田さんが大野さんのファンやった、というのは新事実なんですか？」

中村はワインを飲む合間にまぶたをこするばかりで、ベッド行き寸前になっていたので、私は亜紀と朱美に尋ねる。顔を見合わせてから、亜紀が言うには、

「驚くような新事実でもありませんね。「ビデオを観てお判りになったでしょうけど、大野さんのピアノ演奏にうっとりと聴き入っていた、というより観入っていましたし。ご自身がおっしゃったように、ファンだったんでしょうねぇ」

「でも、ファンというだけなら、従兄さんもそうだったんじゃないかな」

朱美が言うと、従姉は「ああ、ファンよファン。兄貴はずっとそうよ。大野さんは、年上の男性も年下の男性もファンにできるのが強みだったのね」

夕雨子は宗像家に出入りするうちに山内陽平と親しくなって同棲した、と聞いているうちは、彼女がそんなに恋多き女性だとは思わなかった。しかし、中村や六人部と三角関係

を形成していたことを聞いたり、ビデオでの彼女を観たりしているうちに、そのイメージは変化していった。率直にそう言うと、亜紀がまたややこしいことを言う。

「恋多き女性というのも違うんですよ。次から次へと新しい恋人を作る人じゃなかったから。男性は、彼女のファンになってちやほやしたがる。でも、それは恋ではないでしょう。ちやほやされていい気分になれても、それでハッピーでもなかったみたいです。『男運がないと、つらいよね』と、私に冗談っぽくこぼしたりもしていました。私ごとき、男日照りの小娘が言うのも生意気なんですけれどね――大野さん、恋愛が下手でした。ある種の女性みたいに割り切って、自分に求愛してくる男の中からいいのを選ぶ、という方針だったら、幸せな結婚をしていたかもしれませんよ」

「何が『いいのを選ぶ』だ」中村が小声で管《くだ》を巻く。「『方針』っていうのも、即物的で不粋な表現じゃないか、亜紀ちゃん？」

「聞いてたのか。中村さん、二階に上がって休みなさいよ。――それで大野さんに、『先生みたいにもてる女性が、男運が悪いなんて言わないでくださいよ』と文句を言ったら、『私って、おだてられたら悪い気はしないけど、女に甘い顔してちやほやする男に敬意を払えないの。敬意を払えない男って、絶対に愛せないでしょう？』って。『それはそうですね』と、大いに共感したんですけど」

「悪かったよな、敬意を払うに値しなくて。それって、いつの会話？　俺のことを当てこすってるのかな」

中村はふくれっ面を見せてから、テーブルに突っ伏した。放っておくと、このまま睡てしまうかもしれない。

「そこの偽ジョン・レノンさん、誤解して勝手に傷つかないで。中村さんのことじゃないわよ。大野さんが二十歳代の頃の話をしていたんだもの」

「ああ、そうかい。でも、つらい想い出が甦ってきそうで嫌だな。言われたとおり、自分の部屋に退散しようか。——皆さん、おやすみなさい。また明日」

彼は椅子の背もたれに寄りかかりながら立ち、上体をふらふら揺らしながらも、存外にしっかりとした足取りで階段を上っていった。升田が帰り、中村が抜けて、だんだん静かになっていく。

「何の話をしていたんでしたっけ？」

亜紀が頭を掻くので、思い出させてあげる。

「大野さんは恋愛が下手だった、ということを」

「そうでしたね。下手というか、不器用というか。好きな色は情熱的な色だとか、男に生まれ変わって美女を恋人にしたいとか、ビデオの中では威勢のいい答えをしていましたけれど、あれだけでは大野さんのことは判らないんじゃないかな。彼女は見事に熟した大人の女性でしたけれど、一面、とても無垢で純真なところがあったように思います」

朱美がこっくりと頷いていた。

「そんな二面性を、私もぼんやり感じたことがあります。そう、あの人は不器用だった

「……」

「もしかしたら、その不器用さが悲劇を招いたのかもしれない」

私はそんなことを呟いてみたが、誰も言葉を返してはくれず、穏やかな沈黙を呼び込んだだけだった。

闇からの海鳴りを聞きながら、自分が口にしたことの意味を自ら探ってみる。男性を惹きつける力を持ち、恋愛のチャンスには事欠かなかったであろうに、無垢で純真で不器用だったという大野夕雨子。山内との仲が破綻し、二人が他人同士に還《かえ》った後、中村が接近してきた。彼に心惹かれながらも、夕雨子は六人部に接近していったという。迷惑なふた股だが、それは理解できるとして六人部の気持ちがよく判らない。どうやら、彼女の好意をある程度受け容れながらも、彼女を中村から奪い取るそぶりも見せなかったようだ。そんな曖昧な態度をとったのは、中村に遠慮があったからなのだろうか？　夕雨子を憎からず想いながらも、彼女との恋愛関係を深めるのを躊躇《ちゅうちょ》させる事情があったのか？　まもなくやってくる当人に、じかに尋ねなくてはならない。

ずっと黙りこくったままの火村が、またビデオを再生にした。若い五人の姿が画面に映る。彼はテーブルに頬杖を突いて、キャメルをふかしながら観入る。これでまだ二回目なのに、私はあまり身が入らなかった。何人もの捜査官が見逃した重大な事実を発見できるとは思えなかったからだ。大野夕雨子が映る場面だけは、その素顔を探るために視線が吸い寄せられるかもしれないが。

『もう、パパ、いいかげんにしなさい』

朱美の物真似が流れ去る。亜紀と朱美は、やや疲れた表情でぼんやりと画面を見ているだけで、何の反応もしなかった。

『それではここで、今宵の素敵なプログラム――』

演奏を促す拍手。そこで、火村が振り向きもせずに問いかけた。

「立ち上がる前に大野さんは腕時計とブレスレットをはずします。これは、ピアノを弾くのに邪魔だからですか？」

亜紀が、はっとした様子で「あ、はい。そうです。たとえ簡単な曲を弾くだけでも気になりますから、アクセサリーをはずす人は多いですよ」

彼女がピアノを弾く際に腕時計とブレスレットをはずしたことが、何か事件にかかわっているのだろうか、と興味をそそられたが、火村は「そうですか」と言っただけだった。拍子抜けだ。

やがてまた、私たちは『ムーンリバー』の調べを聴く。当分、この曲を耳にするたびに周参見を思い出すことだろう。

ピアノが終わると、今度は浜辺での花火。

さらに一夜明けて、事件の当日になる。スキューバダイビングに向かう正明たち。火村は新しい煙草に火を点けて、ただ画面を観ている。この三人のうち、六人部は昼食後しばらくして帰ってしまうが、正明と中村は午後もずっと潜っていた、という。二人は一時半から四時半まで海で遊んだ。その間はほとんど行動をともにしていたのだが、三時半前後にしばらく相手の姿を見失ったことがあるというから、アリバイに欠落がある。別荘に戻ってからはリビングにいた真知や亜紀、朱美らの目に触れているが、中村の方は十分ほど自分の部屋に引っ込んでいる。十分あれば岬の上まで駈けていき、石を投げて戻ってくることもできなくはない。したがって、アリバイに欠陥があるということだったな、と私は今日の調査のおさらいをする。

『今日は大物が釣れそうな予感がするなぁ』

釣り具の手入れをする山内。これは昼食前に撮影したということだ。午後一時過ぎに、彼は一人で南の岩場に釣りに出かける。そこへ二時近くにカメラを片手にした升田がやってくる。ろくな獲物がかからなかった、ということだが、二人は磯風に吹かれながら語って、楽しく時間を過ごした。四時頃に釣りを切り上げるが、升田は「散歩をする」と言って一人になる。彼が別荘に戻るのは、五時近くになってからだ。一方、山内は釣り道具を提げて四時過ぎに別荘に戻り、五時に車で見老津方面に一人でドライブに出る。帰ったのは、大野夕雨子の遺体が発見される六時を過ぎてからだった。

画面には、並んで浜辺を歩く亜紀と朱美。カメラに気づいた亜紀がアカンベーをする。この場面は、一時半ぐらいの撮影だ。彼女らは二時過ぎに別荘に戻り、三時半までリビングで真知とともにビデオで映画鑑賞。その間の二時二十分頃に六人部が浜から戻ったので、三人して車で彼を駅へ送り、三時前に別荘に帰る。三時半から四時まで亜紀は午睡。朱美は部屋で読書をしていたというが、いずれも本人がそう述べているだけだから、その間はアリバイは成立しない。

ビデオに撮られるのが苦手なせいで、真知はあまり画面に登場していなかったが、彼女は昼食の後片づけをしてから、ほとんどずっとリビングにいたらしい。大阪から持ってきた何本かのビデオを鑑賞していたのだ。わざわざ周参見まできてビデオを観て過ごさなくても、と思うのは間違いで、いつもと変わった環境で観たかった映画をまとめて観てしまうのは大変な快感である、と彼女は主張しているそうだ。そういうわけだから、真知は娘や姪が二階に上がった三時半から四時までの間は一人きりだった。

大野夕雨子のアップが映り、升田のインタビューが始まる。

『太陽と月のどっち?』

『太陽』

私は月だ。

『犬と猫では?』

『どっちも』

私もだ。

合いの手を入れてしまう。大野夕雨子は、きれいな目をしていた。殺されるには理不尽なほど、澄んだ瞳だ。

『このへんで失礼するとしますか。——では、ご機嫌よう』

升田の声。カメラは海へ、空へと振られて、最後にこちらに歩いてくる六人部をとらえる。

『ああ、彼だ。帰る前にご挨拶にきたのかな』

ドアチャイムが鳴った。ビデオの台詞に抗《あらが》うように、六人部が到着したのだ。彼が「お早いお着きで」と亜紀に迎えられたところで、ちょうどビデオは終わった。

「こんな時間にきて、すみません」と六人部はまず詫びて「仕事で和歌山まできていたし、火村先生たちの捜査がどこまで進捗《しんちょく》しているか気になったもので。——あれ、中村さんはこなかったんですか？」

亜紀が彼のスタジャンを受け取って、

「きてますよ。ワインとビールで酔っちゃって、二階で休んでるの。六人部さんがきて、メンバーチェンジね。荷物はとりあえずドアの脇に置いといてください。おなか、すいてませんか？　それとも飲み物を何か」

「じゃあ、コーヒーをいただきます」

六人部は、「どうも」と頭を下げながら、向かいに座る。私は「お疲れ様です」と、ねぎらった。

「いやぁ、今日は情報誌向けの楽な取材でした。本当は、大阪府外に出る時は連絡してくれ、と警察に言われていたんですけど、かまいませんよね。火村先生にお会いするために、ちょっと隣りの県に足を延ばしただけですから」

　火村はつれなく「私は警察官ではありませんよ」と言って、六人部をどきりとさせた。

「ただでさえ胡乱《うろん》に見られてるのに、困ったな。まぁ、きてしまったんだから仕方ありませんね。——それで、どんな様子ですか？」

　六人部は性急に訊いてくる。石が落とされた崖の上や浜の犯行現場を検分したこと、警察の担当者と吉本元巡査長の話を聴きに行ったことを、火村は手短に話す。升田をまじえて彼のビデオを観たことも。六人部は、升田もきていたことに驚いたようだ。それで何が判ったのだ、という質問をあらかじめ封じるごとく、火村が先手をとる。

「ビデオに写っていたのは、ごく当たり障りのないシーンばかりでした。大野さんを巡って、あなたと中村さんがいさかいをしているところなど、升田さんが撮影してくれていたら助かったんですが」

「あれは大したことじゃないんです」

　火村に挑発されて、六人部は素直にそんな反応をした。では、どんなことで口論になったのか、と問い直される。亜紀が淹れてくれたコーヒーをブラックで飲みながら、

「大野さんが中村さんと付き合っていることなんて、僕は知らなかった。彼女が口をつぐんでいたんだから、知るはずがない。ふた股をかけたのは彼女なんだから、僕には責任なんてないでしょう。それなのに中村さんは、『隠れてこそこそしないで、堂々と争おう』なんて、彼女の面前で言い出すんだから、焦りましたよ。よそのお宅に遊びにきている時に、そんな話を突然始めなくてもよさそうなものなのにな。大野さんは狼狽《うろた》えるだけで、

中村さんの怒りはもっぱらこっちに向けられて、嫌な思いをしました。——だいたい、僕と大野さんは恋愛関係でも何でもなかった。中村さんの嫉妬は的はずれもいいところだったんです」

「すると、大野さんが一方的にあなたに懸想《けそう》していたということですか？」

六人部は、言いにくそうにする。

「はっきり言って、そうです。朱美さんの合格祝いでここにきた時、僕に関心を持ったみたいで、電話をもらうようになりました。でも、食事や映画に誘われて、時間があったのでご一緒したことがあったぐらいですよ。それと同じ頃、中村さんが彼女と交際を始めて、と後で聞きました。僕が横恋慕したなんて誤解です。だから、それが判ったら、僕に対してはすぐ機嫌を直してくれました。大野さんとも二人きりで話し合って仲直りしたようですから、きっと彼女がうまいことなだめたんでしょうね。まったく、やれやれです」

「大野さんは、かなり積極的だったんですね？」

火村は冷めた声で訊き、六人部は首筋をぼりぼりと掻く。

「いや、積極的というわけでもありません。僕みたいに風采が上がらないのに、あんな年上の素敵な女性が迫るわけないじゃないですか。——先生、もうこの話はやめにしませんか？」

彼は懇願口調で言いながら、横目で亜紀と朱美を見た。負い目を感じることもないだろうに、照れくさいのだろうか？

火村は快くそれを承諾してから、ビデオを少しだけ巻き戻して再生した。六人部が歩いてくるシーンに合わせたのだ。

「ここでビデオは終わっています。升田さんはあなたと言葉を交わしてから、山内さんが釣りをしている岩場に行った。さて、この後、この浜にはあなたと大野さんだけが遺った。つまり、あなたこそが——殺人犯人を考慮からはずすと——生きている大野さんを見た最後の人物というわけです。この時、お二人の間にどんなやりとりがあったんですか？」

「やりとりというほどの会話はありませんでしたよ。『仕事があるので、そろそろ帰ります』と、挨拶をしただけです。『次の取材ではどこへ行くの？』と訊かれたので、『今日中に調べものをして、明日は二上山に登らなくっちゃならないんです』とか話したのを覚えています。太陽の道についてまとめているところだったので」

「太陽の道とは何ですか？」

「その時も、大野さんに同じことを尋ねられましたよ。——伊勢《いせ》湾の神島《かみじま》という島をご存知ですか？　三島由紀夫の『潮騒』の舞台になったところで、伊良湖《いらご》岬の沖、北緯34度32分の線上に浮かんだ島です。そこからまっすぐ西に進むと、伊勢神宮の斎宮《さいぐう》跡に行き当たります。かつての内宮《ないくう》があった場所ですね。そこから西へと向かうと、丹生寺《にうでら》、室生寺《むろうじ》、長谷寺《はせでら》を通って、三輪山《みわやま》に至ります。麓《ふもと》には、大神《おおみわ》神社や檜原《ひばら》神社がある。その真西には、倭迹迹《やまととと》日《び》百襲《ももそ》姫《ひめ》の墓——卑弥呼《ひみこ》の墓ではないかとも囁かれていますが——箸墓《はしはか》古墳。このあたりは柳本《やなぎもと》古墳群を形成しています。さらに西に進むと、須《す》賀《が》神社や日大《ひのおおみ》御神社を経て二上山。その麓には当麻寺《たいまでら》がありますね。二上山を越えて河内《かわち》平野に入ると、古市《ふるいち》古墳群や仁徳《にんとく》天皇陵を含む百舌鳥《もず》古墳群。萩原《はぎはら》天神や大鳥《おおとり》神社などを経て、日置荘《ひきしょう》を通って大阪湾に出、さらにその線を延長すると、淡路島《あわじしま》の北淡町《ほくだんちょう》。伊勢斎宮跡からおよそ百五十キロのところ。そこにも、伊勢という地名があるんです」

油紙に火が点いたように、急にべらべらしゃべりだしたので呆れた。

「伊勢という地名は磯からきている、とも言われていますから、あちらこちらにあって不思議はないんですけれどね。しかし、一本の線上に古代遺跡やいくつもの寺社、神という名前の島が整然と並ぶ、というのは非常に意味ありげでしょう。そして、その北緯34度32分というラインに春分の日と秋分の日に立つと、太陽が真東から出て真西に沈むのを見ることができる。つまり、われわれの祖先は太陽の道にそって、遺跡や寺社を築いてきたんです。それらは太陽祭祀《さいし》の跡だったんです。この中央近くにある檜原神社は天照大神《あまてらすおおみかみ》を祀《まつ》っていて、元伊勢と呼ばれています。垂仁《すいにん》天皇の時代に、倭迹迹日百襲姫が天照大神の御霊《みたま》を奉じて東に向かった、という記録があるんですが、姫は太陽にどこまでもまっすぐ朝日に向かって進んだんでしょう。羅針盤《らしんばん》も持たずに、どうやったらそんなに正確に方角を知ることができたのかは、謎です。

この太陽の道は、奈良の写真家の小川光三《おがわこうぞう》さんという方が唱えた説で、かつてＮＨＫで特集番組になり、大きな反響を呼んだそうですね。二上山の雌岳《めだけ》山頂には、この説を紹介したプレートと、それにちなんだ日時計があります。私はＮＨＫの番組を制作した水谷慶《みずたにけい》一《いち》さんがお書きになった『知られざる古代』という本で太陽の道について知り、強い興味を覚えて、その跡をたどることにしたんです。すでに他の人が発表した仮説の後追いでしかありませんけど、探求していくうちに自分なりの発見ができるのではないか、と考えて、もう三年近くになります」

「なるほど」火村はまるで興味がなさそうだ。「そのチェックポイントごとで、素晴らしい夕陽が拝めるわけですね」

「そうです。ことに二上山に沈む夕陽には、溜め息が出ますね。ただ美しいだけではなく、あの場所で眺める落日には様々な意味が塗り重ねられていますから」

大和平野に暮らす人々にとって、夕陽は、二つの瘤——雄岳《おだけ》と雌岳——を持つその特徴的な山に沈んでいくものだ。古代人は、太陽が没するところを死後の世界とした。となれば、二上山を越えた向こう側、河内平野は黄泉の国とみなされたであろう。その証拠として、河内には幾人もの天皇や聖徳太子、小野妹子《おののいもこ》らの墓がちらばっている。また、謀反《むほん》の疑いで殺された悲劇の皇子《おうじ》、大津皇子《おおつのみこ》の墓は二上山にあるのだが、それは朝廷を呪《のろ》わないでくれと願うかのように、大和平野に背を向けているのは有名な話だ。二上山の彼方にあるのは、死んだ者たちを懐に抱いてくれる〈妣《はは》が国〉、常世《とこよ》、浄土と呼ぶべきところなのだ。

「今日は海岸で夕陽を見ながら、中村さんに補陀落の話を聞きました。海の彼方の浄土の次は、山の向こうの浄土ですか。中村さんとは、そのあたりの趣味が一致しているんですね」

夕焼け研究家とは、こういうことか、思いながら私は言う。

「中村さんは、子供の頃に叔父さんに極楽浄土への憧れを刷り込まれたそうですね。僕にはそんな原体験はありませんが……ああ、それと似たものはあるかな。小さい頃、法隆寺の近くに住んでいたもので、信貴山《しぎさん》に落ちていく夕陽を見ていました。その落日を、祖母が手を合わせて拝むものですから、僕も真似をしてね。祖母の刷り込みはあります。『太陽が沈む先には死んだ人の国がある』なんて言うものだから、死人の国って大阪のどのへんにあるんだろう、と悩んだりしました。また、これは別の話になりますけれど、祖父にこんな話を聞かされたことがあります。昭和二十年三月十三日深夜から十四日未明にかけての大阪大空襲の話です。二百七十機以上のB29が大阪市に飛来して、雨霰《あめあられ》と焼夷弾《しょういだん》を投下して、四千人近い市民が亡くなったその大阪最悪の一夜のことを、祖父は鮮烈に記憶に留めていました。山の稜線が闇にくっきりと浮かび上がり、西の夜空は真っ赤だったそうです。近所の人たちも外に出てその不吉な空を見上げ、『大阪が派手にやられとるな』とひそひそ話していたといいます。その空襲で、祖父は姉を亡くしていますが、内容とは不釣り合いに何とものんびりとした口調で私に話してくれたものです。『西の空が真っ赤でな。その下で仰山《ぎょうさん》の人が焼け死んでいったんや。明々《あかあか》として、真夜中に夕焼けが出てるようやった』と。その話に僕は魅せられたみたいに、ぞくっとしました。恐ろしいと思いながら、さぞ幻想的な光景だっただろうな、と思ったんですね。——ああ、でも、こんなことは夕焼けの名所を旅して文章を書く直接の理由になっていませんね。自分の中ではつながってるんですけど」

「こわい話ねぇ、その真夜中の夕焼けって」亜紀が嘆息している。「その夜、本当に山の向こうは、あの世だったのね」

「あの世といっても、極楽じゃなくて地獄ですけれどね。空襲の後、山のこちら側でも、黒い雨が降ったそうです」

「貴島君、大丈夫か？」

火村が朱美に声をかけた。見ると、彼女は額に手をやって蒼《あお》い顔をしている。六人部の話を聞いて朱色の夜空を想像しているうちに、気分が悪くなったのかもしれない。

「ごめんなさい」六人部が慌てて謝る。「君の苦手な話だったね。気がつかなくて、申し訳ない」

朱美は、白い歯を覗かせた。

「大したことはありません。夕焼けの話を聞いただけでこんなふうになるなんて、いつもはないことです。ワインを飲みすぎたのかもしれません」

「それと疲れたんじゃないの？　あなたも部屋に行ってもう寝なさいよ。無理することはないわ」

「そうする」と朱美は答える。「ごめんね。今日は色々やってもらって」

「気にすることはないわよ。——というところで、どうでしょう。もう十二時ですし、今夜はお開きにしますか？　お風呂にお入りになるでしょう」

　風呂を沸かしてもらうには及ばなかったが、お開きには賛成だ。また明日がある。閉会を告げるように、ここで時計が鳴った。

「火村先生、有栖川さん。今日はありがとうございました。また明日、よろしくお願いします」

　朱美は深々と頭を下げる。そして、火村の「おやすみ」に、小さく微笑して奥に去った。

4

　午前三時。

　火村と私は、まだリビングにいた。事件についてディスカッションをしていたわけではない。自分たちが買ってきたウィスキーとつまみを意地汚く飲み食いしつつ、低く抑えた声でとりとめのないことを話していただけだ。たとえば、六人部が熱弁をふるった太陽の道や、太陽祭祀について。

「以前、新聞の投書欄で傑作なのが載っていたんだ」と火村。

　薄い水割りを作りながら、「ほぉ、どんな?」と促す。

「ある年配の男性の投書だ。その人は日章旗がいたくお気に入りらしくて、あんな気高《けだか》く美しい国旗は類を見ない、と言う。賛美するだけならいいけれど、ご意見は飛躍していって、国際機関の旗も日の丸のように太陽をシンボライズしたものにするのがよろしい、と彼は提案する。世界中のどんな民族にとっても判りやすく、親しみやすい旗になるだろう、と言うんだな。よくこんな投書を載せるよ、新聞も。無内容なだけでなく、事実誤認と偏見に満ちている」

たかが新聞の投書に愚痴るとは、火村先生も酔ってきている証拠だ。私はおかしかった。彼は続けて、

「昔、日本のある水産加工品メーカーが中東に缶詰を売り込んだんだけど、さっぱり売れなかった。どうしてだと思う？」

「話が飛ぶな。――さぁ、どうしてかな」

「そのメーカーのマークは日の出のデザインだった。それが嫌われたのさ。日中は摂氏四十度近くまでになる土地で生活する人間にとって、太陽は恵みの象徴どころか憎々しいだけのものなのさ。だから、いくら味がよくても缶詰に太陽のマークなんてついていたら、食欲を減退してしまう。それで、売れなかった」

「なるほど。ところ変われば、というやつやな」

「中東、アラブ諸国の宗教はイスラム教だけど、そのシンボルは三日月だ。モスクのミナレットという尖塔《せんとう》のてっぺんには、必ず三日月がついているし、それらの国の国旗のモチーフには三日月がよく採用される。トルコとかアルジェリアとか。当然ながら、アフリカの国々の国旗も太陽なんて使わない。ここで人気があるのは、星だ。宗教学者ミルチャエリアーデの論を持ち出すまでもなく太陽祭祀、太陽信仰というのがごく限られた地域、文

化に根ざしたものだということは自明なんだ。それを、民族を超えた理想的なシンボルだなんて、無茶言ってはいけない。夕焼けも、しかりだ。夕焼けを見て荘厳さに打たれたり、感傷的になるのは普遍的な情動ではない。いくら胸の奥から自然に込み上げてくる感情であっても、それは必然とは限らないわけさ。いったい君は、そのあたりをどう考えているんだ？」

彼は私に人差し指を突き出す。

「俺は違うって。夕焼けの研究なんかしてないし、中東に日の出のマークの缶詰も売り込んでない。――おい、ほんまに酔うてきてるな？」

「こんなぐるぐる回る家、いるもんか」

「アホ。しょうもないこと言うてんと、そろそろ引き上げよう。明日、起きられへんかったら恥ずかしい」

「よかろう。――その前に、ここいらをざっと片づけるか。あんまり音をたてちゃまずいけど」

グラスや小皿を流しに運び、軽く洗っておくことにした。あまりやりすぎると亜紀や朱美がかえって気を遣うかもしれないので、あくまでもざっと片づけるという方針だ。長い一日だったたな、と欠伸をしている時に、眠気が吹っ飛ぶようなことが起きた。

短い女の悲鳴がした。亜紀と朱美の部屋からだ。どちらの悲鳴かは判らない。

火村と私は、はっと顔を見合わせ、次の瞬間には奥の部屋に駈け出していた。二人の寝室までくると、まずドアを叩いて「どうしました?」と呼びかける。中からは、亜紀が朱美をなだめる声が洩れ聞こえていた。

「待ってください。今、開けます」

そんな返事がしてからドアが開き、パジャマ姿の亜紀が顔を出した。その肩越しに室内を窺うと、朱美がベッドに座って荒い呼吸をしている。

「先生たち、まだ起きていらしたんですね。びっくりさせて、すみません。お騒がせしました。何でもないんです。朱美が夢でうなされただけですから」

そんなことぐらいで夜中に大きな声を出したのか。まるで子供だな、とおかしく思ったのだが——

「あの子の悪い癖です。これまでにも二、三度あったんですけど、そのたびにぎくりとします。泥棒でも押し入ったのかな、と」

笑えなくなった。朱美と同じように、悪夢に繰り返し悲鳴を上げて跳ね起きる男を、私は知っている。何かおぞましい犯罪の夢を見て叫ぶのだろう。学生時代に火村の下宿に泊まった際に、私は真夜中に悲鳴を耳にして目を開けた。と、悪夢から醒めた彼は布団の上に座って、じっと自分の両手を見つめていたのだ。「どうした?」と訊くと、「疲れていて嫌な夢を見た」という答えが返ってきた。私はおかしくて「柄にもないな」と笑った——

一度目は。

「貴島さん、大丈夫ですか?」

私の呼びかけに、朱美はこっくり頷く。

「すみませんでした。よく見る嫌な夢があって……」

それから立ち上がり、ハンガーに掛けてあったカーディガンをはおる。

「もう何ともありません。——お水を飲んでくる。睡《ね》ててね、従姉さん」

亜紀は「風邪ひかないようにね」と朱美にひと声かけてから、私たちは「おやすみなさい」と言ってドアを閉めた。

朱美は冷蔵庫からミネラルウォーターのペットボトルを取り出して、コップに二杯もごくごくと呷《あお》った。それから深呼吸をして、ようやく悪夢を払えたようだ。私たちを振り向き、「やっと目が覚めました」と言う。しかし、まだ気持ちが鎮まりきらないのか、落ち着きなく髪を手で梳《す》いたりしていた。

「嫌な記憶が甦るような夢なのか？」

火村は堅い声で尋ねた。彼女はためらいを見せてから、思い切ったように答える。

「火事の夢です。離れから、うちが燃えるのを見た時の情景を、時々、すごくリアルに夢で見てしまうんです。いつも伯父が炎に包まれる場面が出てきて……」

「そこで悲鳴をあげて、目が覚める？」

「はい。……いえ、その後です」

「その後というと？」

朱美は唇を噛んだ。これまで胸の裡《うち》に留めていたものを、にわかに吐き出す決心がつかないのだろう。

「私は……伯父が松明《たいまつ》のようになって焼け死んでいくのを、呆然として見ているだけです。金縛りにあったように、身動きができずに。自由になるのは、現実の火事を見た時も、夢で見た時も、目の玉だけで……」

彼女は何かを目撃したのだ。封印して、今まで秘してきた何かが、夢に顕われて牙をむくのだ。

「何を見たのか、話してくれ。俺を悩ませてる悪夢よりは、きっとましだろうさ」

朱美は、怪訝そうに火村を見る。

「先生も、うなされるような夢を見るんですか？」

「ああ。人間を一人、殺す夢だ。俺は、酷《むご》い方法で殺人を犯す。はっとして目が覚めた時は、いつも両手を見てしまう。血糊《ちのり》でべとべとの感触がはっきりあるのに、ちっとも汚れていないんだ。透明の血がついているんじゃないか、としばらく凝視してしまうほど、その感触は生々しくて、思い出そうと努めればいつでもできる。思い出すと、喉が渇いてしまうほど、胸くその悪い夢見だよ。——君は、夢で人を殺すわけじゃないだろう？」

火村が自分の悪夢について語ったのは、これが初めてだった。隠している領域に立ち入ってはいけない、と私が訊くのを憚《はばか》っていたからだ。その答えを、今、こんな形で得るとは思ってもいなかった。

「先生も少し……顔色が悪くありませんか？」

朱美の言葉に火村は首を振るが、光線の当たり具合のせいか、顔がやや蒼い。そして、私は――おそらくは彼女も――見てしまった。汚らわしいものがついてしまったかのように、彼が自分の両手をシャツの裾で拭うのを。

「夢の中で、私は人を殺しません。私が見るのは……人が、人を殺すところです」朱美は短く息を継いで「これは、あくまでも夢の中の話で、現実もそうだったということではありません。私の記憶には欠落があって、火事の直後のことは、ちゃんと思い出せないんです。だから、その人が、現実にそんなことをしたのかどうかは……」

「家に火を点けた人間を、夢で見るのか？」

「火を点けて……庄太郎の伯父が飛び出してきたら、今度は、その伯父にめがけてガソリンのようなものを……」

「彼を焼死させようとしたんだな。それは誰がしたことなんだ？」朱美は躊躇する。「待て。庄太郎の伯父と言ったな。ガソリンをかけた方は、別の伯父――山内さんなのか？」

「……夢の中では」

「現実にもそうだった、と君は疑っているんじゃないのか？　ただの夢なら気に病むことはないが、何度も繰り返し見てしまうのは、意識下に抑圧した記憶がにじみ出してきているんではないか、と君は考えている。違うか？」

「判りません」

「俺は、真実を告白しろ、と迫っているんじゃない。君は、山内さんが放火殺人の犯人かもしれない、と疑いながら過ごしてきたのか否かを質しているんだ。真実は、判らなくてもいい」

「理由もないのに、そんな夢を繰り返し見るのは変じゃないですか？」

「質問をしているのに、質問し返さないでくれ。君は、この六年間、心の片隅で山内さんが恐ろしいことをしたのではないか、と疑ってきたのか？　俺に答えを誘導させないでくれ」

「口にできるほど、確かな感情じゃありません」

「だから、悶々と悩んで、悪夢を見続けていたわけか？」

朱美は、諦めたように目を伏せた。

「庄太郎の伯父にガソリンをかけたとは到底思えませんけれど、家に放火をしたのは陽平の伯父かもしれない、と疑ったことはあります。私はそれを目撃したんじゃないのか、だからそれが夢で甦るんじゃないのか、と。でも、そんな根拠のないことを口外できるはずはありません。陽平の伯父が、お世話になっている家に放火なんてするはずがありませんし……だから、黙っていたんです」

「彼は庄太郎さんに蔑視され、強い反感を抱いていた、と升田さんから聞いた。家は全焼したけれど、多額の保険金が入ったし、加えて庄太郎さんにかけられていた多額の生命保険金も――」

「先生は、陽平の伯父を本気で疑うんですか？」

「検証しているだけさ。――庄太郎の死によって、彼の妹の真知に経済的な損害が及ぶことはなかった。火事の当夜、母屋に彼が一人だけだったのは偶然ではなく、彼がそんな日を選んだのかもしれない」

朱美はまた、コップに半分ほど水を注いで飲み干す。口の端からこぼれた水が、顎から滴った。

「先生がそうおっしゃるのを聞くと、いかに根拠がない想像にすぎないかが判って、少し安心しました」

「そうかもしれない。しかし、同じ居候という境遇からか、君と山内さんはシンパシーを感じ合っていたようだったね。だから、君の意識は、彼が放火殺人犯であることを断じて認めたくないのかもしれない」

「誰が放火魔だとも認めたくありません。もうやめてください。堂々巡りです。想像からは、真実は掘り出せません。仮定や仮説だけでは、どこまでいっても答えは出せないと思います」

私は息をつめて二人のやりとりを聴いていたが、火村はどうやらここで矛先を収めるらしい。「そうだな」と短く言って、煙草をくわえた。

朱美はこれまで独りで抱え込んできたものを、覚悟を決めて私たちにさらしてくれた。このチャンスを逃さず、訊きたいことはすべてぶつけるべきだろう。私は尋ねる。

「あなたが見たのは、夢にすぎません。抑圧されてた現実の記憶が、海底から泡のように浮かんできたのだとはかぎらない。そうですね？――夢は、願望を顕在化させたものだと言います。あなたは、庄太郎さんに対して憎しみを感じていませんでしたか？」

　喉許に刃を突きつけるような質問だったが、彼女は冷静だった。星が流れるほどの時間だけ考えてから、明瞭な声で答える。

「庄太郎の伯父は、どうしても好きになれませんでした。他の家族と一緒にいると、ごく自然にほどよい距離で接してくれたんですが、二人きりになった時には少し人が変わったんです。婉曲《えんきょく》に、お前の世話をみてやっているんだぞ、判っているな、と念を押すような物言いをされたり、そうでなければ本物の親娘《おやこ》以上に馴々しいスキンシップを求められました。従姉さんがホームステイで渡米している間は、伯父と二人きりになることがままありました。そんな時、襲いかかられるんじゃないか、という危険を感じたことはありませんが、必ずお風呂で背中を流すことを強要されました。みんなが出ていくと、すぐに離れに私を呼びにくるんです。さも、うれしそうな顔で」

　さぞや不快な経験だっただろう。虐待と呼ぶのは大袈裟なのかもしれないが、そんな要求を拒めない彼女が傷ついたことには違いがないだろう。義憤を覚えるが、そんな感想は呑み込む。

「そのことを、真知さんたちはご存知なかったんですか？」

「伯母さんは知りません。ただ、従兄さんはうすうす感じていたようです。思いがけず早く帰宅したことがあって、私と伯父がお風呂にいるところを見ていますから。でも、大したことだとは思っていなかったみたいです。『親父のささやかな楽しみだな』と笑って、陽平の伯父やら遊びにきた中村さんとか六人部さんにも話していたぐらいですから。でも、夫婦喧嘩になると思ってか、伯母にはしゃべらないんです。私も伯母には相談できなかった。けれども、だからといって庄太郎の伯父が亡くなったことを喜んだりはしませんでした。それに、もちろん……そんなぐらいのことで、私が母屋に放火したはずもありませんよ」

「いえ、私はあなたが放火をした真犯人ではないのか、と追及したつもりはありません。そんなことは夢にも思ってない。嫌なことを話させて、ごめんなさい。これで、あなたが味わった孤独が少し理解できたかもしれません」

「私は、有栖川さんに感謝します。今のことも、吐き出してしまいたかったことでした。ようやく、それができた」

朱美は続けて、小声で何か言った。

「どうしたって？」と火村が訊く。

「先生、私にも煙草をください」

助教授はキャメルの箱とライターを取り、テーブル上を対角線上に滑らせて朱美にパスした。彼女は一本抜いて、不慣れな手つきで唇に運ぶ。それからライターに点火し、しばしの間、オレンジ色の小さな明かりを見つめていた。

「その火は、こわくないのか？」

「今はこわくありません。掌の中に包めるぐらいだと、きれいですね」

そう言って、煙草に火を点ける。咽《む》せるようなことはなかったが、おっかなびっくり試しているようにしか見えなかった。紫煙をふっと吐きながら。

「高校生の頃、遊びで喫ったことはあるんですよ」

「初めて喫うんだろう、なんて訊いちゃいないさ。初心者には向かない銘柄だよ、そいつは」

「きついですもんね。――私、これを生涯最後の煙草にするかもしれません」

「賢い子は、そうした方がいい」

「あの夢も、もう見なくてすむようになるかもしれません。そんな気がします。先生と有栖川さんに聞いていただいたから」

「もう見ないでしょう。今夜のでおしまいですよ」

私が言うと、彼女は穏やかな笑みを浮かべる。そして、紫煙の向こうの火村に言った。

「先生の悪夢も、早く消えますように」

5

朱美が部屋に戻った後、私たちは海鳴りだけが聞こえる部屋で話を続けた。

「繰り返し同じ悪夢を見るっていうのは、嫌なもんやろうな」

「嫌なもんさ。軽い神経症だからな」

「お前は、夢の中で誰を殺すんだ？」

「そりゃ、殺したい奴さ。誰だっていいだろうが」

「彼女を悩ませた夢のことを、どう思う？」

「判断のしようがねぇよ。あれだけのことで、山内陽平が放火殺人犯だと決めつけられるはずがない。また、貴島君が伯父の庄太郎氏を憎んでいて、山内が殺して成敗してくれればいいのにという願望を無意識に抱いていたのかどうかは本人にも判らないし、判ったとしても意味はない」

「しかし、気になる。山内さんが放火殺人犯やと仮定したら、彼が殺された背景になる何かが視えてきたりせえへんか？」

「最もストレートなのは、山内氏の旧悪を知り、怒りに狂った人間が彼を殺したという構図か」

「そう。となると、六人部四郎が事件にどう関わってくるのかが問題やな。犯人は山内さんを殺して、六人部さんに罪をなすりつけようとしたわけやから——」

「そうかな。そのあたりも、靄《もや》がかかってるようだ」

「どうして？」

「しばらく敬称を略すぞ。——犯人は六人部を脅迫して、殺人現場のすぐ上の部屋におびき寄せた。そうすることで彼のアリバイを抹殺できるし、マンションから立ち去るところを誰かに目撃させたらますます怪しくなる、という寸法だろ？　でも、その計画は不合理に満ちているじゃないか。第一に、六人部は陽平を親の仇と狙っていたわけではないし、彼から大金を借りていたわけでもない。あからさまな殺人の動機がないんだ。そんな人間のアリバイを奪って罪を着せようとすることに、まず無理がある。第二に、六人部が現場から去るところをわれわれが目撃したのは偶然だ」

「いや、それは必然やろう。犯人は、われわれが六人部さんを目撃することを見越してたはずや」

「六人部がマンションを出る時間に合わせて、お前のところに電話をかけてきたから、彼と俺たちが路上ですれ違うことは充分期待できた、と言いたいんだろ。それは、いいんだ。しかし、俺たちが彼の風体をしっかり記憶して、警察にこういう人物を現場付近で見かけました、と証言するかどうかは心許ない話だぜ。殺人現場の806号室に六人部が愛用しているのと同じ種類の香水で匂いを遺しておく、なんてところは芸が細かいのに、根本的なところが脆すぎる」

「しかし、犯人が六人部に罪をなすりつけたがってなかったんやとしたら、あんな凝ったことをした理由がなくなるぞ。単に、六人部を翻弄《ほんろう》して、『僕がいたはずの部屋で人が殺されてる。どういうことなんだ？』と悩ませたり、『もうすぐ刑事がやってくるかもしれない。どうしよう？』とおびえさせたかったということか。山内陽平殺しを利用して、ことのついでに六人部にいやがらせをした——とか？」

「いやがらせ、ね。どうかな」

「あ、待てよ。犯人は、山内が放火殺人犯であることを知って、彼に報復の鉄槌《てっつい》を下した、と仮定してたっけな。だとしたら、そいつは六人部が放火殺人犯ではないことを知っていたことになる。六人部に『お前が宗像庄太郎を殺したことを知っているぞ』と脅迫しても、相手に黙殺される可能性が高いことも承知していたわけか」

「六人部にすれば、脅迫の内容が事実ではなかったとしても、周囲がそう疑うに足る材料――他の小火騒ぎが彼のしわざだという証拠――をばら撒かれることは、断じて阻止したかっただろう。六人部は操れる、と犯人はある程度期待できた」

「うん、それはええ。問題なのは、小火騒ぎが六人部のしわざであるという証拠を、脅迫者が本当に所持していたことや。六人部が火遊びをしてる写真が、脅迫状に同封されてたらしいからな。ということは……犯人はいったいどんなポジションにいてる人間なんや？ そいつは、山内が放火殺人犯であることを知っていて、かつ六人部の火遊びの現場を写真に撮ることができた人物。そして、山内に殺意を感じつつ、同時に六人部も痛い目にあわせてやろう、と思う人物。――放火殺人の報復やとしたら、動機があるのは真知、正明、亜紀あたりか？ しかし、山内は真知にとっては実の兄やし、正明や亜紀が親の仇討ちをするというのも……」

「やっぱり駄目だ、アリス。その積み木は全然うまく積み上げられない。山内が放火殺人犯で、誰かがそれを察知した、という仮定は動かさなかったとしても、不確定な要素があまりにも多い。放火の真相を知った犯人が怒り狂って山内に復讐した、とストレートに考えていいものかどうか、検証が必要だ。土台が脆弱すぎる」

「そうやな。――そしたら、放火殺人と大野夕雨子殺害との関連について、何か視えてけえへんかな。山内が放火殺人犯であることを大野夕雨子が知り、その秘密を漏洩《ろうえい》しそうになったことに焦った山内が彼女を殺した。いかがですか、先生？」

「ない話ではない」

「欠伸するなよ。――うん、あるわな。別荘に招かれてる時を選んでわざわざ殺害するかな、とも思うけれど、事態が切迫してきて急いだのかもしれん。それはええとしても、まず、ネックになるのが彼のアリバイやな。犯行推定時間とされる午後二時から五時の間、山内は途切れることなくアリバイを持ってる。二時から四時までは升田と釣りをしてたし、四時から五時までは他の人間と一緒にここにいた。石が落とされた五時以降のアリバイはまったくないけど、それはいわば二次的なアリバイやからな」

「少なくとも、彼単独の犯行ではなさそうだな」

「かといって、共犯者が存在するとも思えんやろう。自分の過去の重罪を知った大野夕雨子を消すのに、誰かに共犯を頼むというのは愚かすぎる」

「そのとおり」

「もしかして、誰かが殺人の片棒を担いでるとは知らないまま、山内の共犯者にさせられてたのかもしれんぞ。そして、その人物は二年たって驚くべき真相に気づき、山内に復讐をした。……あかんか。知らないままに大野夕雨子を殺したやなんて、あり得へんもんな。

何しろ、流木で殴り殺されてたんやから」

「自分で気がついて、おめでとう」

「俺にばっかりしゃべらせやがって。何か言え」

「すねるなよ。今、お前がしゃべったことは、まんざら馬鹿でもないかもしれない」

「馬鹿とは何や。俺はそこまで思うてなかった」

「判ったって。——山内の過去の犯罪を大野夕雨子が知った。その口封じのために山内が誰かを巧妙に利用して彼女を殺した。そして、利用されたことに気づいたその人物が山内を殺した。苦しいところだらけだけれど、一応、三つの事件が串刺しになっている。そんなストーリーは初めてだ」

「しかし、空振りや」

「おそらく真相は変化球なんだ。だから、ミートできなかった」

「うーん、浅香山のバッティングセンターで打ち込みをしてこようかな。——しかし、三つの事件を強引に串刺しにするのは正しいのかな。実はそれぞれが独立した事件やということは……」

「それはないだろう。山内殺しと放火殺人とは切り離せない。六人部は、放火をネタに脅迫されて、殺人現場に導かれたんだから」

「そうやったな。では、大野夕雨子殺しだけが独立しているという可能性は留保されるわけか」

「いいや。三つの事件はどれも独立していない」

「確かか？」

「失念してることがあるだろう。山内を殺害した犯人とおぼしき人物は、怪しげな電話をかけてきて、俺が死体の第一発見者になるように仕組んできたんだぜ。俺を巻き込んだのは、大野夕雨子殺しの調査を貴島君に依頼されたからだとしか思えない」

「ああ、そうか。それにしても、お前を第一発見者にしたがるわけなんてあるのかな。調査から手を引かないとやばいことになるぞ、と言いたいのか、こっちが先手を取っているからお前の出番はないぞ、と挑発しているのか」

「後者だろうな。犯人は、俺についてある程度の予備知識を持っている。身辺を洗ったんだろう」

「その点について、考えてみるべきやないか。犯人は、貴島朱美がお前に捜査の依頼をしたことを事前に知ってたことになる。彼女がその件について伝えてたのは真知、正明、亜紀、山内、中村の五人や。他の人間は除外できる」

「いや、できない。山内が誰にしゃべっていたか判らないからだ」

「そうか。畜生」

「その他にも俺が疑問に感じているのは、どういう点だと思う？」

「素人には窺い知れんな」

「ごく当たり前の疑問さ。大野夕雨子は何故、殺されたのか？」

「痴情のもつれ。いや、そんなにあっさりは言えないな。中村と六人部との三角関係っていうのは、殺人に結びつくような深刻なものではなかったみたいやから。強いて黒っぽい人間を挙げるとしたら、中村になる。自分と交際をしていたのに、六人部に秋波を送った彼女の不実にプライドを傷つけられて、犯行に及んだ……というのは、弱いな。——アリバイについていうと、正明とダイビングをしている最中にこっそり陸に上がり、犯行をすませることはできた。しかし、崖から石を投げ落とすことができたかどうかは微妙や。十分間ほどの空白があるだけやから。十分で岬の先まで行って帰るのは難しい。かというて、誰かに石の投下だけを頼むのはおかしい。もしも、頼める相手がいたとしたら、もっと明確なアリバイが成立するように配慮したやろう。まさか、『五時半ぐらいに岬に行って、崖の下に石を投げると幸せになれるそうだよ。試してごらん』とか言うて、誰かをロボットみたいに操れたはずないし、そんなもんが遺体の頭に命中するはずもない」

「判らないことが多いな」

「ビデオで観て、何か気がついたことは？」

「彼女のピアノは、表現がやや大袈裟だな。升田さんを喜ばせるために気合いが入ったのかもしれない」

「そんなことが聞きたかったわけやない。——また欠伸か。ここらで切り上げた方がよさそうやな」

「そうしよう。ああ、もう四時半かよ」

「まだ外は真っ暗だな。冬至《とうじ》が近づいてるものな。これからもうひと山、夜があるみたいだ」

私たちは、朱色のイメージに彩られた長い夜に幕を引くことにした。

終章　遠い太陽

一夜明けて、日曜日になった。山内陽平が殺されているのを火村と私が発見して、一週間が過ぎたわけだ。

四時半に床に就いたというのに、思いがけず早く目が覚めてしまった。自分の家ならば眠り直すところだが、よそにきていてそれは危険だ。徹夜したわけじゃあるまいし、と起きて服を着た。何時から朝食なのか聞いていなかったが、様子を見ようと眠たい目を擦りつつ、階下へ下りてみることにする。と、キッチンには朱美しかいなかった。

「おはようございます。お早いですね、有栖川さん。まだ七時ですよ」

「そのようですね。早く目が覚めたというよりも、眠りそこねたというのが正確です。二時間半しか眠ってないわけか」

「私が騒いだり、長々とつまらない話をお聞かせしたからですね。――すみませんでした」

わざわざこちらを向き直り、深く頭を下げる。

「謝ってもらうには及びませんよ。それどころか、あなたのおかげで私の積年の疑問も解決しました」

「何のこと……ですか？」

彼女が怪訝そうな顔をするのも、無理はない。

「火村は、あなたと同じでね。何かにうなされることがあったんです。学生時代に彼の下宿に泊まった時とか、旅行先の宿で数回そんな場面を目撃したことがあって、どんな夢を見ているのか気になっていたんです。いつも訊けなかった。そんな雰囲気やなかったんです」

「どんなふうなんです？」

「汗びっしょりになって――」

突然、誰かが走る音が頭上で響いた。私たちは何ごとか、と天井を見上げる。階段の上に現われたのは、その火村だった。噂をすれば影、というが、影がこんなに速く走ってくるとは驚きだ。朱美は息を呑んで「ひっ」と喉の奥を鳴らし、その音があまりに変だったせいか顔を赧《あか》らめた。

「どうしたんや、先生。朝っぱらから逆上してまぁ。また夜尿症が出たのか？」

火村は「いや、違う」と大真面目に答えながら、階段を駈け下りてくる。シャツのボタンは、まだ上の三つが留まっていなかった。何をそんなに慌てているのか、見当がつかない。

「お前もくるか？　これから岬まで行く」

「何のために？」

「こいって」

やれやれ。説明をしないのなら、初めから「こい」とだけ言え。

「あのぅ、私もついて行っていいでしょうか？」

朱美が許可を求める。どうして岬に向かわなくてはならないのか、彼女にも判っているはずがない。火村の興奮が、理由を飛ばして感染したのだろう。助教授は「いいよ」とだけ答え、われわれは揃って家を出た。朱美が「あ。私、朝食の準備をしていたんでしたよね」と間抜けなことを言ったのは、道の半ばまできてからだった。

火村は早足で歩きながら、やっと事情を話しだした。

「朝、洗面所に行きかけて、廊下の窓からふと外を見たんだ。岬が見える方の窓を」

「そうしたら、岬に車が一台停まっていた。めったに車が入らないところだと聞いていたのに、早朝から立ち寄る人もいるんだな、と目を凝らしてみたら、車体にでかでかとインテリア吉本と書いてあるのが見えた」

「二年前の事件の際にも車を停めていた元お巡りさんのところの車ですね。朝の海でもスケッチしてるんでしょうか」

朱美は少し息を切らしていた。私がそうならないのは、黙っているからにすぎない。

「スケッチに寄ったのか何だか知らないよ。俺が興味をそそられたのは、そんなことについてじゃない。車そのものさ」

「車？」

岬の先へと続く径《みち》に出た。確かに車が停まっている。それを見た瞬間に、私はおやっと思った。そんなささいな反応を火村は見逃さず、

「アリス。もしかして、お前と俺は同じことを感じているか？」

「そうかな。俺はごくつまらないことを思うただけや。――車、車と聞いてたけれど、あんな大きなものやったんか……と」

「俺もなんだ」と、火村はうれしそうだった。

私が漠然と想像していたインテリア吉本の営業車は、大きめのバンぐらいのものだった。店に並んでいた籐製品やら観葉植物を見ているから、それぐらいで用が足りると思えたから。しかし、岬の先に見えてきたのは、ベージュ色をした軽トラックなのである。車高は三メートル近くあり、店にあった籐製品だの観葉植物を運ぶのには、やや大袈裟なようだが。

「ねぇ、朱美さん」息が乱れた。「大野さんが殺された日に岬にいたのも、あの車なんですか？」

二年前とは車種が変わっているのではないか、と思ったのだが、彼女の返事は「はい」だった。それならそれでいい。いささか意外だったが、驚くようなことではない。ところで――火村はどうして騒いでいるのだろう？

「あれは吉本さんだな」

車の脇に人影があった。火村の言うとおり、昨日、丁寧に応対してくれた元巡査長だ。

彼は腕組みをして、岬の北の方を眺めていた。スケッチの道具のたぐいは見当たらない。十メートルほど手前まで近寄っても、耳が遠いせいなのか、彼は私たちに気づいていないようであった。

「吉本さん」

火村の呼びかけに、振り向き「おやまぁ」とびっくりしたように言う。

「昨日の先生ですね。こんな時間から現場検分にいらしたんですか？」

「いえいえ。あそこの別荘に泊めていただいてるんですが、窓からこちらを見たら吉本さんのお店の車があったものですから、どうしたんだろうと思ってやってきたんですよ」

「は、それだけのことで三人も連れ立ってきたんですか？」

「散歩をかねてるんです。――吉本さんも散歩がてらにいらしたんですか？」

朱美と私は、数歩下がったところで彼らのやりとりを聞いている。

「そのようなものですけれど……正直に言うと、ここを見にきたんですわ。久しぶりに先生方とあの事件の話をしたもんですから、事件のことが頭にまとわりついてしもうたんです。それで、無性にここに立ちたくなってやってきた次第です。えろう朝早くからとお笑いになるでしょうが、この時間しか車が空いてないんですよ」

「そうでしたか。――あの日は、どのあたりを写生なさっていたんですか？」

「あっちの、あのへんです」と彼が示したのは、岬の真ん中よりもやや付け根寄り。その南側だった。耳の遠い彼にすれば、やはり殺人現場からかなり距離があったわけだ。

「もちろん、今さらここに立っても、何が判るはずもありませんがね」

淋しげに白い吐息をつく吉本に、火村は今さらのように尋ねる。

「事件の日もこの車にお乗りだったそうですね？」

「そうですよ。あの当時、うちにあった車はこれ一台だけでした」

「そうですか。——つかぬことを伺いますが、配達に随分と大きな車をお使いになるんですね。わけでもあるんですか？」

「わけてなものはありません。三、四年前には籐の衣装簞笥《だんす》とか、もっと大型の商品が店にあったというだけのことです。それに、応接セットなんかもあったから、これぐらいの車でないと運びかねたんです」

「そうでしたか。——ありがとうございます。とても参考になりました」

礼を言われた吉本は、「はぁ」と、頼りない返事をする。どこがどう参考になったのか、傍で聴いていた私にも謎だ。朱美だって同様だろう。

岬から家に戻る道々、朱美と私は火村先生の重大発表を待ったのだが、それはついに行なわれずだった。別荘に帰り着くと、朱美がメリーセレスト号状態に放置したキッチンを受け継いだ亜紀が「お散歩だったんですか？」と尋ねてくる。

「そんなとこです」

火村はぶっきらぼうに言って、つかつかとテレビに向かう。観たかったのはモーニングショーや今日の天気予報ではなく、升田に借りたビデオだったらしい。そんなものを、食事もとらないうちに理由もなく観たがるはずがない。何が始まろうとしているのか？

「先生、何か判ったんですか？　火村先生？」

朱美の呼びかけに、彼はイエスともノーとも答えない。彼女は、それがもどかしげだった。焦ることはない。焦っても同じだ。おそらくは、彼自身、まだ脳細胞を回転させている最中なのだ。

亜紀も手を止めて、私たちの方にやってくる。背後で三人の観客が見守っていることも、火村は気づいていないようだ。彼は下唇に人差し指を押し当てたまま、テープをある箇所に合わせる。

大野夕雨子の顔が現われた。

『ハロー、ご機嫌はいかがですか、升田さん？』

＊

火村は一度ビデオを観ると、何ごとかに納得をしたようであった。しかし、石になったように黙ったまま、私たちが問いかけるのを拒絶する。ぽつりと呟いたのは「待ってくれ」だけだった。

八時が近づくと、六人部と中村が相次いで下りてきた。昨夜、酔いつぶれてしまった中村は「昨日はどうも、どうも」とバツが悪そうだった。一方の六人部はいかにも熟睡してさっぱりしました、という晴々《はればれ》とした顔だ。深夜に朱美がちょっとした騒動を起こした時も、安眠を貪っていたのだろう。

朝食の席は、おかしな雰囲気になった。火村が心ここにあらずという面持ちで口をきかず、それでいて野菜サラダやトーストをぱくぱくと食べていくものだから、まるで宇宙人が紛れ込んだようになってしまったのだ。亜紀や中村は、火村の存在を「なかったこと」にして、今年のクリスマスはどうして過ごそうかしら、などと世間話をするし、六人部も火村を「見なかったふり」をして、朱美と私にあれこれ話しかけてくる。しかし、われわれ二人は、ついつい助教授に横目で視線を送ってしまうのだった。

「ねぇ、有栖川さん」六人部が声を低くして「火村先生、どうかしたんですか？　一人の世界にこもってしまってますけれど」

「どうしたのか、こっちが教えてもらいたいですね。明日の講義の内容を練っているはずもありませんから、事件のことで何かひっかかっているんでしょう」

「いつからああなんですか？」

「まぁ、ちょっと前からですよ」

適当に答えるのだが、彼もしつこい。

「まさか、ここにきて半日ぐらいの調査でもう犯人が判明したというんじゃないでしょうね。迷宮入りかと思われてたんだから、名探偵にとっても、そんなやさしい事件だとは思えないけれど」

中村が含み笑いをして、割り込んできた。

「君はもっと先生を信用しないと駄目だろう。エレベーターの罠に嵌められて、絶体絶命だったところを助けてもらったくせに」

「……そうなんですけれど、ね。いや、先生は、きっと真相を見破ってくれると信用していますよ。それは、当然のことです」

「もしも真相を見破ったとしても、先生はここで記者会見なんか開いてくれないだろう。まずは、警察にご報告だ」

中村の言い方には棘《とげ》があった。それがめいめいの胸に突き刺さったのか、急に座の空気が重くなる。火村が真相を引きずり出した場合のことに、思いを巡らせたからかもしれない。それは、おそらくごく身近にいる誰か——ここにいる人間かもしれない——の仮面が剝がされる時かもしれないのだから。

「ところで」と私は話を変える。「お母さんと正明さんは、何時頃にいらっしゃるんですか？」

「車できますから、九時頃に大阪を出たとして、午過《ひるす》ぎになるでしょうね。昨日、有栖川さんたちがお着きになったぐらいかな」

亜紀が答えてくれた。その二人が到着し、「また明日きます」と言っていた升田が顔を出したところで、火村は何かを明らかにしてくれるのかもしれない。いや、そんな心づもりはなくとも、事件の全容が判ったら警察へすぐにご報告、ということはしないだろう。夕映えにおびえながら研究室の前で火村を待ち続け、勇気を出して相談を持ちかけた朱美の気持ちを大事にするために。

「アリス。海岸をぶらつこう」

私に声がかかった。今度は、私も行っていいですか、と朱美が訊けない雰囲気だ。トーストの最後の一枚が食べかけだったのだが、「ごちそうさま」と言って、立った。

ジャケットもはおらずに外に出た火村は、北の方に歩いていく。吉本の車は、もう岬の上から消えていた。どうやら彼は、大野夕雨子が殺された現場に向かおうとしているようだ。もしかすると、何か実験めいたものをするつもりなのでは、と私は予想する。

岬の鼻先を回り、別荘の死角までやってきたところで、火村の歩みはしだいに遅くなり、やがて立ち止まった。そして、さっきまでいた崖の上を見上げる。

「寒くないのか?」と訊く。

「平気だ。これでも札幌生まれだぜ」

生まれて数年しかその地で暮らしていなかったはずだし、二十歳を過ぎてから北海道に渡ったこともないと話していたのに、気まぐれに道産子《どさんこ》ぶる。

「だいぶ悩んでるみたいやな。あの軽トラックを見てから。吉本が乗ってたのが思てたより大型の車やったことぐらいで、何を考え込んでるんや?」

「ここで椅子に座って、本を読むには寒い季節だな」

火村は見当はずれのことを呟いた。

「当たり前や、さっき、中村さんや亜紀さんがクリスマスの話をしてたやろ。師走《しわす》の海岸で本が読みたかったら、南半球へでも行くことや」

「六月なら、いいのか？」

「いいとか悪いというのもおかしいな。六月の初めやったら気持ちがええんやないか。……六月やなんて唐突に言うのは、二年前の事件の話をしてるわけか？」

「もちろん、そうさ。事件があったのは六月の下旬。初夏も終わりだ。その頃だと、よく晴れた日中の海岸で読書というのも、無条件に爽快《そうかい》とは言えないだろう」

火村は細切《こまぎ》れにしゃべる。自分の考えをまとめるために、私と言葉のキャッチボールをしたがっているのかもしれない。私は空を仰ぎ、海に、砂浜に視線を移しながら、夏の初めの光景を思い浮べた。想像力を駆使して、波音が冷たい空気に轟くこの浜を、太陽の光が満ちた初夏のそれへと変貌させる。そうしておいて、火村の次の言葉に備えたのだが、彼はまたも話をスキップさせた。

「彼女、ピアノを弾く前に腕時計とブレスレットをはずしてただろ。何でもないことなんだけれど、あのシーンも印象に遺ったんだ」

「それで？」としか言えない。

「殺される少し前に撮影された彼女の手首を見たか？　腕時計とブレスレットが嵌まっていなかった。ピアノを弾くところでないのに。のんびり、ぼけっとするだけなんだから腕時計など不要だったのは判るにせよ、どうして、手首のものをはずしてここにきたんだろう、とちらりと思った」

どうしてなんだ、と尋ねてもらいたそうだ。

「どうしてなんや？」

「日焼けして、手首に痕がつくのを嫌ったんじゃないかな」

「ふぅん」何だ、と思う。「それはあるかもしれん。あくまでも、仮説やけどな」

「彼女はディレクター・チェアだけを提げてここにきたんだよな。日除《ひよ》けのパラソルのたぐいは、持ってこなかった。そんなものは、現場写真にもビデオにも写っていなかった。ということは、日焼けなんて気にしていないかのようだ。いったい、どっちなんだろう、と思った」

「悩むほどの問題か？」

「日焼けは気にしなかったとしても、パラソルがないと困ったんじゃないか？　午後の日差しの上なんだから、まぶしくて本が読みにくかっただろうに」

「それは、そうやな。パラソルがなかったということは、どこか日陰を探してそこで落ち着くつもりだったんやろう」

私はビデオに写っていた夕雨子を思い出す。――そうだ、日陰だ。胸から上だけのショットがほとんどだったが、被写体が日向《ひなた》にいるのか日陰にいるのかぐらいは判る。彼女は、まともに陽光を浴びてはいなかった。

「パラソルなんか必要なかったんや。彼女が岬の裏に回ったのは、人目がなくてゆっくり寛げるからだけやのうて、影があったからやろう」

火村は胸ポケットからキャメルを取り出し、くわえながら頷いた。

「俺もそう思った。ビデオの彼女は日向にいなかったから、これは岬がこしらえた影の中に座っているんだろう、と。——でも、ビデオをよくよく観たらそうじゃなかった。彼女が座っていたのは、吉本さんの車が作った影の中だったんだ」

「……そうなのか？」

今ここにビデオがないから、何とも言えないが、私はそこまで観察できていなかった。

「升田さんは『では、ご機嫌よう』と言ってから、カメラを彼女から海へパンさせただろう。その時、ほんの一瞬だけ彼女の周囲が映っているんだ。岬の影はごく短くて、崖から一メートル離れたところにも届いていないんだ。判るか？　そこだけ盛り上がった影の中に彼女はいた。つまり、崖の上に停まった車の影の中に椅子を置いていたんだ」

「大した動体視力やな。バッティングセンターで鍛えてるみたいや」

「ビデオを観ていただけでは判らなかった。さっき、吉本さんの車が軽トラックだということを知って、ようやく気がついたのさ。こんなに車高があったのか、と意外に思ったって言ったろ？　その車が被害者がいた場所のすぐ上に駐車していたのなら、恰好の影を落としたんではないか、と思ってビデオを確かめたら、やっぱりそうだった」

「しかし、それがどうかしたか？　吉本さんは午後二時前に車でやってきた、と証言をしていて、彼女は二時ぐらいにここにきてた。二人は、あまり間を措かずに崖の上と下にやってきたんやろうな。それは既知のことや」

「二時前に吉本さんがきて、あまり間を措かずに大野さんがきた。二時前にできた影に、彼女は二時頃に入った。そういうことだな。それは既知のことじゃないだろう。俺は、彼女は岬の影にいると勘違いしていたんだから。ところが、岬の影は短くて日除けにならなかった」

「日除けになったのが車の影だったら、何がどう変わる？」

「影はじっとしていない。太陽の動きにあわせて、地面を移動するじゃないか。車の影はゆっくり動いたはずだ」

「動くわな」

「日除けが逃げていったら、どうすればいい？」

「走って逃げるわけでもない。椅子を何十センチかずらして、影を追いかけたらすむことや」

火村は煙草の先をこちらに向けて「そうさ」と力強く言った。

「追いかけなければ、影は自分からそれていってしまうんだ。俺は今、その日のその時間、太陽がどの方向のどんな高さにいたのか知らない。だから、影がどれぐらいのゆるやかさで、砂にどんな軌跡を描いたのかも判らない。ただ、動いたことだけは間違いがない」

そりゃ、動くなと祈っても、影は動く。時間の化身なのだから。

「現場写真を観て、明らかだったことがある。彼女は、椅子をずらしたり移動させていない。最初に座っていた位置で殺害されていた。死亡推定時刻には何時間かの幅があったけれど、二時からあまり時間がたっていない時点で犯行はすんでいたんだ。車の影があまり動かないうちに。——どうだ、そうならないか？」

即座に答えられるほど、私の頭脳は回転が速くない。じっくり考えると、妥当なように思えた。しかし——

「犯行が二時に近い時間やと判っても、誰が犯人かつきとめる決め手にはならんやろう。升田さんと入違いに六人部さんが彼女のところに挨拶にきたそうやけど、二人がその場で会話を交わしたのは数分やろう。二十分には別荘に戻ってるんやから六人部が立ち去るのを待って、被害者に近寄っていった人物がおらんともかぎらへんわな」

「彼は『じゃ、また』とだけ挨拶して去ったんじゃなかったな。本人の弁によると、これから取材に行く太陽の道について話したということだった。しかし、大した時間でもなかっただろう」

「本人がいてるんやから、確かめたらええやないか」

「後で確認する。——二時を十分だか十五分だか過ぎて六人部が行ってしまった後、車の影がまだ大野さんを包んでいる間に犯人がやってきたわけだ」

「そうは言うけど、影が彼女を包んでる間というのが、具体的に何時何分までのことなのかが判らんな。その日のその時間帯、太陽の光がどの方向からどんな角度で注いでたのか、影がどれぐらいの速さで移動してたのかを調べるには、専門家の手助けがいるやろう。今日も晴れてるから、季節が同じぐらいやったら午後にここで観察できたんやけどな」

「俺もそう思ったんだけど、どうやらその必要はなさそうなんだ。——ビデオカメラを片手にした升田さんは、六人部とすれ違った後、どうしたんだった?」

「升田さんか。あの人、岩場に行って山内さんと釣りをしたんやないか。四時ぐらいまではアリバイがある」

「正明、中村のコンビは、スキューバダイビングをしていたんだったな。途中からはお互いに目が届かないようになったが、一時半から始めてしばらくはともに行動していた」

「そう」

「亜紀さんと貴島君は海岸を散歩してから家に戻り、二時から三時半まで真知さんと一緒にビデオを鑑賞した」

「そうや。えーと、残るは……」

「いやしない。二時を過ぎた頃の所在は、みんなはっきりしているんだ。一人を除いてね。六人部さんだ。他の人間はみんな、太陽が黄道上をかなり動くまで誰かと一緒にいた。大野さんが影の中にいる間に、彼女に近づけたのは彼だけなんだ」

「しかし……」

六人部が犯人だと言うのか。

反論しなくては、と思う。どうしてだか判らないが。

「理屈ではそうなるのさ。犯人を考慮しなかったとして、生きた大野さんと一番最後に会ったのは六人部さんだ、という言い方をしたよな。その六人部こそが犯人だ。彼は、升田さんと入れ違いに大野さんの傍らにやってきた。そして、その場を離れる時に、大野さんは遺体になっていた」

　そう言われれば、頭を割られて死んだ夕雨子に背を向けて去る六人部の姿を、映画のように鮮明に想像することはできる。しかし、暗示にかかれば立ち去る人物の顔はいかようにも入れ替えられるようにも思う。

「他の人間は一人じゃなかったんだから、無理だ。誰かが誰かをかばっている、とは考えにくい。もしも、共犯者同士だったのなら、わざわざ不完全なアリバイを訴えたりせず、午後は片時も離れずにいた、と証言し合えばよかっただろう。そんなペアがいなかったことが、犯人が単独犯だということを示している」

「空論やな」私は納得がいかない。「単独犯やと決めつけるのもまずいと思う。そやかて、六人部さんにも部分的なアリバイが成立してるやないか」

「石が投下された五時以降のことだな」

「そう。彼は三時には駅に行って、電車に乗った。乗ったふりだけしたとか、すぐに下車して引き返したんではないことも証明されてるんやろう。石はどうしたんや?」

「別の人物が落としたとしか考えられないな。お前がした表現を使うと、六人部さんがX。Yは違う人間だ」

「都合がええように言うな。で、そのYに該当するのが誰なのかも教えてもらいたいもんや」

「その時間帯にアリバイがないのは、中村さんと山内さんの二人」

「どっちがYなんや？」

「山内さんだ」火村は大きな声で言い切った。「彼は、六人部さんと示し合わせていたのさ」

「どういうことか、さっぱり理解できへんな。『大野夕雨子を殺害するので、僕が周参見を出た後で、遺体の上に石を投げ落としてください』とお願いをしてたということか？」

「少しばかり違う。六人部さんはもっとストレートに『石をぶつけて、大野夕雨子を殺してくれ』と依頼していたんだ」

「六人部さんが手を下した、と言うたやないか。それやのに、どうして殺人の依頼なんかを――」

　私の混乱は深まるばかりなのに、火村はそれを置き去りにしてしまう。

「そうでなければ、遺体が椅子に座らされていた説明がつかないじゃないか」

「待て。判るように話してくれ。――遺体が椅子に座らされていた説明とは？」

「ほら、話したじゃないか。被害者の命を奪った後頭部の傷は、彼女が椅子に座っている時についたのではない。何故ならば、座った彼女の後ろに回り込むのはスペースがなくて困難だったって」

　そう。だから、われわれはこう考えた。被害者は立ち上がって、Xと口論をしていたのではないか。口論をしていたかどうかは不明だが、立ち上がっていたのは確かだろう。そして、被害者が「とっとと失せなさい」と罵ってそっぽを向いたのか、何かに気を取られてよそ見をするかした時に、凶器を後頭部に叩きつけたのだ。――しかし、何か疑問が生じたはずだ。思い出した。

「立っているところを殴られたんやったら、被害者の遺体は砂浜に倒れたはずや」

「そう。被害者が座ったままおじぎをした瞬間に殴打したとしても、勢いで砂の上に倒れただろう」

「しかし、石が投げ落とされた時、遺体は倒れていたんではなかった。石は頭部のそばではなく、遺体の腰のあたりに転がってたからな。つまり、いったんは倒れたはずの遺体が、発見された際には椅子に座っていた」

「犯人が座らせたとしか思えない。だから、どうしてそんな面倒なことをしたんだろう、というのが疑問だった。理由はちゃんとあったんだ。そんなことをして何のメリットがあるのか？　離れたところから見ただけなら、被害者がまだ生きているように偽装できるじゃないか」

「いや、それはええんや。せやから、生きているように偽装してどんなメリットが――」

「そう見えなくては、とんでもなくまずいことになるだろう。山内さんに『石をぶつけて、大野夕雨子を殺してくれ』と頼んだのに、約束の時間がくる前に自分の手で殺してしまったんだから」

私は、「はぁ？」と間の抜けた声をあげてしまった。六人部は、大野夕雨子の殺害を山内に依頼しておきながら、自分で殺してしまっただと？　そんな構図は考えてもみなかった。

「殺人を依頼したということは、自分の手を汚したくないとか、アリバイを確保しておきたいとか、そういう卑劣な殺人――高潔な殺人があるかどうか知らんが――を企てたわけやろう。その計画をどうして自分で破綻させるんや？」

「破綻させたんじゃなくて、してしまったんだろう。現場の諸々《もろもろ》の状況から判断して、突発的に起きた犯行である匂いがぷんぷんしていただろ？　つまり、彼は、何らかの理由で大野夕雨子を亡き者にしようとして山内に殺害を依頼しておきながら、彼女と話をしているうちに逆上し、思わず殴りつけてしまったんだ。それが運悪く急所にヒットしたため、彼女は死んだ。犯人にとっては、とんでもないアクシデントだったのさ。

犯人は頭を抱えてしまっただろう。自分が周参見を離れてしばらくしてから、夕方になってから大野さんを始末してくれと頼んでいたのに、完璧なアリバイに守られるはずだったのに、台なしにしてしまった。このままでは、非常にまずいことになる。どうしてだか判るな？　彼は山内さんと共同正犯の関係を結んでいたのに、このままでは自分単独の犯罪になってしまう。それはどうしても避けたいことだったんだろう。そこで、遺体を椅子に座らせて、生きていてあたかも午睡をしているところに見せようとしたわけだ。赤っぽく染めた髪の間の裂創は、崖の上から見下ろしたぐらいではみえない。六人部さんの思惑は的中して、山内さんは石を投下した」

「そうか？　本当にそんなことが——」

「起きたんだ。そうですね、六人部さん？」

　火村は岬の方に向かって叫んだ。どういうつもりなのか、と呆れていると、やがて黒い影がゆらりと姿を現わす。——六人部その人だった。

「六人部さん。ずっとそこで立ち聞きしていたんですか？」

　私は、まるで気がついていなかったので、呼吸が早くなるぐらい驚いてしまった。彼がこっそりとついてくることを火村とて確信をもって予測できたはずはない。おそらく、立ち聴きに夢中になるあまり、六人部が一瞬、身を乗り出して火村の視野に入ったのだろう。

「どのあたりから聞いてもらえましたか？」

　火村は短くなった煙草を愛用の携帯用灰皿にしまいながら、世間話をするように問う。六人部は、どう答えたらいいのか判らない様子で棒立ちになっていた。立ち聞きをしていて突然に呼びかけられた彼こそ、激しく動揺していることだろう。

「あの……大野さんは車の影を日除けにして座っていた、というあたりから……」

「じゃあ、肝心なところは全部お聞きになっていたんですね。率直なご感想はどんなものですか？」

「ご感想って、先生、僕はパニック状態ですよ。まるで有栖川さんが構想中の小説の粗筋を聞いているみたいでした。先生は、僕が大野さんを殺したと本気でお考えになっているんですか？」

「悪い冗談でした——なんて言いはしませんよ。ええ、もちろん本気です。大野さんを殺害したのが姿なき密入国者でなく、別荘に滞在していた客の中の一人だったとしたら、それはあなたですよ。どうしてそう推断するのか、理由はお聞きになりましたよね」

「……つまり、崖の上に停まった軽トラックの影が——」

「お判りになっているのなら、復唱してもらわなくても結構です。反論なさいますか？」

火村は張りのある声をぶつけ、六人部は当惑を隠さない。

「反論するも何も、大野さんが車の影をパラソル代わりにしていたなんて、私は覚えていません。はたして、そうだったたか」

「ビデオに記録されています。その影は午後の太陽が南から西へと進むのにつれて、ゆっくりと動いて彼女を日向に押し出していった。それなのに、彼女が椅子の位置を動かさなかったのは、すでに死んでいたからだ。この推理の糸に、私は賭けることにしました。あなたがこっそりと忍び寄っていることを知っていたから、賭けてあなたにぶつけることにした。あなたこそが、大野夕雨子さんを殺した犯人だ。そして、山内陽平さんも殺した」

「や、山内さんも僕が殺したですって？　本気ですか？」

「語彙《ごい》が乏しいね。本気ですよ。賭けているんだから」

「賭けられても困るんです。ああ、どこから言ったらいいのか迷うな。僕が大野さんに殺意を抱いたというのは、三角関係のもつれだと勘違いなさっているんでしょうねぇ。その誤解は後で解くとして、僕が殺人を山内さんに依頼したというのが変です。あの人を殺し屋として雇う財力は、僕にはありませんしね」

「だから、金じゃないんです。利害が一致したのか、あるいは彼の弱みを衝いて脅迫したのか。私は後者ではないか、と考えています」

「利害の一致はありません。無茶ですよ。それに、人殺しを命じられて従わざるを得なくなる弱み、というのも考えにくい。ああ、それにですよ、人殺しを頼んだり頼まれたりするには、強固な信頼関係がなくてはならないでしょう。そんな堅い絆《きずな》で結ばれたパートナーの山内さんを、どうして僕が殺したりするんです？」

「弱みを握られてしまったからです。皮肉なことだ。あなたは山内さんの弱みを握って彼を操ろうとしたのに、気がついたら反対に彼に弱みを握られていた」

「どんな弱みです？」

「大野夕雨子さんを殺したことを知られてしまったじゃないですか」

「そうかな。もしも、僕が山内さんに殺人を頼んでいたのなら、彼女を発作的に殺してしまって、それをパートナーに知られてしまったとしても、がたがた慌てることはありませんよ。殺人を請け負った時点で、山内さんも立派な共犯者になっているわけでしょう。口約束で『ああ、殺してあげよう』と言っただけならともかく、実際に彼女の頭を目がけて石を投げ落としたんですからね。その時、すでに彼女が死んでいたとしても、共同で一連の犯行を行なったことには違いがないわけだし——」

「ところが、立派な共犯者でもないんだ。大野さん殺しは、あくまでもあなたの単独犯行です。山内さんが石をぶつけたのは生きている大野さんではなく、すでに遺体となっていた彼女でした。法律上、山内さんは不能犯になって殺人罪に問われない。そして……」

火村は、六人部の胸の奥を覗き込むような目をしていた。

「そして、何です？」

「山内さん自身も、殺人については自分が不能犯であることに、最近になって気がついたのかもしれない。このところ、彼は将来のためにと熱心に法律の勉強をしていたそうですからね。彼はこう考えた。『そうか、自分がやったことは警察にばれても殺人未遂なのか。だとしたら、大野夕雨子殺害に対して殺人の罪を負っているのは六人部四郎だけじゃないか。形勢逆転。彼の運命を自分ががっちり掴んだぞ』。ざっと、そんなところでしょう」

六人部は、もうおどおどした物腰を見せたりせず、冷めた目をして、火村をにらみ返していた。

「運命を握られて、形勢逆転して、今度は僕が誰かを殺せと命じられたと妄想しているんですか？」

「判りません。しかし、そんな切迫した脅迫をし返しされなくても、せっかく掴んだ文筆の仕事をやめて山師の新商売の手伝いをさせられそうになっただけで、あなたはこれでは破滅だ、と自覚したのかもしれない。生殺与奪の権利を握られたことを赦せなかった、ということなのかもしれない」

「共犯関係なんてありませんでした。『僕が帰ったら石をぶつけておいてくださいね』だなんて約束は成立しません。事件の様相とも合わない。僕が二時台に周参見を発つ時にそんな約束をして、山内さんが実行に移したのが五時を過ぎて、というのは不自然です。彼女が初夏の午後、三時間も浜辺に座っていると確信できた人はいなかったんですから」

「ええ、そうですね。どれぐらいの時間浜にいるかはその時の気分次第で、本人にも予想不能だったかもしれません。だから山内さんはもっと早くに崖の上に行こうとしただろうけれど、升田さんがそばにきたので動けなくなってしまった。動けたとしても、岬には吉本さんが写生をしていて近づけなかった。それやこれやで五時を過ぎてしまったが、岬に行って崖の下を見てみると、まだ彼女がいた。頭をがっくりと折って、午睡をしているみたいだ。ならば、やれる。運よくと感じたか運悪くと感じたかは知りませんけれど、彼は石を取った」

六人部は処置なし、というように細くて長い溜め息をつく。

「中村さんが言ったとおり、一週間前に先生は、僕を絶体絶命の窮地から救ってくれましたね。それなのに、今度は奈落《ならく》の底に突き落とそうというんですか。まいったな。僕は山内さんを殺してなんかいません。犯人どころか、その罠に嵌められた犠牲者です。先生自身がそのトリックを暴いてくださったのに、どうしてこうなるんですか？」

六人部は両手を広げながら言い返す。それを聞く火村の目には、静かな怒りが浮かんでいた。

「茶番だった。とんでもない茶番。嵌められたのは、私の方だ。確かに、私は犯人が仕掛けたトリックを暴いた。エレベーターのパネルの階数表示ボタンに粘着テープを剝がしたらしき痕跡があったことで、私の推理が的を射ていたことがおおよそ証明された。合鍵を二つも用意することから始めて、効果的な脅迫状をあなたに送りつけ、エレベーターに細工をして、と恐ろしく手間の掛かる罠。正直なところ、あなたを救う活路を見つけたと思った瞬間、私は甘い満足感を覚えた。茶番もいいところだった。その反動で、今は口の中が苦い唾でいっぱいだ。頭からすっぽりと抜け落ちていることがあったんだ。――罠に嵌められた人間と、罠に嵌められたふりをしている人間とは、区別できないんだ。まさか、あれだけ手の込んだ罠に嵌められたふりをするとはね」

「ふり？　僕は、罠に嵌められたふりをしていたと言うんですか？」

「そうです。私は、あれほど複雑な罠にまんまとあなたを嵌めた犯人のことを、大胆かつ幸運な奴だと感心していた。異様な印象を受けるぐらい。しかし、あなたが演技をしただけならば、驚くことは何もなくなる。犯人は合鍵を作ったりエレベーターの階数表示ボタンに粘着テープを貼ったり剝がしたりはしたけれど、かつてあなたが火遊びをしていた時の現場写真を撮ったりはしていない。写真を同封した脅迫状を書いたりもしなかった。第二のメッセージを階段に貼ったりはしなかった。十五階に潜んでいて、あなたがエレベーターのボタンを押すタイミングを見計らったりはしなかった。脅迫状を送らなかったのだから、あなたがそれを破棄してくれるかどうか気を揉むこともなかった。あれもこれもなかった。山内さんを殺害する以外にしたことは、エントランスにチラシを丸めて棄てておくことと、有栖川のところに私を呼び出す電話をかけることだけだった。それなら、納得がいく」

「ひどいですよ、先生。シンプル・イズ・ベストと言いますけれど、濡れ衣を着せてまでことを単純化しないでください。しかも、いったんは先生が脱がせてくれた濡れ衣をまた着るだなんて、真っ平ごめんです。――反論しますよ。えーと、まず、僕がどうしてそんな真似をしなくちゃならないか、ということを聞かせてください」

「いったん容疑をかぶっておいて、それを晴らして圏外に出てしまうという捨て身の作戦でしょう」

「馬鹿な。そんなことをしなくても、足がつくようなへまさえしなければ、逮捕されることはない」

「おっしゃるとおり。しかし、あなたは芝居を演じた。船曳警部が言ったとおり、策を弄することに淫したのかもしれないし、あるいは……」火村は私に「またお前に自意識過剰だと言われるかもしれないけれどな。――六人部さん。あなたは、私が山内さんの遺体を発見するように電話をかけてきましたね。私に挑戦してきたんではありませんか？」

六人部は嗤う。

「やっぱりそれは自意識過剰でしょう、先生。私は火村英生という名探偵がこの世にいることなんて、無知ゆえに知りませんでしたもの」

「山内さんから耳にしたんでしょう。山内さんが私について知っていたのは、貴島君が誇大広告とともに吹き込んだからだ」

「死んでしまった人に質せませんから、困りますね。――でも、先生に挑戦するためにそんな大胆な嘘をつくはずがありませんよ。だって、リスクがあまりにも大きいでしょう。罠に嵌められたふりをしたはいいが、もしもそれを誰も見破ってくれなかったなら、そのまま逮捕されてしまうかもしれませんよ。いや、そもそも挑戦にならないんじゃないかな。先生に難問を突きつけるという意味では挑戦かもしれないけれど、先生が見事にトリックを見破れば先生の勝ちでしょ。そして、先生が匙《さじ》を投げたら僕の勝ちになりはするけれど、その時はこっちはそのまま刑務所行きです。どっちに転んでもいいことがない勝負なんてしやしません」

「まさか刑務所行きにはならないでしょう。私がきりきり舞いして匙を投げたら、あなたは勝利を嚙みしめながら、こう要求すればいい。『僕にもう一度バルコニーからの景色を観せてください。何か違和感が残っているんです』と。そして、渋々それを引き受けた警部の前で叫ぶ。『判ったぞ！　風景の中に足りないものがあるんだ。事件があった夜、僕がいた部屋からはあの看板の陰にオレンジ色のネオンが見えていたんです。それがここから見えないということは、あの夜、僕がいた部屋より低いフロアにあることになる。僕が誘導されたのは、906号室だったのかもしれません。いや、きっとそうです！』。自分で作った罠なんだから、抜け出し方は百も承知でしょうよ」

「そっちが出鱈目だ、と警察が信じてくれなかったらとんでもないことになりますよ」

「なりゃしませんよ。あなたは906号室にべたべたと盛大に指紋を遺していたんですから。今になって言うのも迂闊《うかつ》すぎますが、906号室に指紋があることを疑うべきだった。犯人が本当にあなたに濡れ衣を着せたかったのならば、906号室の指紋は致命的にまずい。そんなものが遺らないようにすることもできました。脅迫状に『手袋をしてこい』と書けばクリアーできたことだ。906号室の指紋は、あなたの保険。いつでも罠から抜け出せる、という保障。そんなものまできちんと指摘した私は、おせっかいな男ですよ」

六人部は沈黙した。一分ほどの間、波の音だけが聞こえるようになる。不意に強い風が吹き、火村の髪を後ろから乱した。

「どんなお話でも創作できるんですね。それが名探偵の証明ですか。僕は納得していませんよ。まだまだ尋ねたいことがありますもんね。——ねえ、先生。僕が握っていた山内さんの弱みとは何なんです？　人を殺せと命じられて、イエスと答えざるを得ないような弱みというのを教えてください」

「デパートで万引きをしたという程度のものでは駄目ですね。人を殺させるんだから、それに見合うほど重大なものでなくてはならない。そんな弱みというのは、なかなか思いつきませんが、たとえば別の殺しというのはどうです？　山内さんが犯した過去の殺人事件をあなたが目撃して、証拠も摑んでいたとしたら有効ですよ。宗像さんの家で起きた放火殺人事件なんていうのが、うまく釣り合いそうだ」

「ありあわせのものを持ってきますね」

六人部は嫌そうな顔をする。

私は、火村が描いた事件の全体像をようやく理解したと感じた。宗像庄太郎が焼死した放火事件、大野夕雨子殺害事件、山内陽平殺害事件。その三つは、一つの鎖の輪になって閉じる。

「あなたは謎の人物から、高校時代の火遊びを材料に脅されて操り人形を演じた、というストーリーを披露してくれましたね。その火遊びが本当にあなたのしわざなのかどうか、私はやや疑念を持っています」

「はっ。本当にやったことについては信用してくれないわけですか。最悪ですね」

「あなたは火遊びをしたのかもしれないし、しなかったのかもしれない。とにかく、『宗像さんの家に火を放ったのはお前だ』ぐらいの強烈な脅し文句でなければ、『夜中によそのマンションに侵入しろ』なんて無茶を聞き入れる理由になりませんからね。だから、あなたは、思い切った脅し文句を自分自身に向けた。あなたは放火殺人などしていない。もし仮に、あなたが放火殺人犯だったら、いかなる状況下でもそんなそぶりを見せなかったはずだし、脅迫状がきたけど僕はやっていませんからね、という芝居をする気にもなれなかったでしょう。『放火殺人犯はお前だという脅迫状がきたんです』と警察にしゃべって、かつ『お前が本当にやったんじゃないのか』と、罪を着せられることはなかろうと、あなたは思った。それは、本物の放火殺人犯を知っていたからなんだ」

「放火殺人犯は山内さんだった、なんて初めて聞きました。そんなすごい秘密を知る機会あ、僕にはありませんでした」

「宗像さんの家の近くにお住まいだったんでしょう。目撃する機会はあった。まして、あなたが本当に火遊び少年で、ライターをポケットに入れて夜の町をうろついていたのならば、蓋然性《がいぜんせい》は低くない」

「蓋然性は低いですよ。僕を攻撃なさるのは反論が許されてるからまだいいとして、亡くなった山内さんにさらに不名誉をなすりつけよう、というのはひどすぎますよ。それから、放火殺人と繰り返してらっしゃいますが、放火の結果として死者が出た、というのが正確でしょう。それに、その放火犯人が山内さんだという証拠は何一つありませんよね？」

「ありません。――貴島君が何度も見た、オレンジ色の悪夢を除いては」

「朱美ちゃんの……悪夢……？」

彼は、またにわかに冷静さを欠きだした。朱美の名前に反応したようだ。

「山内さんが家に火を放った。それだけではなく、消火しようと庭に出てきた庄太郎さんにガソリンをかけて火を点け、焼死に至らしめた。その場面を見て、長い間、彼女は苦しんでいた。真夜中にうなされ、脂汗をかいて目を覚ましていた。知らなかったでしょう？」

六人部はすねたように鼻を鳴らす。

「ええ、知りませんでした。そんなことを、彼女は話してくれませんから。……でも、それは夢の話にすぎないでしょう。彼女がどんな夢を何度見ようとも、事実ではない。そんなことは、朱美ちゃんだって判っているんでしょ？　だから、そんなことを口外しなかったんだ」

　海を背にした火村は、風に髪を乱したままそれに答えない。六人部にしばらく自由にしゃべらせたがっているようだ。

「先生だって、ご自分が話していることに何の証拠能力もない、と判っているんだ。見破った罠を、自分の解答をご破算にしてまで、僕が犯人だという誤った結論に強引に話をねじ曲げなくてもいいじゃないですか。言いたいことはまだまだ山ほどあるけれど、まず、僕が命懸けでそんな犯罪を犯さなくてはならない動機の指摘を忘れていますよ。それだけで致命的だと思います。そりゃあ、先生がおっしゃったようなことも可能性としてはあるかもしれませんよ。少なくとも、あんたが念力で石を飛ばしたんだ、と因縁をつけられるよりは現実味がある。でも、警察はおろか、先生を信じ尊敬している朱美ちゃんだって首を傾げるに違いありません。幻滅されかねませんよ」

　ここで私は、ほとんど反射的に質問をぶつける。口にした瞬間、自分でも意味がよく判らなかった質問を。

「あなたにとって、彼女はどんな存在なんですか？」

「藪《やぶ》から棒に、有栖川さんもけったいな質問をしてくれますね。朱美ちゃんが僕にとって何なのか、そんな個人的なことは、今、この場で話していることに関係ないでしょう」

「訊いてみたかったんです。大野夕雨子さんを巡って、あなたと中村さんが三角関係のようになっていると聞いた時から違和感があった。だって、あなた、貴島さんが好きなんでしょう？　私の思い込みかもしれませんが、あなたは『あの子もいいな、この子もいいな』と想うタイプではない。そんな苦労の少ない人ではない、と思っています。夕陽丘のマンションで短い会話をしただけですが、あなたが貴島さんのことをずっと慕っていることは、私に伝わりましたよ」

「だったら、どうなんです？」

「大野さんは魅力的な女性やったようですから、彼女に食事や映画を誘われて、あなたも悪い気はしなかったでしょう。しかし、もしも深い間柄になることを大野さんが本気で望んだら、あなたは困惑したんではないか、と想像するんです。多くの男性が『困惑するだなんて、もったいない』と思う状況であろうが、そんなことは関係ありません。あなたは貴島さんが好きだった。だから、大野さんの求愛は受け容れることができない。拒む。ところが、もしも大野さんが本気やったとしたら、もったいない申し出を丁重にお断わりするのにも苦痛が伴ったでしょう。あなたは彼女のことを次第に疎ましく思うようになり、ついには激しい敵意すら抱くようになっていった——」

「それで小説を書くのは無理だと思いますね。男として光栄なことに、彼女が僕に首っ丈《たけ》になって付き纏《まと》ったとしても、殺すことはない。あくまでも拒む。逃げ回って相手の熱が冷却するのを待つ。そういう対処をするだけですよ。どうして好きでもない女性に惚れられたからといって、その人を殺すんですか。そんな話は聞いたことがない」

「違うんですか？　私は、そんなこともあるかもしれない、と思ったんです」

「思うだけなら勝手です。読者を説得できると信じるのなら、小説にお書きになればいい。警察や裁判所では通じなくても、フィクションとしてなら成立するのかもしれません。――有栖川さんは勘違いをしています。僕は、女性をふったことなんてありません。だから、相手を傷つけずに袖にするのはどうしたらいいかと悩んだこともないし、相手がなかなか切れてくれないことに苛立ったこともない。ないんだ。ない。ないし、もしそんな泥沼みたいな状態に陥ったとしても、相手を殺すなんて飛躍したことはしない。女にふられたことが原因なら判るけれど、女をふるために身を滅ぼす男がいるもんですか」

火村は彫像のように立ったまま、六人部と私の応酬の行方を見守っている。私は、悲しいような気分になりながら、頭に浮かんでくる、自分のものか他人のものなのか判らない感情を六人部にぶつけるしかなかった。

「まったくそのとおりです。でも、大野さんの求愛をただ拒絶すればすむ、という単純なことでなくなったということはありませんか？　彼女の誘惑に迷いそうになる自分がいて、それがあなたの内面で、貴島さんを想う気持ちと戦争を始めたということは？　大野さんがしつこく付き纏ってくるのがひたすら鬱陶しかったのなら、そんな戦争は起こらず、あなたは最後には彼女に『僕にかまうな。消えてくれ』と、どなればすんだのに。あなたは大野さんにも惹かれていった。その感情の変化に身を任せ、運命の流れに従ったならば幸福なカップルが誕生していたかもしれない。でも、違ったんやないですか？　大野さんに心惹かれ、接近しようとする六人部四郎を赦せなかったのは、中村さんではなく——あなた自身だったんです」

「やめてください」

頼りない声だった。ぷいと横を向いて、そのまま凍ったようになる。

「私たちは似たところがあるかもしれない。あなたと話していてそんなふうに思ったことがあるんですが、口にしましたっけ？　こっそり思っただけやったかもしれませんね。——あなたが大野さんに感じた憎しみ。そんなものはない、と怒るかもしれませんが、でもそんな憎しみが、私には実感を持って理解できるんです。私は誘惑者の大野さんを憎むかもしれない、あなたも憎んだかもしれない」

「もう、やめてください。そんな虚ろな物語を並べてみせるのを。有栖川さんはそうなのかもしれないけれど、僕は違いますよ。齢の差もあるのかな。朱美ちゃんのことを、僕は好きではあるけれど、ただ可愛いなと憧れているだけです。大袈裟に考えすぎですよ。ご存知ですか？　最近はね、あるカップルの熱愛が一年も二年も継続していたら『あいつら根性あるな』と賛嘆されるんです。恋愛なんて、町にはコンビニの数ぐらいあふれているっていうのに、有栖川さんは時代劇みたいなことを言う。まるで『葉隠《はがくれ》』の世界だ。朱美ちゃんへの忍ぶ恋を守るために、自分に求愛してきた女性を殺すだなんて」

そう言いながら、彼はようやくこちらに向き直った。悲しいような目をして。

「違うんですか？」

「違うと言ってるでしょう」

　火村が髪を掻き上げ、口を開く。

「あなたは貴島君のことが好きだった。憧れていた、と言い換えてもかまいませんけれどね。そして、そんな想いを彼女には伝えようとしなかった。拒まれて傷つくことを恐れる気持ちもあったでしょうが、伝えないで想い続けることをよしとしていたんですね？　苦しくとも、そうやって想いがいつまでも続くことを望んだ。彼女を遠くから見つめているだけで胸がときめく。そんな気持ちが色褪《いろあ》せないようにするには、独りで遠くから想い続けるしかない、と信じた」

「馬鹿な。そんな感情は今のこの国では、かえって変態じみていますよ。僕が朱美ちゃんに自分の気持ちを言えなかったのは……言わなかったのは……ただ、おのれの小心さと自信のなさが原因で……」

「あなたはさっき横を向いた時、気がつきましたね？　砂の上に人の影が落ちていることに。そして、見上げずとも、崖の上に誰が立っているのか、直感でお判りになったでしょう。誰が仕組んだのでもないのに、こうなってしまいました。さっきから、貴島君があなたの話を聞いている。あなたの気持ちは、彼女に伝わってしまいましたよ。後悔しないように、言葉を選びなさい。ここに私と有栖川はいない。いるのは、あなたと貴島君だけだ。

──さぁ、伝えたいことを彼女に」

　私は崖の上を見る。朱美は、こわれた柵に手を掛けて立っていた。その灰色がかった瞳にどんなものが浮かんでいるのか、遠くて判らない。ただ、硬直したようになった六人部を見つめていた。二人を隔てた垂直の五メートルの距離を、彼女はどう感じているのだろう。

六人部は振り向くこともなく、朱美に——おそらくは——語りかける。

「僕は、朱美ちゃんのことが好きだった。何かをしてあげられたら、守ってあげられたら、と思っていた。でも、そばに近づかずに何かをしてあげることはできずに、結局は独りで想いを自分の中に閉じこめて切なく満足していた。こんな純粋な恋はないだろう、とプライドを感じることもあれば、いつまでも味のなくならない便利なガムを嚙んで喜んでいるだけじゃないか、と疑問に思ったこともある。本当の気持ちを伝えようとしているのに、自分の本心がどうなのかも判らなくなってきた。——けれど、僕の心の襞を探ったらどんな微妙な気持ちが隠れているのかなんて、意味のないことかもしれない。僕は、君に憧れることで、とにもかくにも自分の人生を豊かなものにすることができたはずなのに……君のために何もできず、どんな些細《ささい》な不運からも守ってあげることができず、やったことといえば、ただ……」

「ただ何？　どんなことを叫ぼうと、後で不利なことにはならないだろう。そんな期待はしていない。俺はカセットレコーダーを隠し持ったりしていない。いや、ここにいさえしていない。彼女に——」

「やったのは、人殺しだけだ」

「何故です」私は問わずにはいられなかった。「自分が周参見を離れてから大野さんを殺してくれと山内さんに依頼しておきながら、別荘を去る直前になって、どうして彼女を流木で殴ったんですか？　たとえ全人格を否定されるような悪罵をされようと、ひどい口論になって激昂《げっこう》しようと、『どうせ彼女はもうすぐ死ぬ。間接的に自分が殺すんだ』と思えば、踏み留まれたでしょう。そこが私には判りません」

「『あなたを私のものにしてみせる』。彼女が言ったのは、ただそのようなことです。僕にとってそれが絶望的な言葉だということを、彼女が理解できたはずはありません。しかし、それが言葉に留まっていたなら、まだよかった。僕は、決然と誓うようにそう言った彼女に、飛びかかって抱きしめたい、と思うほど心をかき乱されてしまったんです。陳腐な表現しかできませんが、朱美ちゃんは僕にとって遠い空で輝く太陽みたいだった。夕雨子さんは、さらにまばゆく、毒々しいほどに美しい光を放って、その太陽を蝕《しょく》そうとした。断じて赦すことができなかった。激烈な怒りが込み上げて爆発し、頭の中が閃光で真っ白になった。身をゆだねたくない誘惑を断ち切るために、僕はやはり彼女を殺すしかないと確信したんです。と、同時に、そんな理不尽な理由で殺すのならば、せめて自分自身の手で殺すべきではないか、という想いが裡から突き上げてきたんです。山内さんに殺害を頼んでいたことなど完全に頭から吹き飛んでいました。彼女が文庫本を取り落として拾おうと屈んだ時、僕は目についた流木を拾い上げて、嵐のような感情に襲われたまま、それを彼女の後頭部に振り下ろした。……これでよかったんだ、とあたりを見渡すと、空も海も、目に映るものすべてがオレンジ色に染まっていました。実に不思議な風景だった。ああ、自分は太陽に呑み込まれたんだ、と思いました」

六人部は崖の上を仰いだ。

「守るどころか、君を傷つけたね。どうか、僕がこの世にいたことを忘れて欲しい」

朱美は応えなかった。

エピローグ――落日

「新名所だと聞いてはいたけれど、本当でしたね。夕方にここにきたのは初めてなんです」

大阪湾に沈もうとする夕陽を眺めながら、正明が言う。海に面した広いテラスに立った人々は、みんな西を向いて顔を朱色に染めている。若いカップルが目立つが、老夫婦や親子づれも交じっていた。三脚を立ててカメラを構えている者も二人や三人ではない。晴れた日にはいつでも見られる風景だろうに、こんなにアマチュア写真家が集まってくるとは。そんな中に、中村満流もいた。夕焼け研究家にすれば今さら創作意欲をかき立てられる素材でもないだろうに、やはり撮らずにはいられないのかもしれない。中村の隣りでは、亜紀が何やら話しかけている。

「六人部の気持ちに、私はまるで気がついていませんでした。『うちの親父、朱美に背中を流させて喜んでるんだから困ったもんだよな。家は二人だけにして大丈夫かよ、と心配まではしてないけれど』と笑いながら話したことがあるんです。あいつは、にこりともしなかったな。私があんなことを言わなければ、その後に起きたようなことは――」

「後の事件に結びついたのは、不幸な偶然です」

火村はそっけなく言った。

「因果関係はあります。夜の町を徘徊《はいかい》していた彼は、山内さんが放火をしている現場を目撃してしまったんでしょう？　私があんなことを吹き込んでいなかったら、六人部は声を出して制止するか、消防署に通報したと思うんです。そうしなかったのは、彼女を虐待している男――あるいは家族――の家が燃えてしまうことをよしとしたからですよ。朱美が離れで暮らしていたことをあいつは知っていたし」

六人部が見たもの。それは、燃え始めた家。その傍らに佇《たたず》んだ山内陽平。庭に飛び出してきた宗像庄太郎に、山内がガソリンをかける瞬間。そして、それを離れの窓から茫然と見つめる朱美だったという。

朱美の境遇がさらに悪化するのではないか、と危惧しながらも、彼女に赦しがたい仕打ちをしている宗像の家が焼け落ちることを、彼は望んだ。だから、警察へも消防署へも通報することなく、走って去った。そこを近所の人に見られているが、素性が割れることがなかったのは、ついていたのだろう。

「しかし、よくその現場を写真に撮れたものですね。私が教えたから、あいつもカメラはいじれはしましたが、いつもカメラを持ち歩いたりしていませんでしたよ。放火現場を目撃するなんて予想できなかったはずだし、どうしてカメラを提げていたんだろう」

「その点について彼は語っていませんけど」私が口を挟む。「貴島さんが窓から庭を見て茫然としているのを六人部さんは見た、ということでしたね。彼は、恐怖に硬直した彼女なんかではなく、カーテンの隙間からふと顔を覗かせた彼女をカメラに収めたかったのかもしれない」

「なるほど、もしかしたら、私に現像方法のレクチャーをせがんだのも……そんなことがしたかったたからかもしれませんね」

夕陽は、水平線のやや上までやってきた。見物客がますます数を増してくる。

「彼は、火村先生に挑戦したつもりなんでしょう?」正明は思い出したように尋ねる。

「先生に伯父の遺体を発見させたのは、やはりそういうことなんだと思うんですが」

「さぁ、どうなんでしょう」

火村は、はぐらかした。

その点についても六人部は警察の取調べにも黙秘しているから、私たちは想像を巡らせることしかできない。彼と似ている、と自称した私は、こんな想像をしている。

朱美は火村の調査に協力してもらうために、彼がいかに素晴らしい才能を持った人物で信頼と尊敬に値するか、山内に喧伝《けんでん》したそうだ。山内は『まずいことにならないかな』と、六人部に不安な情報として伝えただろう。そこで六人部は決断したのだ。二年前の事件をほじくり返されて真相が顕わになりそうになり、警察が追及をしてきたらば、山内は吐くだろう。何しろ、生半可に不能犯という概念を覚えて、安心しきっているのだから。それはまずい。そうでなくても、お前の弱みを摑んだぞ、と舌なめずりしている山内の存在にがまんならなくて、殺す計画を進めていたのだが、すぐさま実行するべきではないか。幽霊マンションの空室を殺人現場にするべく合鍵を作ったのは、同じマンションにいる正明を巻き込んで目くらましにできれば、という考えがあったためらしい。殺人の決行を決意したきっかけについて、彼は「夕暮れのお告げ」と答え、船曳を憤激させたという。その言葉の意味は、私にも判らない。

彼の幽霊マンションでの殺人計画に、いったん疑われてみせる、という策が当初から含まれていたのか、火村の存在を知ってからそれが加わったのかは知らないが、いずれにせよその火村センセイとやらを試してやろうと考えはしたのだろう。自分の計画が火村の探偵としての能力を凌駕《りょうが》していたら大いに満足だし、彼に勝てなければそれもいい。何故なら、火村がトリックを暴いて彼を救ってくれれば、事件の真の真相を見誤ったことであり、ひそかに勝利を確信できる。また、現実にそうなったごとく、火村が真の真相まで探り当てたとしたら、それもよしなのではないか？　それは、火村は朱美が用意した探偵という名の装置だからだ。朱美が持ち込んだ装置が作動して、自分を撃つ。彼にすれば、それもまたよしだったのかもしれない。ウェルテルが、恋人の磨いてくれた拳銃で自殺できることに喜びを覚えたのと同じように。

私は火村の横顔を見る。彼にも判っていないかもしれない。

お前は、まるで六人部の拳銃だ。

「ところで、朱美はどこにいったんだろう。もう大丈夫だって言うから試しにきたっていうのに、やっぱり土壇場でこわくなって隠れてしまったかな」

正明は後ろを向いて、きょろきょろとする。サントリー美術館と海遊館が夕陽を反射させて輝いている。そこへ続く階段に、朱美が姿を見せた。サングラスがあまり似合っていない。

「してないと、つらいか？」

気にすることはないさ、というように、正明が軽い口調で訊く。朱美は「大丈夫」と答え、それをはずした。顔をしかめ、一瞬だけ堅く目を閉じたが、すぐにゆっくりと開く。そして、燃えて没しようとする落日をまぶしげに見つめた。

ふと振り返った亜紀が、おやっと驚いた身ぶりをしてから、ひらひらと手を振り、中村の肩を叩いた。彼も亜紀と同じような反応をしたが、落日の時を見逃すまい、と二人揃って海に向き直る。きれいねぇ、と傍らのカップルが囁き合っているのが聞こえた。

「どうしてみんな、夕陽がきれいだと言うんでしょう。暗い夜がくる前触れなのに」

朱美は眩しくてならないというように目を細めながらも、顔をそむけない。

「夕陽は没落の象徴でもあるし、確かに闇の前触れでもあるけれど、それだけでもない」

火村は言う。「生まれ変わるために沈むんだから」

朱美の唇が動く。

——生まれ変わるために沈む。

私は、何かで読んだことを思い出した。

「ねぇ、貴島さん。火星行きのロケットに乗れるようになったら、みんなで出かけませんかか？　あそこでは、夕焼けは青いんだそうですよ」

「それ、ぜひ観たい」

　朱美は笑う。

「ああ、いいな。新しい表情だ」

　正明はカメラを構え、シャッターを押す真似をした。

あとがき

『朱色の研究』は、コナン・ドイルの、そしてシャーロック・ホームズのデビュー作『緋《ひ》色《いろ》の研究（A Study in Scarlet）』をもじったタイトルなのだが、これは実は誤訳らしく、『緋色の習作』が正しいのだそうだ。そんなこと、今さら言われてもなぁ。なかなか頭が切り換えられない。まぁ、私は「もじったつもり」でいさせていただく。

ところで――

「今度の長編は書下ろしで、角川書店から十一月に出る予定です」

次作について訊かれたら、そう答えてきた。それがまさか十一月に出ることになるとは思わなかった――締切からきっかり一年遅れて。われながら、呆《あき》れるほどの締切破りをしてしまった。

「取材旅行に行きましょう、取材旅行。遠いところがいいな」

担当の宍戸《ししど》健司《けんじ》氏にそう言ってもらって、とてもうれしかった。編集者と作家のコンビで取材旅行に行く、というのは以前からの憧れだったのだ。しかも、宍戸氏は私の作中のアリスの担当編集者、片桐光雄のモデルでもないのだが（宍戸氏と面識ができる前に、片桐というキャラクターを造ったから）、私との関係がまるでアリス＆片桐という人なので、楽しい旅になることは保証されていた。

その取材旅行先はプロローグの電話に出てきたコース。ビデオやカメラを駆使して二人でせっせと取材したのに、結局はまるで活かせなかった。二年の歳月が流れる間に、南部縦貫鉄道なんて休業してしまったものね。こう書いていても、しみじみと「苦労をかけて、すまないねぇ」と合掌したくなる。

ホテルで缶詰というのも初体験だった。それも中盤と終盤に二回もセッティングしてもらい、随分とお世話をかけてしまった。合掌したまま、頭が下がってくる。

「担当さんに礼を言うなら、面と向かって言いなさい。読者の前でやらんでいい」と、いうお声が聞こえてきそうだが、今回は特別の感慨があるのでお赦しいただきたい。だって、結婚直前の彼を、私が最後まで振り回してしまったのだから。彼が独身のうちに完成させよう、という誓いだけは守れた。結婚式の前日から当日にかけて、飲まず食わず眠らずで何とか仕上げて、髪を振り乱してパーティ会場に駆けつけ（俺は『卒業』のダスティン・ホフマンか）新郎モードの宍戸氏に手渡したのだ。華やかで盛大なパーティの最中、幸福の絶頂にいた彼のタキシードのポケットに、まだ生温かい一枚のフロッピーディスクが入っていたことは、私しか知らない。

ちなみに、このあとがきは、私まで幸せな気分にしてもらったパーティからホテルに帰り、ひと休みしてから書いている。

また――

「毎日、朝刊の本の広告に気をつけています」とか「遅れてもいいから、書きたいように書いて下さい」と、色んな形で励まして下さったみなさんに心から感謝します。どうもありがとう。「大丈夫？」と気に掛けてくれた山口雅也《やまぐちまさや》アニキにも。

本当に、うれしゅうございました。


それにしても――

宍戸さん、おめでとう。

素敵な奥様を大切にして、いつまでもお幸せに（これ、校正するの照れくさいやろ？）。

１９９７・10・４
ホテル　グランドパレス　１７３０号室にて

有栖川有栖

文庫版あとがき

執筆している最中は苦しかった記憶があるのだが、読み返してみるとそれも思い出になっていた。都合のいい性格らしい。また、あまりにも「自分が書きたいように書いている」のを再発見して、少し驚いた。作者自身は、書き上げた直後よりも今、この小説が気に入っている。

文庫化にあたり、単行本にあった法律上の誤りを訂正した。それについてご指摘・ご教示くださったのは、創元推理短編賞受賞作家にして弁護士の剣持鷹士《けんもちたかし》氏である。この場を借り、あらためて謝意を表します。

解説を飛鳥部勝則《あすかべかつのり》さんにお願いしよう、というアイディアは突然に閃《ひらめ》いた。本作を読んでいただいてるかどうかも知らなかったが、「あの人ならこの小説を判《わか》ってくれる」と直感が告げたのだ。過分の言葉をいただき、感謝に堪えない。

また大路浩実《おおじひろみ》さんによる単行本の装丁はあまりに素晴らしかった。それを文庫版にも活《い》かすことができて、とても喜んでいる。

そして、今回もお世話になった編集の宍戸・結婚してからますます絶好調・健司さん、ありがとう。今度はちゃんと書くから、また取材旅行に行きましょう。

2000・7・18

レッド・ツェッペリンの『イン・ジ・イヴニング』を聴きながら

有栖川有栖

解説

朱色の研究者たちあるいは『本格推理の悲しみ』について

飛鳥部　勝則

本格推理は悲しい。

優れた本格物には、不思議と悲しみの感覚が漂っている。読了後、喪失感といってもいい悲しみが残ることがあるのだ。この時、作品の中で失われているものは、不可解な謎《なぞ》であったり、緻密《ちみつ》に組み立てられたトリックであったり、大切な人や人間関係であったり、主人公のこだわりや行動原理であったり、作品によってさまざまな形を取るが、それらが消えてなくなった後、時としてそこはかとない悲しみの気配が漂うのである。

ちなみに作中人物のアリスが口にする「推理小説が持つ独特の切ないような興趣」という言葉も、これに類似する感覚といえよう。

本格推理の悲しみ——それを現代日本において最も体現しているのが、有栖川有栖氏なのではないだろうか。

『朱色の研究』を読み終えた後も、私は悲しかった。上質の本格物だけにあるセレニテとでもいうのか、満開のひまわり畑の中で孤独に一人佇《たたず》んでいるかのような、不快感のない、ある種晴れやかな悲しみといったものに囚《とら》われていたのだ。

もっとも、この《悲しみ》は誰にでもわかるという感覚ではないかもしれない。

かつて関根正二は、列をなして歩く女たちを幻視し、これを絵にして『信仰の悲しみ』という詩的な、しかし意味不明のタイトルを付けたが、この気分に近いようにも思える。本格推理は幻想のごときものかもしれず、《本格推理の悲しみ》もわかったようなわからないような概念だからである。関根はヴァーミリオンの使い方が巧みな画家であり、面白いことに、同時期、村山槐多などというガランスの使い手も出現した。ヴァーミリオンは朱色、ガランスは深紅。夭折《ようせつ》した二人の画家は、短い人生を生命の、血の赤で彩った。彼らは《朱色の研究》者だったのである。

この二人に『朱色の研究』を読ませたらどのような感想を持ったことだろう。洗練された現代ミステリーの技巧に付いていけたかどうかはわからないが、おそらく大野夕雨子を殺さざるを得なかった犯人の動機には共感――ほとんど感動したのではないだろうか。彼らはプラトニッククラブ、プラトン的愛の信奉者ともいえ、槐多などはプラトン全集などを読みこなす少年で、一学年後輩の林達夫を驚かせてさえいたほどなのだから。少なくとも大正時代の少年芸術家たちは、我々より遥かに本作の特異な動機を正確にとらえたに違いない。彼らは、我々ほどには腐敗した現実のために、摩耗してはいなかったであろうから。

しかし、現代に生きる私にとっても、あの動機は十分納得できるものだった。心さえ、動かされたのである。犯行に至る心理が解明された時、私はゆくりなくも、若き日の一時代と密接に結び付いた、身を切るほどに切実でやるせない、しかしどこか甘美な精神状態を思い出していた。犯人の想いは、私の体験と紙一重の、実感を伴うものだったのだ。ピアノを奏でる夕雨子の姿にも微《かす》かに見覚えがある。

それは私的な感慨であったが、完全に独立した感性などはあり得ず、例えば絵画などの芸術創造においても極私性はどこかでぽっかりと普遍性に通じているものであることを想起すると、あながち私だけの思い込みというわけでもあるまい。《美しいですね、と男性から言われて、真顔で『ありがとうございます』》と婉然《えんぜん》と微笑《ほほえ》みながら応《こた》える女、赤い唇だけを接写したくなるような女、情熱的な赤を好む女——そんな女をこの世から消し去ろうとする心理。それは、いわば暗い宝石のように「特権的輝き」を放つ動機なのである。くしくも、火村によってではなく、アリスと犯人との応酬によって明らかにされていくあの動機こそは、本編中の白眉《はくび》ともいうべき部分であり、さらにその動機が一見無意味で「投げ捨てた」ようなトリックと心理的には密接に重なることを考え合わせても、この動機があるからこそ、『朱色の研究』は上乗の作となり得ているのだと、私は思う。

本格物は罠《わな》を仕掛ける。

本格推理小説は、読者に対してだけではなく、作者に対しても陥穽《かんせい》を仕掛けるのである。

本格物を知り尽くした作家は、どうしても作品を無理に変形させたり、壊したりしたくなるものらしいのだ。有栖川氏ほどに本格推理小説を読み尽くし、かつひねりを加えずにいられない作家であれば、結果として本格を逸脱しても少しもおかしくはないのである。かつてジュリアン・シモンズがキャメロン・マケイブの『編集室の床に落ちていた顔』を評して「幸いなことに二度と繰り返し得ない」詐術の宝庫と皮肉を込めつつ賞賛したが、マケイブが一九三〇年代に既にやっていたこと、あるいはそれに類することを「不幸なことに何度も繰り返しかねない」のが、現代の本格派である、ともいえる。

『朱色の研究』は、この罠からは逃れ得ている。しかし本格推理にしては、前述の動機に端的に見られるように、ノヴェルとしての肉質が流れ出ているような不思議な感触の作品であることも確かだ。本稿では『朱色の研究』におけるこの特異性ないし独創性を明らかにし、加えて何故そのような作品になったのかについて考察することにしたい。

犯人は何故「夕暮れのお告げ」と答えたのだろうか。

刑事は、異様なトリックを弄《ろう》した犯人に、殺人のきっかけを問う。この時、犯人は「夕暮れのお告げ」と述べるのである。アリスにさえ「判《わか》らない」といわしめる、その言葉の意味は、いかなるものなのであろうか。

私は以下のように推測している。プロローグ3の場面で、犯人は夕陽の中、雑踏を歩く。世界の終わりのような朱色がすべてを覆い、何もかも一色に染め上げている。町並みと人物の風景画を、《夕陽》という画家が、筆にヴァーミリオンの絵の具を付けて、一様に塗り潰《つぶ》していくのだ。具象画が抽象画となる瞬間である。犯人は、緋色《ひいろ》の抽象化を見る。すべてはひとしなみになり、自分も通行人も、そしてこれからあいまみえる探偵でさえも、まったく同等の抽象化された存在となっていく。「ばれるわけないって」「殺してまえ」、殺人の決意、同時にこの瞬間、あらゆるものは均一化され、朱の構成要素になった。そう、この作品においては火村英生でさえ、単に探偵役であるに止まらず、朱色のエレメントとなる。犯人は、火村に挑戦したくなったのではない。火村でさえ朱色の構成要素に過ぎぬと認識しただけである。人を抽象化する心理は、本格物において人をパズルのピースと転化する心理と近似のものだ。そしてこの時初めて、フーダニットとしての本作の重要な詐術――「どっちに転んでもいい」トリックが成立するのである。朱色が成立させるのだ。つまりは「夕暮れのお告げ」だったのである。

この意味では真犯人は《朱色》という色であるとさえいえよう。それ故、登場人物の次の言葉は一つの暗示ないし啓示ともとれる。「今度の事件の犯人だって、まるで得体が知れない。夜の闇《やみ》からにじみ出してきて、朝になったら消えてしまったのかもしれないよ。ここにいるうちの誰かかもしれない、なんて想像することもできない」《夜の闇からにじみ出してきて、朝になったら消えて》しまうもの、それは朝焼け、黄金色に近い《朱色》である。

思えば、「人を殺したいと思ったことがある」火村が、本作において、初めて悪夢について語るのも、朱色のせいなのだ。彼は貴島朱美を救うために口を開いたのであり、彼女を脅かしていたのは夕陽イコール朱色だったのだから。

火村はもともと、内に危険なものを秘める朱色の研究者であり、朱に取り込まれやすい存在だったともいえる。彼は『臨床犯罪学者』であり、《鋭敏な頭脳と強靭《きょうじん》な精神力を持ち》、その講義は人気があって、《女嫌いのくせに年増殺しもでき》、猫舌で、時によってはアリスと恋人岬を観光するような、魅力溢《あふ》れる男だが、同時に《悪夢に繰り返し悲鳴を上げて跳ね起きる男》でもある。加えて、火村の名に色が秘められているのも暗示的だ。火の色とはむろん、朱色や赤である。彼が背負う色は、苛烈《かれつ》、闘争、攻撃……もしかしたら危険や恐怖……なのかもしれない。

ここで色の小研究をしておくと、朱色を含む赤は、確かに前述の要素を連想させるが、その一方で情熱や生命や活気を表してもいる。サルトルいわく「ルージュという言葉それ自身に情熱や血（死の恐怖）に対する恣意性《しい》が潜んでいる」のである。ただし、日本人は色自体の直接的イメージからは、色を見てこなかった。我々が、聖母マリアの赤い衣や、『最後の晩餐《ばんさん》』の葡萄酒《ぶどうしゅ》の赤が聖性を表すというようなとらえ方をしないのは、宗教上の理由からだけではない。それは、日本人が常に外界に存在する物自体から色を感じてきたためであり、色のメッセージを頭の中で見つけるのでなく、いわば物のメッセージから色を受け止めてきたからである。

赤が暴れ始めたのは戦後になってからだ。アメリカから原色文化が侵入してきた時初めて、赤が色自身の持つ視覚的役割を取り戻した。それまでは朱色にしても、土葬する前に栄誉ある死者に塗ったり、寺院の柱や、神社の鳥居を彩ったりする、暗いまじないの色だったのである。本編中で語られる、落日の下の補陀落《ふだらく》の挿話《そうわ》や、『夕焼け小焼け』の解釈なども、この意味で非常に日本的な朱色のエピソードといえよう。

しかし、この程度の朱色の研究さえ、原理的にできないのが、貴島朱美である。彼女は朱色を「捕まえられない」。もともと夕陽《ゆうひ》などに見られる色は、主体である貴島には朱色を「意味する」ものであるはずなのだが、彼女がそれを目にした時、色はもはや朱色を意味するものにはならず、頭の中に、家を焼く炎であれ、死体を包む火であれ、「意味されるもの」が溢《あふ》れかえり、彼女を脅かすようになってしまっている。貴島には、既に自分による決定が不可能なのだ。ここに自我の障害が存在し、ひいてはそれが恐怖を生むのである。構造主義的にいえば、彼女の中で《意味するもの》に対し、《意味されるもの》が氾《はん》濫《らん》してしまった結果である。彼女は朱色の研究者ではなく、朱色の囚人だったのだ。

朱美に対する、もう一人のヒロインの名前が夕雨子というのも象徴的である。「夕方の雨」は灰色の雲と共に、夕焼けすなわち「美しい朱」を覆い隠す。そして、その瞬間がドラマの重要なターニングポイントとなっているのだ。これに限らず、分岐点には必ず、夕陽や炎やネオンサイン、エレベーターのランプなどの朱色が配置されている。

以上のように見てくると、この小説の色によるアプローチは、普通のミステリーとは、やや性格を異にしていることに気づく。

私は『朱色の研究』に色彩ミステリーの夢を見た。

色をタイトルに付けた作品や、色で作品ムードを匂《にお》わす小説は多い。しかし、そういったものとは異なり、まさに朱色という色そのものが、主題となり方法となるミステリー。通常の作品では、犯罪やそれにまつわる謎、動機、トリック、主題を、色が装飾するのに対し、その作品では色がミステリーの骨子や作品の核を形造っていく。「内容が色を」従えるのではなく、「色が内容を」醸成する。つまりはベクトルが異なる本格推理小説。

それは確かに独創的な創造であり、密室物やアリバイ崩し、ミッシングリンクものといったパターンとはまったく別の角度からミステリーを組み立て得る可能性を示す、あるエポックというべきものであるだろう。本作は、こういった試みの第一歩という側面を持ち、コナン・ドイルに引き寄せていえば、意図せず『朱色の習作』となっているともいえよう。私のいう色彩ミステリーの萌芽が見られた作品は数あるが、『朱色の研究』ほどの達成度を見せた本格推理小説は他にない。本作は、この点からだけでも評価されなければならないだろう。

むろん『朱色の研究』はそれだけの作品ではない。いかにも有栖川氏らしい、緻密に組み立てられた謎解きが楽しめる。

読み始めてすぐ話に引き込まれたのは、夕陽の見事なイメージの提示もさることながら、出だしが昔懐かしい「(犯人に)呼び出される名探偵」パターンであったからである。さらに作者は、次に「(犯人に)呼び出される容疑者」パターンを重ねてみせる。このあたりの積み重ねは極めて巧妙である。

謎を繰り出す呼吸も鮮やかだ。ストーリーの展開と共に、次のような謎がごく自然に提示されていく。すなわち、何故火村たちは死体を発見するように電話で呼び出されたのか? 犯人がある人物をビルに呼び出し、奇妙な行動をとらせたとしたら、どうしてなのか? また、その場合、死体はどのようにして部屋に出現したのか? 犯人は何故崖《がけ》の上から死体めがけて石を落としたのか? 犯人は被害者を殴り殺してから、どうして椅子《いす》に座らせたのか? 探偵が岬の先に見える車の大きさに驚いたのは何故か?……こういった、いかにも渋い、しかし魅力あるミステリーの数々が、蠱惑《こわく》的にちりばめられていく。その手法は、海外のよくできた本格物以外では、なかなか出会えない類《たぐ》いのものだ。

詳述することは避けねばならないが、有栖川有栖氏のテクニックは、黄金期の本格を消化し尽くした、例えていえばレオ・ブルースのような、実はひねられたものであり、作品自体も表向きそう見えるようなストレートなものではない。例えば、《犯人ならそんなばかげた作り話はしないだろうけど、彼の話が本当だったら犯人でしかあり得ない》という《聞いたことがない形のピンチ》の演出の仕方などはツイストの利いた、実に巧みなものだ。《嘘をつくなら、もっとそれらしい嘘をこしらえる(中略)。しかしそこまで見越して、さらに裏をかこうとしてる》といった態《てい》の、ひねりの感覚が作品全体に及んでいるのである。つまり『朱色の研究』は、一本気で剛直な本格推理小説ではなく、自在にツイストされ、屈曲しながらも、結果としてオーソドックスな本格物になっている推理小説なのだ。「結果としての本格」——それは、この作品に限らぬ、有栖川有栖氏の小説の興味深い特徴である。

何故本作は「結果としての本格」になったのか。それを考えるには次のように設問してみるのがよい。すなわち『朱色の研究』が、もし本格にならなかったとしたら、どのような小説になったのであろうか、と。思い浮かぶのは有栖川氏の前長編、『幻想運河』である。この長編は——私にとっては本格物だが——厳格な本格形式は備えておらず、作者自ら「本格ミステリの体裁をとっていない」(『有栖の乱読』)と語る作品である。『朱色の研究』も、これに近い体裁で書くことは、技術的には可能だったであろう。

誤解なきよう明記しておくが、『幻想運河』は本格物をツイストした結果、あのように一見非本格的な体裁の作品になったのではない。事情はむしろ逆で、『幻想運河』こそ有栖川氏のストレートな創作であり、この本質的な創作にひねりを加えることが、氏にとっての本格の創造なのである。曲がった針金をもう一度曲げれば、真っすぐにも見えよう。しかしできたばかりの真っすぐな針金とは違い、よく見ると微妙に、かつ複雑に捩《ねじ》れているのである。『幻想運河』の内容自体が幾重にも屈折したものであることを思うと、ストレートなのは作家の資質ではなく、本格に向けての眼差しというべきだ。遠い眼差しの向こうには、おそらくミステリー史上最高の合作コンビの姿があるのだろう。

『幻想運河』は名作だが、この眼差しを持つ限り、作家は同じ地点に停まるわけにはいかなかった。有栖川氏は続く本作、『朱色の研究』で建て直しを図る。この時、前作『幻想運河』に託した過剰な部分を、力ずくで、形式的本格の枠内に持ち込むのである。例えばバラバラ殺人の本質に関する考察や「予言者の動機」は本作の動機に、ハウスボートの幻影は本作のトリックに、そしてバラ・薔薇の趣向は色彩ミステリーの様式に改変、継承される。むろん、その試みは正真正銘の危険を孕《はら》んでいた。ムルソーの物語ならば、人々は訳知り顔で納得し、サルトルでさえ評価するであろう。しかし、これは本格推理小説なのだ。動機一つとっても《不条理》の一言では誰も納得しない。しかし、『幻想運河』を書き上げている以上、もはや単純な後退はできなかった。氏は、本格推理の枠組みの中に、おのれの本来の資質をあまねく染み渡らせる方法を選ぶ。その無謀ともいえる行為が、本作の異様な手触りを生んだのである。

それが力ずくの行為なのか、無意識の操作なのかすら、にわかには定め難い。しかし結果として有栖川氏は、作品をどんなにひねくりまわそうと、作者自身や登場人物がいかに過剰なものを抱え込んでいようと、極めて余裕ある本格物を作り上げ、ミステリーを知りすぎた罠から、そして自分という桎梏《しっこく》から辛くも逃走し、「無謀な」試みにあえて挑戦することにより、新たな地点に到達し得ているように思える。そこに見えてきたのは、新本格以降の作家というより、もっと長いスパンの本格派としてとらえ直さなければならない高峰の姿なのかもしれない。

つまるところ、有栖川有栖氏の第十長編『朱色の研究』は、魅力あるフーダニットであり、貴重な色彩ミステリーであり、特異な方法論と共に、動機などから本格推理に新しい文学的質を付与しようとする野心的試みであり、そのうえ「本格推理の悲しみ」まで漂わせている必読の傑作である。


本格推理における悲しみは、ロマンティックな香りを生む。

例えば、『ギリシア棺の謎』のように、そして『ダブル・ダブル』のように。有栖川氏は、作品に内包するロジックにおいてだけではなく、この点においても、まさにクイーンであり、誤解を恐れずにいえば、そう――まるでエラリー・クイーンのように悲しい。


本格推理は悲しい。

しかし、それは栄光ある悲しみである。

本書は、'97年11月に小社より刊行された単行本を文庫化しました。

朱《しゅ》色《いろ》の研《けん》究《きゅう》

有《あり》栖《す》川《がわ》有《あり》栖《す》

平成12年 8月25日　初版発行
平成27年 5月30日　18版発行

発行者●郡司 聡

発行●株式会社KADOKAWA
〒102-8177　東京都千代田区富士見2-13-3
電話 03-3238-8521（カスタマーサポート）
http://www.kadokawa.co.jp/

角川文庫 11594

印刷所●旭印刷株式会社　製本所●株式会社ビルディング・ブックセンター

表紙画●和田三造

ISBN978-4-04-191304-8　C0193

角川文庫発刊に際して

角川源義

第二次世界大戦の敗北は、軍事力の敗北であった以上に、私たちの若い文化力の敗退であった。私たちの文化が戦争に対して如何に無力であり、単なるあだ花に過ぎなかったかを、私たちは身を以て体験し痛感した。西洋近代文化の摂取にとって、明治以後八十年の歳月は決して短かすぎたとは言えない。にもかかわらず、近代文化の伝統を確立し、自由な批判と柔軟な良識に富む文化層として自らを形成することに私たちは失敗して来た。そしてこれは、各層への文化の普及滲透を任務とする出版人の責任でもあった。

一九四五年以来、私たちは再び振出しに戻り、第一歩から踏み出すことを余儀なくされた。これは大きな不幸ではあるが、反面、これまでの混沌・未熟・歪曲の中にあった我が国の文化に秩序と確たる基礎を齎らすためには絶好の機会でもある。角川書店は、このような祖国の文化的危機にあたり、微力をも顧みず再建の礎石たるべき抱負と決意とをもって出発したが、ここに創立以来の念願を果すべく角川文庫を発刊する。これまで刊行されたあらゆる全集叢書文庫類の長所と短所とを検討し、古今東西の不朽の典籍を、良心的編集のもとに、廉価に、そして書架にふさわしい美本として、多くのひとびとに提供しようとする。しかし私たちは徒らに百科全書的な知識のジレッタントを作ることを目的とせず、あくまで祖国の文化に秩序と再建への道を示し、この文庫を角川書店の栄ある事業として、今後永久に継続発展せしめ、学芸と教養との殿堂として大成せんことを期したい。多くの読書子の愛情ある忠言と支持とによって、この希望と抱負とを完遂せしめられんことを願う。

一九四九年五月三日

角川文庫ベストセラー

ダリの繭《まゆ》　有栖川有栖

サルバドール・ダリの心酔者の宝石チェーン社長が殺された。現代の繭とも言うべきフロートカプセルに隠された難解なダイイング・メッセージに挑むは推理作家・有栖川有栖と臨床犯罪学者・火村英生！

海のある奈良に死す　有栖川有栖

半年がかりの長編の見本を見るために珀友社へ出向いた推理作家・有栖川有栖は同業者の赤星と出会い、話に花を咲かせる。だが彼は〈海のある奈良へ〉と言い残し、福井の古都・小浜で死体で発見され……。

ジュリエットの悲鳴　有栖川有栖

人気絶頂のロックシンガーの一曲に、女性の悲鳴が混じっているという不気味な噂。その悲鳴には切ない恋の物語が隠されていた。表題作のほか、日常の周辺に潜む暗闇、人間の危うさを描く名作を所収。

暗い宿　有栖川有栖

廃業が決まった取り壊し直前の民宿、南の島の極楽めいたリゾートホテル、冬の温泉旅館、都心のシティホテル……様々な宿で起こる難事件に、おなじみ火村・有栖川コンビが挑む！

壁抜け男の謎　有栖川有栖

犯人当て小説から近未来小説、敬愛する作家へのオマージュから本格パズラー、そして官能的な物語まで。有栖川有栖の魅力を余すところなく満載した傑作短編集。

角川文庫ベストセラー

赤い月、廃駅の上に 有栖川有栖

廃線跡、捨てられた駅舎。赤い月の夜、異形のモノたちが動き出す——。鉄道は、私たちを目的地に運ぶだけでなく、異界を垣間見せ、連れ去っていく。震えるほど恐ろしく、時にじんわり心に沁みる著者初の怪談集！

小説乃湯 お風呂小説アンソロジー 有栖川有栖

古今東西、お風呂や温泉にまつわる傑作短編を集めました。一入浴につき一話分。お風呂のお供にぜひどうぞ。熱読しすぎて湯あたり注意！　お風呂小説のすばらしさについて熱く語る!?編者特別あとがきつき。

フリークス 綾辻行人

狂気の科学者J・Mは、五人の子供に人体改造を施し、〝怪物〟と呼んで責め苛む。ある日彼は惨殺体となって発見されたが!?——本格ミステリと恐怖、そして異形への真摯な愛が生みだした三つの物語。

Another (上)(下) 綾辻行人

1998年春、夜見山北中学に転校してきた榊原恒一は、何かに怯えているようなクラスの空気に違和感を覚える。そして起こり始める、恐るべき死の連鎖！名手・綾辻行人の新たな代表作となった本格ホラー。

霧越邸殺人事件〈完全改訂版〉(上) 綾辻行人

信州の山中に建つ謎の洋館「霧越邸」。訪れた劇団「暗色天幕」の一行を迎える怪しい住人たち。邸内で発生する不可思議な現象の数々…。閉ざされた〝吹雪の山荘〟でやがて、美しき連続殺人劇の幕が上がる！

角川文庫ベストセラー

GOTH 夜の章・僕の章　乙一

連続殺人犯の日記帳を拾った森野夜は、未発見の死体を見物に行こうと「僕」を誘う……人間の残酷な面を覗きたがる者〈GOTH〉を描き本格ミステリ大賞に輝いた乙一の出世作。「夜」を巡る短篇3作を収録。

失はれる物語　乙一

事故で全身不随となり、触覚以外の感覚を失った私。ピアニストである妻は私の腕を鍵盤代わりに「演奏」を続ける。絶望の果てに私が下した選択とは？　珠玉6作品に加え「ボクの賢いパンツくん」を初収録。

甘栗と金貨とエルム　太田忠司

高校生の甘栗晃は、突然亡くなった父親に代わり、探偵の仕事をすることに。依頼は、ナマイキな小学生・淑子の母親探し。――美枝子は鍵の中に？　謎めいたこの一言を手がかりに、調査を始めた晃だけど……!?

目白台サイドキック 女神の手は白い　太田忠司

お屋敷街の雰囲気を色濃く残す、文京区目白台。新人刑事の無藤は、伝説の男・南塚に助けを借りるため、あるお屋敷を訪れる。南塚が解決した難事件の「蘇り」を阻止するために。警察探偵小説始動！

目白台サイドキック 魔女の吐息は紅い　太田忠司

天才探偵刑事、南塚と、謎めいた名家の若当主・北小路は、息の合ったやり取りで事件を解決する名コンビ。今度の事件は銀行頭取の変死事件。巻き込まれ系若手刑事・無藤の運命は!?　面白すぎる第2弾！

角川文庫ベストセラー

悪果　黒川博行

大阪府警今里署のマル暴担当刑事・堀内は、相棒の伊達とともに賭博の現場に突入。逮捕者の取調べから明らかになった金の流れをネタに客を強請り始める。かつてなくリアルに描かれる、警察小説の最高傑作！

てとろどときしん　大阪府警・捜査一課事件報告書　黒川博行

フグの毒で客が死んだ事件をきっかけに意外な展開をみせる表題作「てとろどときしん」をはじめ、大阪府警の刑事たちが大阪弁の掛け合いで6つの事件を解決に導く、直木賞作家の初期の短編集。

疫病神　黒川博行

建設コンサルタントの二宮は産業廃棄物処理場をめぐるトラブルに巻き込まれる。巨額の利権が絡んだ局面で共闘することになったのは、桑原というヤクザだった。金に群がる悪党たちとの駆け引きの行方は――。

GOSICK　―ゴシック―　全9巻　桜庭一樹

20世紀初頭、ヨーロッパの小国ソヴュール。東洋の島国から留学してきた久城一弥と、超頭脳の美少女ヴィクトリカのコンビが不思議な事件に挑む――キュートでダークなミステリ・シリーズ!!

GOSICKs　―ゴシックエス―　全4巻　桜庭一樹

ヨーロッパの小国ソヴュールに留学してきた少年、一弥は新しい環境に馴染めず、孤独な日々を過ごしていたが、ある事件が彼を不思議な少女と結びつける――名探偵コンビの日常を描く外伝シリーズ。